CH. D'ESPINEY

DON BOSCO

DIXIEME ÉDITION
entièrement refondue
et enrichie d'un grand nombre de faits inédits

OUVRAGE
APPROUVÉ PAR LES SALÉSIENS

(1888)

NICE
Imprimerie du Patronage St. Pierre
PLACE D'ARMES

Donnez aux orphelins
sur la Terre et le bon Dieu
vous fera riche un jour
dans le paradis.

Abbé J. Bosco

DON BOSCO

DON BOSCO

PAR LE DOCTEUR

CHARLES D'ESPINEY

CHEVALIER DE ST.-GRÉGOIRE LE GRAND

DIXIÈME ÉDITION

ENTIÈREMENT REFONDUE

ET ENRICHIE D'UN GRAND NOMBRE DE FAITS INÉDITS

OUVRAGE APPROUVÉ PAR LES SALÉSIENS

honoré d'une lettre de S. G. Mᵍʳ Balaïn évêque de Nice

ET ORNÉ

du portrait authentique et d'un autographe

DE DON BOSCO

Louée soit Notre-Dame Auxiliatrice!

NICE

IMPRIMERIE-LIBRAIRIE SALÉSIENNE DU PATRONAGE ST.-PIERRE

1, Place d'Armes, 1

—

1888

Déclaration de l'Auteur

———oo⦂•⦂oo———

S'il a essayé de raconter quelques-unes des grâces et faveurs obtenues par l'intercession de Notre-Dame Auxiliatrice, l'auteur déclare vouloir se conformer, en tout et toujours, aux décisions de Notre Sainte-Mère l'Église, et spécialement aux décrets de S. S. le Pape Urbain VIII.

ERRATA

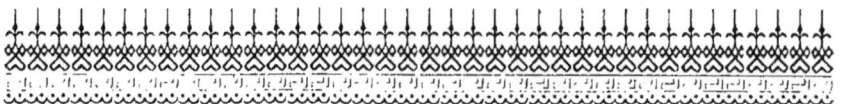

ÉVÊCHÉ DE NICE.

Saint-Victor, Ardèche, le 8 août 1888.

Monsieur le Docteur,

Je n'avais pas besoin de lire votre nouveau travail sur le très vénéré et très regretté Don Bosco pour lui donner toute mon approbation. Il me suffisait de savoir que vous avez préparé cette édition sous la surveillance des principaux membres de l'Oratoire de St.-François de Sales.

Hâtez-vous de nous donner plus complète cette vie si belle, si édifiante, si prodigieuse et si féconde.

Il est bon, il est utile de montrer à tous la piété, l'humilité, la charité ardente et toutes les vertus du grand serviteur de Dieu. Il est bon de raconter comment le Fondateur des Salésiens est devenu le Père et le sauveur de milliers et de milliers de pauvres enfants; comment le St. Vincent de Paul de Turin a fait de si grandes choses, n'ayant pour le soutenir que sa foi et son cœur; comment le petit grain de sénevé est devenu, en si peu de temps, un grand arbre qui étend sur l'Europe et sur le Nouveau Monde ses branches vigoureuses couvertes de fleurs et de fruits.

Puisse le récit de cette vie si sainte, si merveilleuse et si féconde consoler la grande famille qui pleure un père bien-aimé! Puisse-t-elle susciter aux œuvres de Don Bosco, si visiblement bénies du Ciel, les sympathies et les coopérateurs dont elle a besoin! C'est l'Église, c'est la société, ce sont les âmes qui bénéficieront de plus en plus du souvenir de celui qui a passé sur la terre, comme le Divin Maître, en faisant le bien.

Je bénis de tout mon cœur votre excellent travail, qui nous conservera toujours vivantes et toujours plus chères la pieuse figure et la douce mémoire de Don Bosco.

Recevez, Monsieur le Docteur, l'expression de mes sentiments respectueux et dévoués en Notre Seigneur.

† MATHIEU - VICTOR
Évêque de Nice

PRÉFACE

Oɴ Bosco, tout jeune prêtre encore, avait déjà trouvé sa voie et fait choix de son ministère. Mais cette voie était si nouvelle, et ce ministère embrassait un tel nombre d'œuvres, que des amis, d'ailleurs très bienveillants, s'en émurent un peu.

Pour être plus sûrs de faire une démarche utile, ils s'adressèrent à Don Cafasso, maître des Conférences de morale à St. François d'Assise, et confesseur de Don Bosco.

— Mais quel homme est-ce donc que votre Don Bosco? Le zèle est sans contredit une chose divine, à condition toutefois qu'il soit réglé, se restreigne sagement à un genre bien défini d'occupations et s'y applique avec esprit de suite et vigueur.

Don Bosco, lui, n'entend pas de cette oreille : prédication et confession ne lui suffisent plus ; aumônier d'un établissement de jeunes filles, il met son bonheur à traîner à sa suite, dans les rues de la ville, des petits vagabonds et vauriens de toute espèce ; il rêve d'établir, dans des bâtiments édifiés par lui, une imprimerie ; il parle d'entreprendre des missions lointaines... en un mot, rien ne le déconcerte. Ne serait-ce pas rendre à l'Église un véritable service que de tracer des limites précises à un zèle trop entreprenant pour être entièrement selon Dieu ?

Don Cafasso, souriant, écoutait avec le plus grand calme ces représentations qui, sous une forme ou sous une autre, lui arrivaient assez fréquentes ; puis, invariablement, il répondait d'un ton grave et avec un accent presque prophétique : *Laissez-le faire, laissez-le faire !*

Personne, à Turin, ne refusait à Don Cafasso comme une sorte de discernement des esprits : il en avait fait preuve bien des fois et dans des circonstances souverainement délicates ; mais on était tenté de croire

que, pour Don Bosco, ce sens surnaturel pourrait
bien être quelque peu en défaut.

Et tout ce monde de revenir à la charge avec une
persévérance et un luxe de considérations qui témoignaient au moins d'un soin extraordinaire des intérêts
de Dieu.

Don Cafasso, à qui ces démarches réitérées de personnages influents, révélaient peut-être des mobiles
moins élevés, se montrait toujours affable, bon, ac-
cueillant, mais toujours aussi concluait par ce mot
devenu célèbre : *Laissez-le faire!*

Un jour cependant, il se départit de cette réserve
mystérieuse, et prononça quelques paroles, profondes,
sans aucun doute, mais de nature à éclairer d'un
jour particulier l'existence sacerdotale de son pénitent. — *Savez-vous bien qui est Don Bosco? Pour
moi, plus je l'étudie et moins je le comprends.
Je le vois simple et extraordinaire; humble et grand;
pauvre et travaillé de vastes pensées, de projets en
apparence irréalisables...; et avec tout cela, constamment traversé dans ses desseins et comme incapable de mener à bien ses entreprises... Pour
moi, Don Bosco est un mystère. Si je n'avais la
certitude qu'il travaille pour la gloire de Dieu,
que Dieu seul le conduit, que Dieu seul est la fin*

de tous ses efforts, je le taxerais d'imposteur, d'hy-
pocrite, d'homme dangereux, pour ce qu'il laisse
deviner plus encore que pour ce qu'il dit... Je
vous le répète, pour moi, D. Bosco est un mystère :
LAISSEZ-LE FAIRE.

Le vénérable prêtre, quand on l'interrogeait au
sujet de son pénitent, demeura toujours aussi énig-
matique. Et plus tard, quand Don Bosco, abandonné,
bafoué, persécuté, semblait donner raison aux pro-
phètes de malheur, Don Cafasso disait encore : *Laissez-le*
faire.

On sait maintenant si Don Cafasso se trompait.

Après un demi-siècle d'une vie remplie comme celle
dont Dieu est le centre, Don Bosco a gagné la terre
de la vision. De son vivant même, son nom a été
porté dans les deux mondes. Pour satisfaire la piété
d'un siècle que l'on accusait de ne plus croire aux
choses merveilleuses, il avait fallu raconter à grands
traits cette existence bénie dont la trame est toute
surnaturelle.

Un des premiers, M. le docteur D'Espiney, obéis-
sant à la fois à un besoin de vénération pour Don
Bosco et d'entier dévouement à ses Œuvres, a voulu
faire profiter ses frères de tout ce qu'une douce

intimité avec Don Bosco, comme un contact permanent avec ses fils, lui avait révélé de trésors d'édification. Il se trouvait donc dans des conditions particulièrement heureuses pour dire ce qu'il avait vu de ses yeux, touché de ses mains et compris avec son cœur. Loin d'être obligé à des récherches auxquelles un autre biographe eût été forcément condamné, M. D'Espiney a eu le souci constant de se borner; le moment n'était point venu de mettre en œuvre des richesses déjà immenses, mais que le temps et la grâce devaient accroître encore. Ce premier travail, traduit en plusieurs langues, a parcouru le monde et réjoui bien des âmes, suavement et saintement.

Mais la mort de Don Bosco, en rendant à l'histoire une liberté plus large, appelait nécessairement une nouvelle étude sur notre vénéré Fondateur.

Si, en présence d'un pareil sujet, quelqu'un devait se lever et dire à des chrétiens la parole que nous voulons tous savoir touchant les amis de Dieu, c'étaient assurément les enfants de la famille religieuse fondée par notre Père bien-aimé. Ils ne l'ont point voulu.

Mais s'ils le pouvaient, ils le devaient; pourquoi ne l'ont-ils point voulu?

Un mot explique tout: Don Bosco EST UN MYSTÈRE.
Après cinquante ans de merveilles qui toutes sont
éclairées du côté du ciel, cette parole d'un prêtre,
qui peut-être ne la tenait point de la terre, n'a pas
cessé d'être vraie.

Don Bosco est un mystère, et un mystère inson-
dable, dans la mesure précise où Dieu est mêlé à
son existence.

Ceux qui ont vécu de sa vie et recueilli ses actes,
attestent que cette vie est un monde; elle comporte
des documents si nombreux et d'une importance telle,
que l'Église verra, à l'heure de la Providence, s'écrire
dans son histoire une page que personne ne peut
soupçonner.

Le travail documentaire s'élabore activement, mais
ce sont des années que les Salésiens verront s'écouler
avant qu'il leur soit possibile de livrer au public le
monument projeté.

Dès lors, en attendant cette œuvre, quelqu'un
pouvait-il prétendre écrire, en quelques mois à peine,
une vie *complète* de Don Bosco? Nous ne saurions
le penser. Il est des mémoires qui exigent tous les
genres de respects: celle de D. Bosco ne peut rien
gagner à être traitée, avant le temps, par des procédés superficiels.

Le désir, en soi d'ailleurs fort louable, d'offrir promptement à l'admiration de notre siècle une figure aussi imposante, pouvait venir à qui ignore quels événements gravitent autour de cette existence.

M. D'ESPINEY n'est point cet homme.

Il n'y avait donc qu'une chose à faire : raconter simplement la vie du petit pâtre des *Becchi*, mais la raconter avec ce qui l'explique, c'est-à-dire en la tenant avec soin dans le rayon de lumière surnaturelle où elle baigne, et qui, par une irradiation constante, lui donne sa raison d'être.

Les saints sont des reflets de Dieu. Les connaître à leurs actes nous serait d'un faible secours, si nous n'apprenions à les aimer pour rendre gloire à Dieu et devenir saints nous-mêmes.

Cette pensée a décidé M. D'ESPINEY à ne point changer la forme primitive de son livre; et les Supérieurs majeurs de la Société Salésienne, consultés, y ont applaudi de tout cœur.

On avait été heureux de voir, dans un premier tableau, la vie entière de Don Bosco se dérouler avec ses circonstances extraordinaires; puis, des récits où la protection de la Très Sainte Vierge apparaissait, touchante et manifeste, imprimaient un caractère particulier à cette vie, du côté qui regarde le ciel.

Dans son nouveau travail, M. D'Espiney ne procède pas autrement. La première partie est une *esquisse* embrassant la vie *entière* de Don Bosco; — la seconde montre *le serviteur de Marie Auxiliatrice,* opérant sous l'égide de la Mère de Dieu.

L'histoire de cet appui céleste est ébauchée dans une série nombreuse de faits extraordinaires, inédits pour la plupart, et classés dans l'ordre chronologique.

Ces faits, qui nourrissent la foi des croyants, ont chacun leur grâce: s'ils n'opèrent pas toujours des résurrections dans le monde des âmes, ils peuvent du moins faire cesser bien des sommeils redoutables et ranimer ceux qui chancellent.

Mais qu'on le sache bien: cette moisson peut paraître riche; elle n'est cependant qu'une gerbe réunie à la hâte dans un champ où Dieu s'est plu à faire croître une moisson immense.

La prudence, la nécessité de donner enfin satisfaction à des désirs si légitimes, et le cadre que M. D'Espiney s'est tracé, de concert avec les Supérieurs de l'Oratoire de Turin, commandent de laisser bien des trésors. Mais par ce qui est mis en lumière, on verra que la sève divine de l'Église a toujours sa source dans le cep divin des âmes, Jésus, fils de Dieu.

Ce Jésus a parlé : « En vérité, en vérité, je vous
» le dis, celui qui croit en moi, les œuvres que je
» fais, il les fera et de plus grandes encore » (1).

Le Verbe de Dieu ne passe point. Ce que Don
Bosco a opéré par Marie Auxiliatrice est une réalisation touchante de cette parole divine ; et en lisant
les pages de M. D'Espiney on en aura plus qu'un
pressentiment.

Mais Saint Jean, qui a recueilli cette promesse
du Maître, a scellé son Évangile sublime par un mot
qui contient bien d'autres clartés.

« Il y a encore beaucoup d'autres choses que
» Jésus a faites : si elles étaient écrites en détail,
» je ne pense pas que le monde lui-même pût con-
» tenir les livres qu'il faudrait écrire (2). »

Ces deux passages s'expliquent l'un par l'autre,
se corroborent et tirent, du rapprochement qu'on en
peut faire, des splendeurs de promesses étonnantes
et de précieux encouragements ; ils fournissent aussi
une règle pour pénétrer le secret des relations de
Dieu avec ses saints. Si parmi les actions de Jésus,
un nombre infini a échappé aux admirations de la
terre, si les saints de Jésus, de son propre aveu,

(1) S. JEAN, XIV, 12.
(2) S. JEAN, XXXI. 25.

font ses œuvres et de plus grandes encore, l'âme
d'un serviteur de Dieu n'est-elle pas un spectacle à
plonger dans le ravissement les anges les plus beaux ?
et sa vie ne peut-elle pas alimenter la piété des
bienheureux eux-mêmes ? Nous n'avons guère d'un
saint que ce qu'il opère aux yeux des hommes sous
le regard de Dieu : saurons-nous jamais, ici-bas, ce
qui s'est passé entre Dieu et l'âme d'un élu de choix ?

Recueillons du moins avec reconnaissance ce que
la bonté divine nous distribue du fruit de ces grâces
sans nombre, qui ornent le cœur des saints ; que ces
pages, où Don Bosco va revivre, soient, à tous ceux
à qui elles iront parler du ciel, comme un gage
assuré des biens à venir. Il est toujours fortifiant
et doux de voir comment Dieu lui-même prend soin
d'essuyer les larmes que les saints, plus que les
autres hommes, répandent durant leur pèlerinage de
douleurs terrestres ; cela nous fait regarder du côté
de l'éternité, où, si nous le voulons, nous trouverons
Dieu prêt à sécher nos pleurs : et cette caresse divine
ne finira plus, parce que les choses du temps auront
passé pour jamais.

(Bulletin Salésien de Septembre 1888)

DON BOSCO

ESQUISSE

DON BOSCO

« *Un tendre amour envers le prochain est un des plus grands et excellents dons que la divine Providence puisse faire aux hommes.* »

Cette charmante pensée de Saint François de Sales, inscrite en tête du *Bulletin Salésien*, est vraiment la caractéristique de l'Œuvre Salésienne.

Don Bosco, dans sa vie mortelle, a été tout amour; il a aimé du plus tendre amour cette innombrable multitude d'enfants qui l'ont appelé *mon père*.

Et c'est dans l'écoulement de cet amour, puisé au cœur même de Notre Seigneur Jésus-Christ, que ce pauvre prêtre, dénué de toute

ressource humaine, a trouvé l'inspiration et
la force de fonder cette pieuse Société de
Saint-François de Sales, destinée peut-être,
un jour, à couvrir toute la terre de sa vi-
goureuse floraison.

« Le but de cette association est de se
livrer à l'exercice des différentes œuvres de
piété et de charité et, en particulier, de *prendre
un soin spécial de la jeunesse pauvre et abandonnée*, de qui dépend l'avenir heureux ou
malheureux de la société. »

La jeunesse pauvre et abandonnée ! Est-il
une œuvre plus admirable que de prendre
un *soin spécial* de ces enfants que le délais-
sement, l'ignorance, le contact d'êtres dé-
pravés ou pervertis livrent sans défense aux
atteintes du mal !

Don Bosco va les recueillir, leur donner
un asile, leur apprendre un métier honora-
ble, en faire des hommes utiles à leur pays ;
mais, bien plus encore, il va les ennoblir,
pour ainsi dire, en les initiant aux splendeurs
de la vérité révélée. Il leur découvrira l'immortelle beauté de cette âme, faite à l'image
d'un Dieu qu'ils outragent parce qu'il ne le
connaissent pas ; et, de ces enfants du peuple, beaucoup vont être élevés à la plus

haute dignité que l'homme puisse revêtir sur cette terre : il en fera des Prêtres !

Nous allons voir comment Don Bosco fut préparé et conduit à accomplir la mission que devait lui confier la divine Providence.

ANNÉES DE JEUNESSE

———

Jean Baptiste Bosco naquit le 15 août 1815, jour de l'Assomption de la Sainte Vierge, à Châteauneuf d'Asti, dans les environs de Turin.

Son père, François Bosco, possédait là, au hameau des *Becchi*, une petite propriété. Il cultivait lui-même son bien, et vivait du produit de ses champs. Il était veuf lorsqu'il épousa, en secondes noces, Marguerite Ochiena, qui lui donna deux fils: l'aîné reçut le nom de Joseph, le cadet fut notre Jean.

Cette union, parfaitement heureuse, fut brisée prématurément par la mort du chef de famille, emporté à la suite d'une courte maladie. Perte irréparable; car François, homme juste et bon, travailleur infatigable, était le modèle des maris; c'était, de plus, un chrétien parfait.

Jean n'avait que deux ans lorsque l'épreuve visita si cruellement ce paisible foyer; mais Marguerite était une mère incomparable. Elle prit résolument la direction de la maison, elle n'hésita pas à se mettre elle-même au travail de la terre, avec les deux domestiques de son mari qu'elle avait voulu conserver, et, surtout, elle s'occupa avec une infatigable vigilance de l'éducation de ses enfants.

Cette surprenante éclosion qui fit du petit Jean un apôtre... un Saint! elle fut tout entière, on peut le dire, l'œuvre de cette femme remarquable qui, sous les humbles vêtements d'une paysanne, cachait un cœur digne d'une reine.

Marguerite Bosco était marquée de la mâle empreinte que donne la vie des champs; mais la rudesse native de cette forte race était adoucie, chez elle, par une charité sans bornes, par un immense amour de Dieu et du prochain. De là une véritable distinction, et une rare délicatesse de sentiments.

Douée d'une grande fermeté, elle se montrait surtout impitoyable lorsqu'il s'agissait de repousser le mal. Le péché lui faisait absolument horreur, et, un jour que, conduisant ses deux fils, elle fit la rencontre d'un vieillard qui proférait des paroles grossières: « mes enfants, dit-elle, si vous deviez jamais ressembler à ce malheureux, je prierais Dieu de vous faire mourir à l'instant! »

Les préoccupations de la vie matérielle n'excluaient pas les soins de l'âme. De bonnes lectures venaient réconforter tous les gens de la maison; la prière du matin et du soir se faisait en commun, et même, lorsqu'on allait aux champs ou qu'on revenait du travail, la pieuse Marguerite manquait rarement de dire, tout haut, le Rosaire; ses enfants et les domestiques répondaient.

Elevé dans ce milieu dont la simplicité ne manquait pas d'une certaine grandeur, sous l'aile d'une de ces mères telles que le bon Dieu les donne à ses élus, Jean Bosco se développa rapidement. Une grande sobriété dans la nourriture, la vie en plein air, un travail soutenu le rendirent fort et robuste. Il était naturellement très observateur, parlait peu, écoutait beaucoup, et faisait preuve d'une intelligence et d'une décision vraiment surprenantes pour son âge.

Il ne tarda pas à prendre sur ses jeunes camarades, et même sur des personnes plus âgées, une influence extraordinaire. Si une discussion avait lieu, il était volontiers choisi pour arbitre; s'il assistait à une veillée, c'était fête, dans le voisinage, et l'on accourait pour l'entendre. C'est que personne ne savait, comme lui, dire d'émouvantes histoires, dans lesquelles ne tardaient pas à paraître les faits merveilleux qu'il avait lus dans la vie des Saints. Il avait une manière de raconter qui impressionnait vivement son naïf auditoire, et il le tenait des heures entières sous le charme.

Déjà se révélait cette étrange puissance d'attraction qu'il devait posséder à un si haut degré !

Ici je ne puis résister au désir de raconter un trait vraiment caractéristique, parce qu'il nous montre le jeune Bosco préludant à son action sur les hommes.

Il arriva qu'un saltimbanque prit l'habitude de venir, tous les dimanches, s'installer sur la petite place qui est devant l'église. Il n'est que trop commun, à la campagne, de voir des jeunes gens rester à la porte de l'église pendant les offices, au lieu d'y assister,

et la présence de ce faiseur de tours aug-
menta sensiblement le nombre des flâneurs.

Le petit Jean avait remarqué le grand
déplaisir que cela causait à son pauvre Curé;
d'autant plus que le roulement du tambour
commençait avant la fin de la messe, et
troublait tout le monde. Son plan fut vite
tiré, et rapidement mis à exécution.

A ce moment il faisait fonctions de berger
dans une prairie au milieu de laquelle s'é-
levait un poirier remarquable par la grosseur
de ses branches. Il se servit de cet arbre pour
disposer des cordes, et il s'ingénia à répéter
les tours qu'il avait vu faire.

Comme il était remarquablement fort,
et surtout adroit, il fut bientôt passé maître.

A quelque temps de là, lorsque parut le
saltimbanque, le jeune berger, placé au premier rang des spectateurs, se mit à dire d'un
air narquois, après chacun des tours: — ce
n'est pas malin, cela.

Cette insistante critique finit par exaspérer le saltimbanque, qui l'apostropha vivement :

— Fais-en donc autant, toi, petit moutard!

— Je vous dis que ce n'est pas malin, —
et sans autre formalité, le voilà qui exécute

les mêmes tours avec une adresse qui souleva de frénétiques applaudissements; puis il en fit d'autres qu'il avait imaginés.

Cette passe d'armes d'un nouveau genre se termina par la défaite incontestée du saltimbanque, et on ne le vit plus reparaître.

On peut penser si les gens de Châteauneuf se montrèrent fiers de ce succès, qui donnait un véritable relief à la commune.

Cependant, le dimanche suivant, beaucoup d'entre eux manifestèrent leur regret d'être privés d'une distraction à laquelle ils avaient pris goût.

Alors Jean leurs proposa de remplacer le faiseur de tours, et de leur donner régulièrement leur spectacle favori, ce qui fut accepté avec enthousiasme.

Mais avant de commencer, voilà qu'il se met à leur réciter, avec une sûreté de mémoire imperturbable, tout le sermon qu'avait donné le Curé pendant la Messe, et que, naturellement, ceux qui étaient restés à la porte n'avaient pas entendu. Il y eut bien quelques murmures, quelques timides protestations, mais personne ne lâcha pied, et on fut bien récompensé par les beaux tours qui suivirent.

A la séance, suivante Jean Bosco ne se borna pas à la récitation du sermon; il y joignit une dizaine de chapelet, et, plus tard, le chapelet tout entier. Étrange apostolat s'il en fut! On acceptait tout ce qu'il demandait, et il est vraiment extraordinaire de voir un jeune garçon, presqu'un enfant, agir ainsi sur les multitudes.

Avec une mère comme Marguerite Bosco, on ne sera pas étonné si la vocation ecclésiastique se révéla de bonne heure chez Jean. Il avait été, à sa naissance, consacré à la Sainte Vierge, et un songe qui le frappa extraordinairement lui avait, en quelque sorte, indiqué la voie qu'il devait suivre. Depuis lors, il manifestait hautement et résolument son intention de devenir prêtre. Mais la réalisation d'un tel désir n'était pas sans difficultés: il n'existait pas d'école dans la paroisse, et, si le petit berger savait à fond le catéchisme que lui avait enseigné sa mère, son instruction n'allait pas beaucoup au delà.

Il arriva, sur ces entrefaites, que le Curé, frappé des rares dispositions qu'il avait remarquées chez son jeune paroissien, offrit spontanément de lui faire la classe une fois par semaine, ce qui fut accepté, par la mère et le fils, avec une joie facile à comprendre.

Les *Becchi* sont un hameau isolé situé fort loin de l'église de Murialdo, autre hameau de la commune de Châteauneuf d'Asti, et centre religieux de cette partie de la paroisse. C'étaient dix kilomètres pour l'aller et le retour; mais Jean Bosco faisait allégrement ce trajet.

Son application soutenue et son étonnante mémoire lui permirent de réaliser de rapides progrès. Malheureusement son maître, le vénérable Don Calosso, fort âgé et usé par les fatigues d'un long ministère, fut enlevé subitement par une attaque, et voilà les études arrêtées (1828).

Le chagrin de Jean fut si profond que sa santé menaçait de fléchir; aussi sa mère lui permit-elle bientôt de suivre l'école publique de Castelnuovo. Seulement le trajet journalier était considérable; et Marguerite finit par mettre son fils en pension chez un brave homme de sa connaissance. Cette première séparation fut pénible; mais on évitait une fatigue excessive et une perte de temps fâcheuse.

De cette école, Jean passa à celle de Chieri, dont les cours étaient plus sérieux et plus relevés. C'est là qu'il termina ses études de latin.

Le moment était venu de faire choix d'une carrière. Jean n'avait jamais varié dans sa résolution de se consacrer au Seigneur; seulement il hésita, d'abord, entre le clergé séculier et un ordre religieux. La robe de bure des Franciscains avait pour lui un véritable attrait. D'un autre côté il était toujours sous l'influence de ce songe singulier, qui lui paraissait surnaturel, et dans lequel il s'était vu conduisant un troupeau de moutons qui s'étaient changés en enfants. Il finit par se décider pour le grand Séminaire.

À ce propos, nous devons rapporter une parole superbe de Marguerite Bosco: elle peint admirablement l'austère grandeur de cette femme du peuple. Comme l'on faisait remarquer à Jean que, s'il se décidait pour le clergé séculier, il pouvait, avec ses grandes facultés, prétendre à une position élevée, Marguerite s'écria: *Mon fils, si en te faisant prêtre tu devais devenir riche, sache-le, je ne te verrais plus, et je ne mettrais jamais les pieds dans ta maison. Je suis née pauvre, je*

*veux rester pauvre. Une seule chose m'importe:
le salut de ton âme.*

Nous pourrions dire bien des traits intéressants et édifiants qui signalèrent les six
années que Jean Bosco passa au grand Séminaire de Chieri; mais nous avons hâte
d'arriver à sa vie sacerdotale.

LE SACERDOCE

Dures épreuves.

Jean Bosco fut ordonné prêtre le 5 juin 1841, à l'âge de vingt-six ans. C'est ainsi que le petit berger de Châteauneuf devint Don Bosco (1).

On lui proposa alors divers postes avantageux; mais il préféra rester quelque temps à Turin, sous l'action immédiate de son compatriote et directeur spirituel: M. l'abbé Cafasso. Celui-ci était alors chef des Conférences de morale et directeur de l'Institut ecclésiastique de Saint-François d'Assise.

Don Bosco avait voué à ce digne ecclé-

(1) Le qualificatif *Don* est attribué, en Italie, à tous les prêtres. On ne saurait par conséquent admettre l'orthographe *Dom* qui rappelle une idée toute différente, et s'applique seulement à certains religieux, comme les Bénédictins, les Chartreux, les Trappistes etc.

siastique une vénération et une confiance sans bornes. Il remit entre ses mains toutes ses délibérations et ses actions, et entra dans cet Institut dont la mission est de perfectionner les jeunes prêtres dans la connaissance de la morale pratique, et de les exercer à la prédication.

C'était un milieu bien favorable à l'épanouissement de l'âme; on étudiait, mais surtout on priait, ce qui n'excluait point une participation active aux œuvres de charité extérieure: visite des pauvres, des malades, des hôpitaux, des prisons...

Don Bosco fut introduit par son maître dans les prisons de Turin. Une émotion bien vive saisit le jeune prêtre lorsqu'il put constater que, parmi les détenus, se trouvaient un grand nombre de jeunes gens et même d'enfants.

Cette dépravation précoce le frappa d'épouvante et de pitié. La cause n'en était que trop visible: à leur entrée même dans la vie, ces pauvres enfants avaient été livrés au plus déplorable abandon, n'ayant sous les yeux que l'exemple du vice. Ils étaient tombés, et la société avait dû les enfermer comme des êtres nuisibles. Mais, loin de les améliorer, leur séjour en prison ne faisait que les rendre plus corrompus encore, et ils n'en sortaient que pour y rentrer bientôt sous le coup de nouveaux méfaits.

Dès lors il fut travaillé sans relâche par une invincible impulsion de se consacrer aux enfants pauvres et abandonnés qui pullulaient dans les carrefours de Turin. Il résolut de les arracher aux entraînements du mal dont ils devenaient la fatale proie, et de leur faire connaître, aimer et servir ce Dieu qui était mort pour eux, et dont personne ne leur parlait.

Pendant qu'il roulait dans sa tête et son cœur ce grand projet, une circonstance imprévue, ou plutôt la main de Dieu lui-même, lui conduisit son premier néophyte : Barthélemy Garelli, d'Asti. C'était un enfant de seize ans, orphelin de père et de mère, qui vaguait à l'abandon dans les rues de Turin, comme tant d'autres.

Il entra, par hasard, dans la sacristie de l'église où Don Bosco revêtait les ornements sacrés pour célébrer la sainte messe. Or, le sacristain cherchait, à ce moment, un aide pour servir cette messe, et l'enfant lui parut de bonne prise.

Garelli aurait été bien embarrassé de rendre pareil service. Comme il résistait à des injonctions faites d'ailleurs d'un ton assez brusque, le trop vif sacristain le gratifia de quelques maîtresses taloches. De là cris et tapage.

Don Bosco s'informa immédiatement de ce qui se passait. Il rassura l'enfant, le caressa et le pria d'assister à sa messe; après quoi il se mit à causer avec lui et à l'interroger.

Ce fut avec stupeur qu'il constata sa complète ignorance des choses les plus élémentaires de la religion et, le soir même, il commençait son éducation chrétienne en lui apprenant à faire le signe de la croix.

L'œuvre salésienne avait pris naissance, et cela se passait le beau jour de la fête de l'Immaculée Conception de la Ste. Vierge, le huit décembre 1841.

O Reine du Ciel! que de grâces n'avez-vous pas accordées depuis à Don Bosco et à ses enfants!

Remarquons que le premier enfant que la Providence conduisit à Don Bosco fut rudoyé sous ses yeux. Aussi tout d'abord fut-il invinciblement pénétré de cette conviction:

que, partout et toujours, l'enfant doit être traité avec une extrême douceur.

Cette douceur exquise, cette tendresse même, sont devenues comme le cachet et l'essence de la Société Salésienne.

Le catéchisme qu'on faisait à Garelli attira bientôt quelques-uns de ses camarades. C'étaient, pour la plupart, des apprentis maçons engagés dès leur bas âge à des maîtres qui n'en avaient guère souci. Or il est à noter qu'à partir de ce moment, aucun de ces enfants ne fut victime d'un de ces accidents si fréquents dans leur rude et périlleuse profession. Au commencement de 1842, Don Bosco se trouvait à la tête d'une centaine d'enfants et de jeunes gens, auxquels il enseignait les principes de la religion. Il les réunissait le plus souvent possible et les conduisait aux offices. Il réussit même, non sans efforts, à former un groupe de chanteurs qui donna beaucoup d'attrait aux réunions. Quand il le pouvait, il ne manquait pas de leur procurer quelques petites douceurs matérielles. Il allait aussi les visiter dans leurs chantiers et, lorsqu'ils étaient sans place, il se mettait en campagne jusqu'à ce qu'il leur eût trouvé un bon patron.

L'institut de Saint-François d'Assise et sa modeste chapelle, attenant à la sacristie, furent le premier asile offert à ces enfants. Dès le début, Don Bosco donna à cette réunion le nom d'*Oratoire*, indiquant bien que la prière était la seule puissance sur laquelle il comptât. Dès le début aussi, il se mit, lui et les siens, sous la protection immédiate de la Sainte Vierge.

En 1844, Don Bosco ayant terminé son temps d'études à l'institut de Saint-François d'Assise, dut s'appliquer à quelque partie déterminée du ministère. Mais alors, comme toujours, il voulut faire abnégation de sa propre volonté, et il confia cette décision importante à M. l'abbé Cafasso, son directeur, qu'il considéra comme l'interprète de la volonté divine à son endroit.

Son penchant intime l'incitait bien à s'occuper de plus en plus de ces enfants, qu'il aimait d'un *tendre amour ;* mais avec un détachement qu'on ne saurait trop admirer, il voulut aller là où le bon Dieu l'enverrait.

Après avoir beaucoup réfléchi et prié, l'abbé Cafasso lui désigna les fonctions de directeur du petit hospice de Sainte-Philomène. Il devait aussi s'occuper d'un Refuge, sis dans une maison voisine, et où la marquise Barolo avait réuni un certain nombre de jeunes filles.

Cette nouvelle position paraissait tout d'abord incompatible avec le développement du petit Oratoire; mais, en réalité, elle lui fut très favorable.

L'abbé Borel, d'origine française, était alors directeur du Refuge. Don Bosco trouva en lui le meilleur des amis, et un aide précieux pour l'œuvre des enfants. Dès que ces deux prêtres se trouvèrent réunis, il leur sembla qu'ils s'étaient toujours connus; ils s'aimèrent et se mirent résolument à l'ouvrage, comme de vieux compagnons.

La petite chambre attribuée à Don Bosco au Refuge devint le lieu de réunion des enfants, dont le nombre ne tarda pas à dépasser deux cents. Le local était absolument insuffisant; l'escalier, les corridors devaient recevoir le trop-plein, et l'on peut s'imaginer dans quel état de bouleversement était mise la cellule du pauvre Don Bosco. Mais, chose plus grave, il ne pouvait suffire, même avec l'aide de l'abbé Borel, à les confesser tous, la veille de certaines fêtes.

Dans cette extrémité, on s'adressa à Monseigneur l'archevêque Franzoni, qui approuva l'œuvre et la bénit. Sous cette haute recommandation, la marquise Barolo s'empressa de disposer, dans l'hospiçe, deux chambres dont ont fit, tant bien que mal, une chapelle.

C'est le huit décembre 1844, le jour de l'Immaculée Conception, que Don Bosco y dit pour la première fois la messe, entouré de ses enfants. L'œuvre marchait; l'action de la divine Providence était visible. C'est alors que Don Bosco mit son Oratoire sous le vocable de Saint-François de Sales.

Il fut guidé dans ce choix par plusieurs circonstances, l'une matérielle: la marquise Barolo avait eu l'intention de fonder une Congrégation de prêtres sous ce titre; elle lui avait destiné précisément le local dont elle venait de disposer pour l'oratoire, et, dans cette prévision, elle avait fait peindre, à l'entrée, un portrait de saint François de Sales. En second lieu, Don Bosco avait depuis longtemps reconnu que l'inaltérable douceur et l'exquise mansuétude de saint François de Sales était le meilleur moyen de pénétrer jusqu'au cœur des enfants. D'un

autre côté, quelques hérésies se glissaient
sournoisement dans la ville de Turin et me-
naçaient de troubler les esprits.

L'œuvre devint donc l'*Oratoire de Saint-
François de Sales,* et voilà comment la famille de Don Bosco porte le nom de *Salésienne.*

Mais toute fondation, pour s'appuyer sur
des bases solides, doit passer par l'épreuve,
et même la persécution, parce que le chemin
de la Croix est le seul qui mène à la vérité
et à la vie.

Ces épreuves, ces persécutions deviennent
d'autant plus pénibles et douloureuses qu'elles sont parfois suscitées par des gens de
bien, et même par de vrais chrétiens. Hélas!
les amis les plus sûrs peuvent n'être pas sans
défaillance! C'est l'éternelle histoire de saint
Pierre reniant son maître. Nous allons voir
comment se manifesta l'opposition des hommes, et comment Don Bosco traversa ces
moments difficiles.

L'Oratoire de Saint-François de Sales commençait à prendre bonne tournure. Le catéchisme, le chant des cantiques, des instructions entremêlées d'exemples frappants et de
récits intéressants, sans oublier des jeux va-

riés, voilà qui remplissait bien les réunions.
En outre, Don Bosco avait institué des *écoles
du soir*, bientôt fréquentées par de nombreux
adultes. Ils y recevaient, après leur journée
de travail, une instruction élémentaire bien
précieuse pour eux.

Mais, à ce moment, la marquise Barolo
réclame le local qu'elle avait prêté, et qu'elle
voulait affecter à une autre destination (juillet 1845).

Don Bosco, avec l'aide de Monseigneur
l'archevêque, obtint de la Municipalité l'u-
sage de l'église Saint-Martin.

Ce local n'était guère propice : on ne pouvait célébrer la sainte messe dans l'église,
abandonnée depuis longtemps, et il n'y avait
d'autre lieu de récréation qu'une petite place
publique devant cette église.

Néanmoins l'Oratoire se transporta au
lieu désigné, et il faut conserver les paroles
mémorables que le Révérend abbé Borel prononça dans cette circonstance : « Mes enfants,
les choux ne peuvent faire grosse et belle tête
que si on les transplante ; c'est donc pour
notre bien que nous sommes transplantés ici.»

Ce bien n'était pas très apparent, mais
on acceptait gaiement la mauvaise fortune

On peut imaginer quel bruit devaient faire trois cents enfants, prenant leurs ébats ! Aussi les habitants des maisons qui donnaient sur la place, devenue le lieu de récréation, ne tardèrent pas être importunés de ce tapage inusité. Ils portèrent plainte, et le Syndic de la ville signifia à Don Bosco qu'il eût à se pourvoir d'un autre emplacement.

Cependant la municipalité était loin d'être hostile à cette œuvre; elle voyait même avec intérêt l'établissement des classes du soir. Aussi ne fit-elle aucune difficulté d'accorder l'église de Saint-Pierre-ès-Liens.

A cette église, très appropriée aux cérémonies du culte, était attenante une vaste cour, tout à fait convenable pour la récréation des enfants; enfin un grand vestibule pouvait servir de salle d'études: tout paraissait pour le mieux.

Hélas! Dès le lendemain, le recteur qui habitait la cure, troublé par le bruit qu'avaient fait les enfants, et effrayé de voir compromise la tranquillité dont il jouissait dans cette retraite, porta une plainte si accentuée que la permission donnée fut aussitôt retirée.

Se réunir dans la cellule de Don Bosco était une impossibilité matérielle. Pendant deux mois l'Oratoire dut fonctionner en plein air.

Le dimanche et les jours de fête, les enfants, en grand nombre, se groupaient, dès le matin, autour de Don Bosco, nouveau Moïse, qui conduisait son petit peuple dans quelqu'une des églises de la banlieue, où il leur disait la messe. Chacun avait apporté quelques menues provisions. Certes les repas n'avaient pas trois services, et l'on ne faisait pas trois repas par jour; mais l'appétit était incomparable. Après un déjeuner sommaire, il y avait catéchisme en plein air, puis instruction. La promenade terminait la journée et, le soir, l'on rentrait en ville au chant des cantiques, en attendant la terre promise sous la forme d'un abri quelconque.

Cette existence, pleine de poésie à un certain point de vue, ne devenait plus possible à l'approche de la mauvaise saison. Au commencement de l'hiver, Don Bosco dut louer trois chambres dans la maison Moretta, située presque en face du lieu où est maintenant le sanctuaire de Notre-Dame Auxiliatrice.

Mais le moment de la tranquillité n'était pas encore venu, et les tracasseries allaient se succéder sans relâche.

Ce fut d'abord le marquis de Cavour, alors Vicaire, c'est-à-dire chef de la police municipale de Turin, qui affecta de voir, dans ces inoffensives réunions, un but politique et un danger pour l'Etat. Il voulut les faire supprimer, et il fallut toute l'énergie de Don Bosco pour écarter ces sérieuses difficultés.

Le clergé de Turin se mit lui-même de la partie. Il s'émut de voir une œuvre s'élever sans sa participation, et les curés prétendirent même que leurs églises allaient devenir désertes.

La réponse était bien simple: presque tous ces enfants étaient étrangers à la ville; la plupart n'avaient ni feu ni lieu, et par conséquent ne faisaient partie d'aucune paroisse. Etait-ce donc un mal que de les arracher aux dangers de la rue, et ne faisait-on pas ainsi de précieuses recrues pour les églises?

Ce malentendu finit par s'arranger.

Mais alors il arriva que les locataires de la maison Moretta, où l'on se réunissait, se plaignirent avec tant d'insistance du bruit que faisaient les enfants et du dérangement qui en résultait pour eux, que le propriétaire donna brusquement congé; et voilà l'œuvre encore une fois sur le pavé.

C'était au printemps de 1846; la saison était belle. — Le bon Dieu, pensa Don Bosco, ne traitera pas plus mal mes pauvres enfants qu'il ne traite ses petits oiseaux. Ne pouvant trouver une maison, il loua un pré.

Cette fois l'installation de l'Oratoire était tellement primitive qu'on ne pouvait s'empêcher de songer à Notre-Seigneur, parcourant les bourgades de la Judée, suivi de ses disciples et de la foule du peuple, et n'ayant pour abri que la voûte étoilée.

Le dimanche, les enfants venaient de bonne heure. Ils commençaient la journée en se confessant à *leur père* ; et vraiment le mode de confession usité dans la famille salésienne rappelle bien, par sa simplicité touchante, les rapports du père au fils. Le prêtre, assis, passe un de ses bras autour du cou du pénitent agenouillé à ses pieds, et il le tient, pour ainsi dire, appuyé sur son cœur. Que l'aveu des fautes devient ainsi doux et facile !

Le siège de Don Bosco était un petit tertre de gazon. Faute de cloche, on avait imaginé de réunir le jeune bataillon au moyen d'un tambour et d'une trompette, sortis on ne sait d'où, et qui eussent fait la joie d'un amateur d'antiquités. Tout le reste de l'installation était à l'avenant. Mais que de bien se fit dans cet humble asile! Quelles délicieuses et touchantes allocutions savaient pénétrer jusqu'au cœur des enfants! Quelles naïves et ferventes prières montaient au ciel!

Les enfants étaient conduits à une église voisine pour entendre la messe. Puis ils allaient déjeuner, — comme ils le pouvaient; — et ils revenaient passer leur journée dans cet aimable pré du Valdocco où des jeux fort animés alternaient heureusement avec les instructions et les exercices spirituels.

Hélas! Ce malheureux pré lui-même devait bientôt échapper à Don Bosco. Les propriétaires prétendirent que le piétinement des enfants détruisait jusqu'aux racines de l'herbe, et ils lui signifièrent son renvoi.

Et pour que l'inanité de l'appui qui vient des hommes fût bien constatée, Don Bosco perdit, à ce moment, sa position de directeur de l'institution de la marquise Barolo, et les émoluments attachés à cette place, qui étaient à peu près son unique ressource.

Dans cette occurrence, ses amis et le Révérend abbé Borel lui-même, l'engagèrent à renoncer à son patronage d'enfants : — Ne gardez, lui dirent-ils, qu'une vingtaine des plus petits, et renvoyez les autres. Vous ne pouvez faire l'impossible, et la divine Providence elle-même paraît vous indiquer clairement qu'elle ne veut pas votre œuvre.

— La Divine Providence! répondit Don Bosco qui leva les mains au ciel et dont les yeux brillèrent d'un éclat surprenant, — elle m'a envoyé ces enfants et je n'en repousserai jamais un seul, croyez-le bien. J'ai l'invincible certitude qu'elle me fournira tout ce qui leur est nécessaire, et, puisqu'on ne veut pas me louer un local, j'en bâtirai un avec l'aide de Marie Auxiliatrice. Nous aurons de vastes bâtiments capables de recevoir autant d'enfants qu'il en viendra; nous aurons des ateliers de tout genre, pour qu'ils apprennent un métier selon leur goût, des cours et des jardins pour les récréations; enfin nous aurons une belle église et des prêtres nombreux qui instruiront les enfants, et prendront un soin spécial de ceux chez lesquels se manifestera la vocation religieuse.

C'est à ce moment que Don Bosco passa pour avoir perdu quelque peu la raison. On le regarda comme un pauvre fou digne de pitié. On était confirmé dans cette idée par les détails minutieux qu'il donnait volontiers sur le futur Oratoire, dont le plan existait évidemment dans sa tête. Il faisait la description de l'église, des ateliers, des dortoirs, des classes, des cours et des jardins, le tout conçu dans des proportions si vastes et si peu en rapport avec ses ressources, que le dérangement de son esprit ne paraissait pas douteux.

Le vide se fit peu à peu autour de lui; les amis dont l'attachement paraissait le plus solide le délaissèrent.

Et même cette croyance en sa folie s'accentua tellement qu'on voulut l'enfermer dans une maison de santé.

Nous dirons ce qu'il advint de cette tentative, et comment elle tourna à la confusion de ceux qui en avaient eu l'idée.

— >-·⚇·-<— —

LE HANGAR DU VALDOCCO

———— ✳ ————

Le jour était arrivé où les enfants se réunissaient pour la dernière fois dans le pré. Le lendemain même, il devait être rendu à son propriétaire, et Don Bosco ne savait où il pourrait, le dimanche suivant, donner rendez-vous à ses chers petits.

Ce fut comme la station au jardin des oliviers.

Ses traits exprimaient l'abattement, et ses joues conservaient la trace de larmes amères.

Les enfants le virent se prosterner à terre. Ils l'entendirent s'écrier: « Mon Dieu! que

votre sainte volonté soit faite! Abandonne-
rez-vous ces orphelins? Inspirez-moi ce que
je dois faire pour leur trouver un asile! »

A peine avait-il achevé cette prière que
survint un nommé Pancrazio Soave:

— Monsieur l'abbé, ne cherchez-vous pas
un laboratoire?

— Pas laboratoire, mais Oratoire.

— Cela ne fait rien; j'ai votre affaire.
Mon compère Pinardi, qui est brave homme,
a un superbe hangar à louer; c'est absolument ce qu'il vous faut.

Quelle ouverture de la divine Providence!
Don Bosco s'empressa de se rendre, avec Pancrazio, au lieu indiqué.

Ce hangar était une construction d'une
simplicité rare, et tel missionnaire qui prê-
chait les sauvages pouvait bien avoir quelque
chose d'approchant. Le toit était si peu élevé
qu'en certains endroits on ne pouvait se tenir debout sans baisser la tête. Quelque bâtiments attenants ne valaient guère mieux.

— C'est vraiment trop bas, fit observer
Don Bosco. Mes enfants ne sont pas bien
grands, mais ils auraient de la peine à se
loger ici.

— N'est-ce que cela? reprit Pinardi, je

vais vous faire creuser le sol autant que vous le voudrez, j'y mettrai un plancher et vous aurez un petit palais. Notez que je suis chantre: je vous offre mon concours pour vos offices. J'ai aussi une belle lampe que je vous prêterai pour votre chapelle.

Tant de bon vouloir toucha Don Bosco:

— Voyons, pouvez-vous faire creuser le sol d'un demi-mètre?

— Je m'en charge.

— Pour dimanche prochain?

— Pour dimanche prochain.

— Vous me donnerez la jouissance des terrains qui sont autour?

— Vous l'aurez.

— Combien?

— Trois cents francs par an.

— Je vous donnerai trois cent vingt francs, mais je veux un bail.

— Vous aurez un bail.

— Alors c'est fait.

L'affaire conclue, Don Bosco revint à son pré. Le soleil couchant éclaira une scène vraiment émouvante.

Les pauvres enfants apprirent avec transport que la divine Providence leur envoyait un asile. Ils acclamèrent ce hangar du Valdocco, qu'ils ne devaient d'ailleurs plus quitter; car c'est sur cet emplacement même que fut construit, par la suite, l'Oratoire de Saint-François de Sales, tel qu'il existe aujourd'hui.

Immédiatement on se mit à réciter un chapelet en action de grâces. Dieu sait si on le dit avec ferveur!

Pinardi, avec l'aide de Pancrazio et de quelques ouvriers, fit des merveilles. En huit jours, comme il en avait pris l'engagement, le hangar fut mis en état fort présentable. Le dimanche suivant, douze avril 1846, saint jour de Pâques, non seulement on entra en possession du nouveau local, mais encore on put y célébrer les Saints-Offices. Le hangar, dont on avait abaissé le sol et qu'on avait muni d'un plancher, était devenu une chapelle assez réussie; une remise y avait été adjointe, et le terrain ne manquait pas, tout autour, pour la récréation des enfants.

Monseigneur avait accordé tout de suite la permission de dire la messe dans la chapelle, et d'y pratiquer les divers exercices du culte: bénédictions, sermons, neuvaines etc.

Bientôt sept cents enfants se pressèrent dans l'*Oratoire de Saint-François de Sales*

du Valdocco, et l'Œuvre prit un essor tout
à fait encourageant.

Ce succès ramena à Don Bosco quelques
amis qui s'étaient naguère éloignés de lui.
Il lui attira, en outre, de nouveaux aides et
de précieuses adhésions.

Les journées étaient bien remplies à l'O-
ratoire. Le dimanche et les jours de fêtes la
chapelle était ouverte non seulement aux
enfants, mais encore aux voisins qui ne tardèrent pas à y affluer ; et cette circonstance
fut bien heureuse pour ce quartier, alors fort
mal habité. On peut dire qu'il subit, à dater
de ce moment, une transformation tout à
fait inespérée.

Il y avait confession jusqu'à huit ou neuf
heures du matin, puis messe. Don Bosco faisait un prône, toujours fort intéressant, sur
l'Evangile du jour, et il y ajoutait des récits
tirés de l'histoire sainte.

Ensuite récréation ; puis classe jusqu'à
midi.

A deux heures, catéchisme, chapelet, vêpres de la Sainte Vierge, nouvelle instruction, chant des cantiques.

Tout cela rendu si attrayant que, le soir
venu, les enfants ne se décidaient qu'à

grand'peine à partir, et il fallait vraiment les pousser jusqu'à la porte: — adieu, bon Père, au revoir, à dimanche!

Et le bon Père Don Bosco s'était tellement donné qu'il pouvait à peine se traîner jusque chez lui, exténué, exténué!...

Mais il se retrempait dans le travail; ainsi il ne tarda pas à rendre définitive l'institution des écoles du soir, et elle furent ouvertes tous les jours de la semaine.

Les jeunes gens y vinrent en foule; la grande difficulté était de trouver des aides qui leur fissent la classe.

La nécessité inspira à Don Bosco cette ingénieuse combinaison de créer des *étudiants*.

Il fit choix des jeunes gens les mieux doués, et s'engagea à leur donner une instruction complète, à la condition qu'ils deviendraient, à leur tour, les professeurs des autres.

Enseigner est un des meilleurs moyens d'apprendre soi-même, et cette institution des étudiants réussit au delà de toute croyance.

Non seulement on eut ainsi d'excellents et zélés professeurs pour faire la classe, mais ils devinrent eux-mêmes une pépinière de jeunes prêtres, la vocation se développant chez eux, en même temps que l'instruction.

Cette institution des classes du soir n'aurait dû attirer à Don Bosco que des éloges; car Turin et bien d'autres villes ne tardèrent pas à fonder des écoles de ce genre, dont on avait reconnu l'excellence.

Cependant, le Vicaire municipal de Turin, le marquis de Cavour, suscita de nouveau une opposition formidable, et, sans aucun doute, il aurait réussi, cette fois, à faire fermer l'Oratoire, si un protecteur inattendu n'avait surgi. Le comte de Collegno, ancien ministre d'Etat et conseiller de Charles-Albert, déclara que la volonté du Roi était que Don Bosco ne fût pas inquiété.

C'est que le soldat et le prêtre, tous deux hommes d'action et de dévouement, sont faits pour s'entendre à merveille, et, en plus d'une circonstance, le Roi témoigna de sa sympathie par quelques dons. Une fois entre autres, au premier janvier, il envoya trois cents francs avec cette suscription de sa main: *aux petits drôles de Don Bosco.*

On aura une idée de la somme écrasante de travail à laquelle se soumettait Don Bosco, quand on saura que, outre le temps considérable qu'il donnait à son Oratoire, il trouvait encore le moyen d'exercer son ministère dans les prisons, à l'hôpital Cottolengo, au Refuge... sans compter les malades qu'il visitait en ville.

Nulle santé n'aurait pu résister à pareil labeur. Un épuisement précoce le mit dans le plus grand péril, et il'dut, sur l'ordre exprès des médecins, se retirer quelque temps à la campagne.

Il devait y prendre du repos; mais les nombreuses visites de ses enfants, auxquels se joignirent encore des élèves des Frères, ne lui laissaient aucun répit; et d'ailleurs, le samedi soir, il rentrait en ville pour confesser et assister aux réunions du dimanche à l'Oratoire.

Dans une de ces courses (juillet 1846), il prit froid, et bientôt se déclara une fluxion de poitrine, d'autant plus grave que ce pauvre corps était littéralement ruiné.

Le danger devint extrême; les médecins avaient déclaré que tout espoir paraissait perdu.

Une nuit, qui pouvait être la dernière, l'abbé Borel qui l'assistait lui dit: — Don Bosco, demandez donc au bon Dieu de vous guérir.

Don Bosco refusait: — Il faut s'abandonner à sa sainte volonté, répondait-il.

— Mais vous ne pouvez pas laisser ainsi
vos enfants; je vous en supplie en leur nom:
demandez à Dieu de vous guérir.

Alors le malade, pour être agréable à son
ami, murmura: — Oui, Seigneur, si c'est
là votre bon plaisir, faites que je guérisse!
Non recuso laborem.

Le bon théologien s'écria: — Victoire!
vous guérirez maintenant, j'en suis sûr.

Et, en effet, le lendemain matin Don
Bosco était en convalescence.

On connut alors de quel amour les enfants aimaient leur père: la plupart avaient
fait, pour obtenir sa guérison, des vœux si
sévères que Don Bosco dut interposer son
autorité pour en commuer un grand nombre,
et les adoucir presque tous.

La maladie avait si maltraité le pauvre
prêtre, affaibli d'ailleurs de longue date,
qu'il dut forcément prendre trois mois de
convalescence. Il alla les passer aux *Becchi.*

Mais dès que les forces furent quelque
peu revenues, rien ne put retenir le père
loin de ses enfants, et il rentra bien vite à son
cher Valdocco.

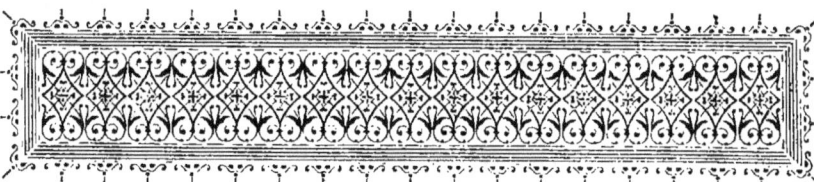

L'ORATOIRE.

Don Bosco n'ayant plus la jouissance du petit appartement que lui avait autrefois concédé la marquise Barolo, avait résolu, pour éviter une perte de temps fâcheuse, de se loger à l'Oratoire même et, dans ce but, il avait loué, à Pinardi, quelques petites chambres tout à fait à proximité de la chapelle.

Alors, ne voulant introduire personne pour les soins nécessaires du ménage, il appela à lui sa mère

Le fils procède de la mère; mais il semble que, plus tard, la mère procède en quelque sorte du fils, surtout quand ce fils est revêtu de la majesté du sacerdoce.

Marguerite Bosco vénérait son fils autant qu'elle l'aimait. Elle connut par une illumination certaine, la grandeur de l'œuvre à laquelle il s'était voué. Avec une simplicité admirable, elle n'hésita pas à quitter ce toit qui avait abrité son bonheur d'épouse. Elle renonça à la vie paisible qu'elle menait à la campagne, pour venir partager le rude labeur du prêtre et soigner sa famille d'adoption.

Ce fut le trois novembre 1846 que la mère et le fils quittèrent les *Becchi*. Ils partirent à pied, le bâton à la main, l'un ayant son bréviaire sous le bras, l'autre chargée d'un gros panier de provisions. On avait mis en poche le peu d'argent qu'on possédait, et ce n'était pas lourd.

Un peu avant d'arriver, en traversant le *Rondo*, ils rencontrèrent l'abbé Vola, qui, plus d'une fois, avait donné un coup de main à Don Bosco pour les classes du soir et le catéchisme des enfants.

— Comme te voilà fatigué, mon pauvre ami! où vas-tu ainsi?

— Nous allons, ma mère et moi, nous établir à l'Oratoire.

—Mais tu n'as ni position ni ressources que je sache : comment vas-tu te tirer d'affaire ?

— Je n'en sais rien ; la Providence y pourvoira.

Alors le bon abbé Vola, touché de tant de foi et de courage :

— Je n'ai que ma montre, mais je veux que tu la prennes comme première mise de fonds ; et il donna sa montre à Don Bosco.

Le lendemain la montre fut vendue ; car il avait bien fallu trouver le mobilier élémentaire du nouveau ménage.

Mais d'autres dépenses étaient urgentes : il y avait le loyer ; puis quantité d'enfants devaient nécessairement être assistés. L'un n'avait pas de place, et il aurait forcément jeûné sans la bonne écuellée de soupe que lui octroyait Mᵐᵉ Marguerite Bosco ; un autre était, comme vêture, dans un état si primitif, qu'on ne pouvait se dispenser de lui fournir le nécessaire.

Don Bosco vendit alors quelques lopins de vigne et de terre qui composaient tout son avoir.

La mère fit venir ses présents de noce. Elle avait jalousement conservé le beau linge et quelques bijoux reçus alors, et elle y tenait comme au plus doux souvenir.

Sans hésiter, elle en vendit une partie, et le reste alla orner l'autel de la Sainte Vierge.

Autour de Marguerite Bosco vinrent se grouper bientôt quelques saintes femmes dont la plus excellente fut la mère de l'illustre archevêque de Turin. Il n'est pas de paroles qui puissent rendre le dévouement de ces infatigables coopératrices que les travaux les plus humbles et les plus rebutants ne lassèrent jamais, quand il s'agissait de ces chers enfants.

Installé ainsi à l'Oratoire (commencement de 1847), Don Bosco travailla sans relâche à perfectionner son œuvre.

C'est à cette époque qu'il fit un *Règlement*, véritable modèle du genre, qui, depuis, a été adopté dans beaucoup d'écoles, même non salésiennes.

Il institua parmi les enfants des *officiers*. choisis parmi les meilleurs, les plus intelligents et surtout les plus pieux.

Chaque officier eut sa charge particulière comme aussi sa part de surveillance et de responsabilité. Il mit le plus grand soin à les former afin qu'ils pussent, à leur tour, former les autres enfants. La conduite à tenir pendant les offices, pendant les classes, pendant les récréations, fut minutieusement réglementée.

Et pour inciter de plus en plus les enfants à la piété, il créa parmi eux une *Compagnie de Saint-Louis de Gonzague*, dans laquelle ce saint est proposé pour modèle dans toutes les circonstances de la vie.

Le digne archevêque de Turin, Monseigneur Franzoni, approuva cette compagnie; il encourageait d'ailleurs de tout son pouvoir les efforts de Don Bosco et, comme preuve d'intérêt, il voulut venir donner la confirmation aux enfants, dans la chapelle même de l'Oratoire du Valdocco.

C'est le vingt-neuf juin 1847, fête des SS. Apôtres Pierre et Paul, qu'eut lieu cette fête, à laquelle on s'ingénia à donner toute la pompe imaginable.

Des draps dissimulèrent ce que les murs de la chapelle pouvaient avoir de trop incorrect; des fleurs et de la verdure complétèrent la décoration, et un arc de triomphe en branchages fut dressé au-devant de la porte. Il arriva bien que Monseigneur, une fois en chaire, dut quitter sa mitre, le plafond se trouvant un peu trop bas; mais les

paroles qu'il prononça n'en électrisèrent pas
moins son jeune et enthousiaste auditoire.

Ces résultats ne suffisaient pas encore au
cœur du prêtre, devenu le père de famille
le plus tendre et le plus vigilant. Il soupi-
rait en voyant que beaucoup de ses enfants,
par suite de leur position précaire et d'un
travail aléatoire, se trouvaient parfois sans
asile, obligés alors d'aller coucher dans des
écuries, des hangars, ou même de mauvais
logis, plus redoutables encore pour eux. Rien
ne pouvait leur être plus funeste que le milieu déplorable avec lequel ils se trouvaient
forcément en contact. On sait combien la
jeunesse est impressionnable, et plus d'un
enfant fut ainsi perdu.

Pour parer à ce mal, Don Bosco se pro-
cura un fenil dans le voisinage de l'Oratoire.
Il y fit mettre de la paille fraîche et quelques couvertures, et put ainsi faire coucher,
au moins provisoirement, ceux de ses enfants qui se trouvaient sur le pavé. Quand
les couvertures manquaient, il y avait des sacs.
Ceux qui ont dormi sur la paille savent
combien ces sacs sont précieux: on s'y introduit, et l'on a ainsi drap dessous et drap
dessus.

Ce dortoir primitif rendait de véritables services; mais le pauvre Don Bosco put bientôt constater que tout n'est pas roses dans le métier de *logeur en garni*. Tant qu'il se borna à recevoir les enfants qui fréquentaient l'Oratoire, tout se passa bien ; mais un jour, ou plutôt un soir, sa charité l'entraîna à donner l'hospitalité à une bande de mauvais garnements rencontrés dans les terrains vagues qui entouraient alors l'Oratoire. Espérant les ramener au bien, il leur proposa le coucher. Mais le matin, quand il voulut aller leur dire quelques bonnes paroles, il trouva la place vide. Il ne restait plus ni une couverture ni même un sac: ils avaient tout emporté.

Cette mésaventure, loin de le décourager l'incita seulement à mieux faire.

Peu de temps après, — on était au mois de Mai et la divine Mère ne fut sans doute pas étrangère à l'événement, — un malheureux orphelin se présenta à la porte de Don Bosco. C'était un apprenti maçon qui était venu à Turin pour chercher du travail. Les quelques sous qui composaient tout son pécule étaient épuisés depuis longtemps, et il n'avait encore rien trouvé.

La nuit arrivait, la pluie tombait à
torrents; l'enfant était mouillé jusqu'aux os,
l'estomac aux talons. La maman Marguerite ne fut pas longue à allumer un grand
feu; elle fit sécher l'hôte que la divine Providence envoyait à leur foyer. Elle lui servit
à souper; puis elle installa une paillasse au
milieu de la cuisine. Des draps et des couvertures complétèrent ce lit princier, et le
pauvre enfant dormit, cette nuit-là, plus content qu'un roi. Mais, tout en bordant la
couverture, maman Marguerite glisse à
l'oreille du cher petit quelques mots sur
l'honnêteté, et le munit de bonnes pensées
pour le temps du sommeil.

C'est l'origine de la coutume touchante,
qui s'est toujours continuée dans les maisons
salésiennes, de terminer la journée, après la
prière du soir, par une petite allocution faite
aux enfants. On leur développe les idées les
plus simples, mais aussi les plus pénétrantes.
Faire rayonner sur de jeunes âmes les lueurs
de l'amour infini, n'est-ce pas le moyen le plus
sûr de les soustraire aux grossiers enlace-
ments du mal!

Ce petit mot, *tout maternel*, est encore,
comme aux premiers jours de l'Oratoire,

un des ressorts les plus puissants de l'éducation Salésienne.

L'hôte de maman Marguerite fut donc le premier *interne* de l'Oratoire. Bientôt il en survint un deuxième, puis un troisième et jusqu'à sept.

Alors il fallut s'arrêter: il devenait impossible d'introduire un enfant de plus, si petit fût-il, dans le modeste logis qu'occupaient Don Bosco et sa mère.

On n'était guère plus au large dans le local affecté aux réunions des enfants. Ils arrivaient en si grand nombre que, certains jours de fêtes, on en comptait jusqu'à huit cents.

Naturellement la chapelle, fort recherchée d'ailleurs par les voisins, ne pouvait pas tous les contenir, et beaucoup d'entre eux étaient obligés, pendant les offices, de rester dans les classes ou dans la cour.

Mêmes difficultés pour les récréations; les enfants étaient tellement entassés que leurs jeux devenaient difficiles, parfois impossibles.

Il fallut aviser.

Don Bosco et son fidèle compagnon de travail, le Révérend abbé Borel, tinrent conseil, et ils n'hésitèrent pas à décider que le seul moyen de parer à ces inconvénients, c'était la création d'un second Oratoire.

Monseigneur ayant approuvé, on se mit à l'œuvre sans retard.

On loua un local convenable, au lieu où se trouve actuellement le cours Victor-Emmanuel II. Les belles rues, les riches habitations qui ornent aujourd'hui ce quartier n'existaient pas alors. On n'y voyait guère que des maisonnettes et même des masures éparses, où logeaient principalement des blanchisseuses, attirées par le voisinage du Pô.

L'endroit choisi était doublement favorable : d'abord on pouvait faire du bien à la population qui habitait ce quartier, ensuite on évitait à beaucoup d'enfants des courses longues pour l'aller et le retour chez eux.

Ce nouvel Oratoire fut appelé l'Oratoire *Saint-Louis*, en mémoire de la compagnie de Saint-Louis de Gonzague, récemment établie parmi les jeunes gens, et aussi pour honorer le vénérable archevêque de Turin qui portait ce nom.

Beaucoup de personnes du monde s'intéressèrent à sa fondation, et la favorisèrent de leur bourse ou de leur travail. De sorte que cette belle institution des *Coopérateurs et Coopératrices* fonctionna, en réalité, bien avant qu'elle eût été établie dans toutes les règles, et même dès le début de l'œuvre; preuve évidente de son utilité. Presque tous les objets nécessaires à la chapelle furent donnés, et des dames brodèrent de leurs mains la plupart des ornements sacrés.

L'ouverture de l'Oratoire Saint-Louis eut lieu solennellement le huit décembre 1847, anniversaire mémorable.

En effet, le huit décembre 1841, Don Bosco avait recueilli son premier enfant.

Le huit décembre 1844, il avait inauguré l'Oratoire de *Saint-François de Sales*, dans la maison de la marquise de Barolo.

Trois ans après, le huit décembre 1847, on disait la première messe à l'Oratoire de *Saint-Louis*.

On peut juger à quel point l'œuvre avait progressé pendant cette période relativement courte.

Deux maisons existaient. Elles étaient bien pauvrement installées, mais leur richesse devant Dieu était grande. Huit cents enfants recevant la parole de Notre Seigneur Jésus-Christ: quel merveilleux trésor!

Le clergé de Turin, encouragé par son digne archevêque, s'empressa de prêter son concours au nouvel Oratoire. Divers prêtres, sous la haute main du Rév. abbé Borel, acceptèrent successivement les fonctions de directeur et d'aumônier; d'autres aidèrent à faire les classes.

Cet état de choses dura jusqu'au moment où l'Oratoire de Saint-François de Sales put fournir des prêtres sortis de son sein, qui prirent définitivement la direction de la maison.

Cependant Don Bosco s'occupait, avec la plus grande activité, de son Oratoire de Saint-François de Sales, toujours installé dans le hangar et la maison Pinardi. Son rêve était de pouvoir fournir à un certain nombre d'enfants le coucher et la nourriture; car beaucoup d'entre eux lui échappaient n'ayant pas d'abri assuré, et réduits à chercher péniblement le pain quotidien. Ils ne pouvaient même pas venir à l'Oratoire le dimanche, et les meilleurs efforts étaient paralysés par de si déplorables conditions matérielles.

Acheter la maison Pinardi n'était guère possible. On en demandait quatre-vingt mille francs, prix beaucoup trop élevé pour ses pauvres ressources. Il dut se borner à louer successivement toutes les chambres qui devenaient vacantes par le départ des locataires, et il s'ingénia à tirer parti, le mieux qu'il put, d'un local aussi insuffisant que mal agencé.

Survint l'année 1848 qui fut bien difficile. Les esprits étaient troublés et surexcités outre mesure, et les doctrines révolutionnaires faisaient tourner bien de têtes. Les enfants ne purent tous échapper à pareille influence; quelques-uns furent entraînés et disparurent; d'autres se montrèrent moins assidus et moins dociles.

Don Bosco redoubla d'efforts et de dévouement. Il pensa, avec raison, que rien ne serait plus capable d'attirer et de retenir les jeunes gens, que le soin avec lequel il s'occuperait de leur instruction. Aussi n'hésita-t-il pas à agrandir considérablement les écoles. Il put ainsi recevoir aux classes du soir plus de trois cents jeunes gens, chiffre vraiment considérable si l'on tient compte de la difficulté de les faire tous travailler avec fruit.

Par des prodiges d'industrie, Don Bosco était parvenu à établir, à l'Oratoire, quinze pensionnaires, nourris et couchés.

Il prit en outre cinquante enfants auxquels il donnait la nourriture seulement. Ces enfants allaient travailler à Turin et couchaient chez eux ; mais ils venaient prendre leurs repas à l'Oratoire, et l'on peut penser que Don Bosco ne manquait pas cette occasion de les réconforter par de bonnes paroles.

Pour qu'un plus grand nombre pût profiter de cet avantage, il les recevait par séries ; c'est-à-dire que cinquante enfants étaient admis à sa table depuis le dimanche matin jusqu'au samedi soir ; puis, la semaine suivante c'était le tour de cinquante autres.

Cette organisation était fort ingénieuse au point de vue du bien qu'elle pouvait produire et qu'elle produisit en effet. Mais on peut penser qu'elle entraîna un gros surcroît de besogne, dont tout le poids porta sur Don Bosco et sa mère.

Pendant que la bonne madame Marguerite se mettait bravement à la cuisine, s'occupait de tous les détails intérieurs, et trouvait encore le temps de réparer les vêtements des enfants, on pouvait voir Don Bosco faire les gros ouvrages de la maison, puiser de l'eau, balayer, scier le bois, allumer le feu, écosser les haricots, peler les pommes de terre. Et il ne dédaignait pas, le cas échéant, de ceindre le tablier et de confectionner lui-même la *minestra*. Ce jour-là, elle était acclamée comme particulièrement délicieuse.

Un pantalon à tailler et même à coudre n'était pas une entreprise au delà de ses moyens, et les réparations qu'il faisait parfois aux vêtements des enfants, si elles n'étaient pas d'une élégance suprême, étaient au moins remarquables par leur solidité.

Quant au réfectoire, il était des plus élémentaires. Chacun s'asseyait où il pouvait et comme il pouvait : les uns dans la cour, sur une pierre ou quelque pièce de bois, les autres sur les marches de l'escalier, et les écuelles se vidaient comme par enchantement.

Une source d'eau fraîche jaillissait tout à côté, et fournissait une boisson aussi salubre qu'abondante.

Le repas terminé, chacun lavait son écuelle et la mettait en lieu sûr; quant à la cuillère, c'était un objet si précieux, que, faute d'un tiroir où l'on pût la déposer, on la gardait dans sa poche.

Petite cour, humbles chambres! Que de franche et douce joie dans ce pauvre mé-

nage! Don Bosco, après le *Benedicite,* avait
coutume de dire à ses convives : « bon appétit ; » et cette innocente recommandation
était immanquablement accueillie par un
formidable éclat de rire.

La table de Don Bosco n'était pas meilleure que celle des enfants : de la soupe et
du pain, du pain et de la soupe ; tel était le
grand ordinaire de tout le monde. Aussi plus
d'une fois, des ecclésiastiques, qui s'étaient
offerts pour l'assister, ne purent supporter
ce régime, par trop primitif, et se virent
forcés d'y renoncer.

Outre le temps qu'il consacrait à son
cher Oratoire, Don Bosco trouvait encore le
moyen de donner, en ville, des répétitions
particulières à des jeunes gens pauvres, chez
lesquels il avait reconnu des aptitudes spéciales ou une vocation arrêtée.

L'excellence de sa méthode et son iné-
puisable patience en faisaient promptement
des sujets distingués.

Il ne négligeait pas, pour cela, les visites
aux prisons, à l'hôpital Cottolengo, celles
des malades, les confessions, etc., et surtout
il s'attachait à perfectionner et élargir son
œuvre des classes du soir, qui paraissait ré-

pondre, tout spécialement, aux besoins du moment.

Il y introduisit d'une façon beaucoup plus sérieuse l'étude de la musique vocale et instrumentale. La voix charmante de quelques-uns de ces enfants, la perfection avec laquelle ils chantaient, frappèrent ces populations dans lesquelles le sentiment de l'art est comme inné.

C'était un attrait de plus et, en effet, le nombre des enfants allait toujours croissant.

Beaucoup de jeunes professeurs et d'organistes se formèrent à cette école, et acquirent un talent remarquable.

On peut dire que la culture de la musique est devenue un des cachets de toutes les maisons salésiennes. Dès qu'une fondation a eu lieu, on ne tarde pas à voir arriver un jeune organiste. C'est souvent un des enfants dont l'aptitude musicale s'est révélée, et qui continue à se perfectionner en donnant des leçons et en tenant l'harmonium aux offices.

C'est que la musique est un moyen précis de culture intellectuelle et morale, sans compter le relief qu'elle peut donner au culte dans les moindres chapelles.

La réussite de ces classes du soir était
devenue un fait si éclatant, que la municipalité de Turin accorda à Don Bosco, comme
récompense, un prix de six mille francs ;
plus tard, un autre prix de mille francs pour
la musique ; elle y joignit une bonne subvention annuelle qui a été payée jusqu'en 1872.

Les curés de Turin se montrèrent moins
accommodants. Ils s'émurent de voir qu'un
établissement privé faisait toutes les fonctions
qui n'appartiennent qu'aux paroisses : premières communions, confirmations, etc.

Plainte fut portée à l'archevêché.

Mais Monseigneur, qui n'avait d'ailleurs
jamais hésité dans l'appui accordé à Don
Bosco, conféra régulièrement tous les pou-
voirs, et l'Oratoire devint, comme il lui plaisait de le dire, *la Paroisse des enfants abandonnés*.

On comprendra difficilement que ce pauvre prêtre, si admirable dans sa mission
apostolique, ait été poursuivi de la haine
des sectes. C'est un point de ressemblance
entre saint François de Sales et lui. On ne
peut vraiment expliquer que par l'action
diabolique, si apparente alors, les tentatives
nombreuses qui furent faites pour assassiner

Don Bosco. Nous dirons comment il échappa, d'une façon parfois merveilleuse, aux agressions de ceux qui en voulaient à sa vie.

En 1849, les épreuves ne furent pas moindres. Toujours l'esprit de révolte soufflait ses mauvais conseils ; c'était une raison pour faire davantage.

Cette année-là, Don Bosco fonda à Turin un troisième Oratoire. Il l'établit dans le quartier Vanchiglia, alors fort pauvre et absolument privé d'église. Cet Oratoire fut appelé de *l'Ange-Gardien*. Plus tard, l'église de *Sainte-Julie* fut bâtie tout à côté, par la générosité de la marquise Julie de Barolo, et l'on y créa une Paroisse de laquelle dépend maintenant tout le quartier.

La guerre, commencée l'année précédente avec l'Autriche, avait de dures nécessités. Le gouvernement dut prendre, pour y loger des soldats, les bâtiments de divers séminaires, dont les clercs se trouvèrent obligés de sortir.

Don Bosco n'hésita pas à en recueillir le plus qu'il put, et l'Oratoire fut, pendant quelque temps, comme la succursale du séminaire diocésain.

Le nombre des pensionnaires logés et nourris, fut porté à trente.

A ce moment Don Bosco eut une grande joie: quatre des enfants de l'Oratoire revêtirent la soutane (octobre 1849).

Ce furent les premiers clercs de cette institution de Saint-François de Sales qui devait prendre un essor si rapide et si merveilleux.

Depuis l'année 1846 Don Bosco était locataire, d'abord d'une partie, puis de la totalité de la maison Pinardi. Au commencement de 1851, il en devint propriétaire, de la façon la plus inattendue.

Pinardi avait toujours dit qu'il ne céderait pas son immeuble à moins de quatre-vingt mille francs, prix évidemment exagéré. Un jour, il accoste Don Bosco, et d'un ton moitié plaisant:

— Eh bien! Don Bosco, ne veut donc pas acheter ma maison?

— Don Bosco l'achètera lorsque monsieur Pinardi voudra bien la lui céder à un prix raisonnable.

— J'ai dit quatre-vingt mille.

— Alors, n'en parlons plus.

— Qu'offrez vous donc?

— On estime ce bâtiment vingt-six à vingt-huit mille francs; j'en offre trente.

— Vous donnerez bien cinq cent francs d'épingles à ma femme?

— Je ferai ce cadeau.

— Vous payerez comptant?

— Je payerai comptant.

— Dans quinze jours, en un seul payement!

— Comme vous voudrez.

— Cent mille francs à qui se dédit?

— Va pour cent mille francs de dédit.

On se touche la main et le marché est conclu; il n'avait fallu que cinq minutes.

Naturellement Don Bosco n'avait pas le premier écu de cette somme; mais il s'agissait des enfants, et sa confiance était absolue.

En effet, à peine Pinardi était-il sorti, voilà qu'entre l'abbé Cafasso, apportant dix mille francs, don généreux de la Comtesse Casazza Ricardi.

Le lendemain, un Père Rosminien venait à l'Oratoire consulter Don Bosco sur l'emploi d'une somme de vingt mille francs, dont le placement lui avait été confié. Rien n'était plus simple. Le banquier Cotta ajouta trois mille francs pour les frais, et ainsi fut terminée cette grosse affaire.

La maison Pinardi était acquise et payée (dix-neuf février 1851).

Don Bosco pensa, tout aussitôt, à bâtir une église en l'honneur de Saint François de Sales. Celle qu'on avait improvisée était plus basse que le sol et, pour cette raison, humide. En outre, elle manquait tellement d'air que, plus d'une fois, pendant les offices, des enfants s'étaient trouvés mal, à demi asphyxiés.

Le plan fut dressé par l'ingénieur Blachier et, sans autre retard, on mit la main aux terrassements.

Toujours même absence de ressources; mais toujours intervention visible de la divine Providence.

Une subvention inattendue de Victor-Emmanuel, de nombreuses aumônes et, enfin, une loterie, fournirent les fonds nécessaires.

Le vingt janvier 1852, l'église Saint-François de Sales fut solennellement consacrée.

Après avoir élevé un temple au Seigneur, Don Bosco s'occupa de la maison des enfants. Il fallait enfin les recueillir effectivement, et les arracher aux dangers de la rue.

On se mit sans retard à l'œuvre, et des constructions importantes vinrent successivement se grouper autour de la chapelle.

Mais cet Oratoire de Saint-François de Sales, qui devait être l'asile de tant d'âmes innocentes, avides de la perfection et même de la sainteté, ne fut pas achevé sans avoir à subir, même matériellement, de rudes assauts.

Ce fut d'abord la terrible explosion d'une poudrière (vingt-six avril 1852), sise à cinq cents mètres de l'Oratoire. Il aurait pu être détruit de fond en comble. Des pierres de deux et trois cents kilos furent lancées en l'air, et d'énormes poutres enflammées vinrent tomber jusque dans la cour. Divers murs furent crevassés par la commotion, et l'on ne s'explique pas comment l'église, à ce moment presque terminée, put rester debout.

On répara ces dégâts, et, dès que l'église fut bénite, on commença la construction d'un grand corps de logis, tout à fait indispensable.

Cette bâtisse était presque achevée, les poutres des toits étaient placées, et les travées n'attendaient que les tuiles, lorsque survinrent des pluies diluviennes.

Dans la nuit du deux au trois décembre 1852, les murs, détrempés par la pluie, s'écroulèrent avec un fracas épouvantable.

Comme lors de l'explosion de la poudrière, personne de la maison ne fut blessé.

Le lendemain, une commission, envoyée par le Municipe, s'étant rendue sur les lieux, l'architecte se mit à examiner un énorme pilastre qui, dérangé de sa base, surplombait une pauvre maisonnette.

— Cette maison était-elle occupée la nuit passée, demanda-t-il ?

— J'y dormais avec trente de mes enfants, répondit Don Bosco.

— Alors, monsieur l'abbé, vous pouvez rendre grâce à la Madone : ce pilastre se tient debout contre toutes les lois de l'équilibre, et c'est merveille que vous n'ayez pas été tous écrasés.

L'année suivante, on put reprendre et terminer cette construction.

En 1860, alors que l'existence de l'Oratoire était peut-être plus sérieusement menacée que jamais, Don Bosco n'hésita pas à faire l'acquisition d'une grande maison qu'il fit exhausser, doublant ainsi l'étendue de l'orphelinat.

D'autres bâtiments furent ajoutés en 1862 et 1863. Enfin l'Oratoire de Saint-François de Sales fut complété par l'édification d'une magnifique église, dédiée à Notre-Dame Auxiliatrice. Don Bosco en posa la première pierre en 1865, et elle fut achevée en 1868.

On se remémora alors certaines paroles de Don Bosco, qui avaient passé inaperçues, mais dont la réalisation devint frappante.

En 1846, lorsqu'on creusait le fameux hangar du Valdocco pour le transformer en chapelle, les enfants, pendant les récréations, s'amusaient à monter sur la terre qui avait été extraite et amoncelée.

Un dimanche, Don Bosco gravit, à son tour, un de ces petits monticules, puis, s'adressant aux enfants groupés autour de lui: *Rappelez-vous, leur dit-il, qu'un jour, à cet endroit même, s'élèvera l'autel d'une église ; vous viendrez y faire la Sainte Communion et chanter les louanges du Seigneur.*

Or, l'autel de l'église de Notre-Dame Auxiliatrice se trouve à l'endroit précis qu'avait désigné Don Bosco.

LA PIEUSE SOCIÉTÉ SALÉSIENNE

L'ŒUVRE DE MARIE AUXILIATRICE

LES SŒURS DE MARIE AUXILIATRICE.

L'Œuvre Salésienne ne tarda pas à se dilater d'un façon vraiment surprenante. Un grand nombre de villes témoignèrent le désir de posséder des Oratoires semblables à celui de Turin.

En présence d'un pareil développement, Don Bosco dut se préoccuper de trouver des Prêtres, pénétrés de l'esprit de Saint-François de Sales, et qui se consacreraient aux enfants pauvres et abandonnés.

Malheureusement, les graves événements qui s'étaient succédé, depuis l'époque troublée de 1848, avaient eu la plus fâcheuse

influence sur les vocations ecclésiastiques,
Elles ne se produisaient plus au grand jour,
et les Séminaires étaient presque déserts.

Dès lors, Don Bosco comprit que la nécessité la plus actuelle et la plus pressante,
c'était de recruter et de former des enfants
pour le Sacerdoce.

Il se donna à cette noble entreprise avec
son énergie habituelle, et son incroyable
force de volonté.

Ses efforts restèrent longtemps infruc-
tueux, et s'il eût été susceptible de découra-
gement, il eût renoncé à poursuivre un but
qui paraissait ne pouvoir être atteint. Les
germes précieux, cultivés avec tant de sollicitude, furent bien lents à se développer;
mais enfin il put connaître, à des signes
certains, que son labeur était béni, et que
la moisson serait abondante.

Nous avons dit qu'en 1849 quatre de ses
enfants avaient pris la soutane.

Ce fut seulement en 1857 qu'il put réunir,
autour de lui, une quinzaine de jeunes Prêtres et de Clercs, formés par ses soins. Il
imagina alors de les pourvoir d'une Règle,
et ils se mirent à vivre à la façon d'une
Communauté religieuse.

Cette expérience ayant réussi à merveille, S. S. Pie IX approuva définitivement, en 1874, la *Constitution de la Pieuse Société Salésienne*, qui, dès lors, fut régulièrement fondée.

Don Bosco avait un cri d'amour qu'il exhalait sans cesse: *Seigneur! des âmes! donnez-moi des âmes! — Da mihi animas et cætera tolle!*

Pour sauver toutes ces pauvres âmes autour desquelles le Prince de ce monde tournait comme un lion dévorant, il lui fallait, avant tout, beaucoup de Prêtres!

En 1872, il fut inspiré de compléter son œuvre du recrutement sacerdotal par une autre institution.

Jusqu'alors il n'avait pris ses jeunes clercs que parmi des enfants élevés par lui; mais il n'avait pas tardé à reconnaître qu'il y avait bien d'autres vocations, latentes en quelque sorte, chez des jeunes gens instruits ailleurs, et même chez des hommes d'un certain âge. Seulement ils étaient arrêtés par des difficultés matérielles presque insurmontables; personne ne songeait à les encourager, à leur venir en aide, et ils étaient perdus pour l'Eglise.

C'est alors qu'il fut conduit à faire une
nouvelle et bien utile fondation : L'ŒUVRE
DE MARIE AUXILIATRICE, *destinée à favoriser et aider les vocations ecclésiastiques parmi
les adultes*.

Cette œuvre, qui s'adresse surtout aux
jeunes gens d'un certain âge et aux hommes
mûrs, fit un bien incalculable; quantité d'excellents sujets purent recevoir, dans les Maisons de Don Bosco, une instruction complète,
poussée jusqu'aux plus hautes études théologiques.

C'est ainsi que Don Bosco a pu fournir
à l'Eglise plus de *six mille prêtres*. Douze
cents d'entre eux, environ, sont restés dans
sa Congrégation; les autres sont entrés, pour
la plupart, dans le clergé séculier auquel ils
ont fourni le plus précieux renfort. Il est peu
de paroisses des diocèses de Turin, du Piémont et de la Lombardie, où l'on ne trouve
quelque prêtre sorti des Maisons Salésiennes.

La Providence vint offrir à Don Bosco
une autre fondation qu'il mena promptement
à bien avec sa décision habituelle: ce sont
les SŒURS DE MARIE AUXILIATRICE.

Depuis longtemps il avait reconnu quel
bien on pouvait faire en recueillant des pe-

tites filles, qui seraient élevées surtout en vue des travaux de la campagne. D'ailleurs ne fallait-il pas, à tous ces enfants, des soins spéciaux, et pour ainsi dire maternels, que des femmes seules pouvaient leur donner!

Rien ne fut donc plus opportun que l'adjonction de ces bonnes Sœurs de Marie Auxiliatrice (1872). La première Supérieure fut Maria Mazzarello, pieuse jeune fille de Mornese.

Cette Congrégation a pris, en peu d'années, un essor admirable. Les vocations se multiplient, et ces saintes filles rendent d'inappréciables services dans les deux mondes.

Visiblement protégée par la Sainte Vierge, soutenue et comme soulevée par d'étonnantes vocations et de merveilleux dévouements, l'Œuvre de Don Bosco a pris une extension qui semble incompréhensible. De l'Italie elle a rayonné en France, en Espagne, en Autriche, en Angleterre, en Belgique.

Dans ces dernières années, Don Bosco a même été sollicité d'ouvrir des Maisons non seulement en Europe, mais encore dans les Indes, dans la Chine, au Japon, et jusque dans les îles les plus lointaines de l'Océanie. Malheureusement plus de trois cents demandes de ce genre ont dû être refusées, faute de personnel.

Une remarque singulière, c'est que les plus importantes décisions, relatives à la Société Salésienne, ont été généralement prises le 8 décembre, jour de l'Immaculée Conception. C'est à cette date précise qu'ont été résolues ou accomplies un grand nombre de fondations.

La dernière est celle de Liège, accordée par Don Bosco lui-même le matin du 8 décembre 1887, alors que la veille encore il était d'accord avec son Conseil pour laisser l'affaire en suspens.

LES MISSIONS DE LA PATAGONIE
ET DE LA TERRE DE FEU

Il fallait à l'immense charité de Don Bosco une dernière couronne: ce fut *l'Œuvre des Missions catholiques dans l'Amérique du Sud.*

On peut dire que Notre Seigneur Jésus-Christ, envoyé aux hommes par son Père, a été le premier missionnaire. Tous les disciples du Sauveur ont pris à tâche de continuer la grande mission confiée aux Apôtres: la rédemption du monde.

Une circonstance particulière parut à Don Bosco comme un appel direct de la divine

Providence à entreprendre les missions de la Patagonie.

Le Consul de la République Argentine en Italie, émerveillé de tout ce qu'il avait vu à l'Oratoire de Turin, avait sollicité de semblables fondations dans la province de Buenos-Ayres.

Don Bosco accepta, avec la pensée bien arrêtée de faire porter la parole divine jusque dans la Patagonie et la Terre de Feu.

Ces vastes régions, presque inexplorées, fort peu connues, sont situées au sud de la République Argentine et du Chili. Elles s'étendent jusqu'à l'extrémité du nouveau monde, et constituent le territoire le plus austral qui existe sur le globe.

Tous les missionnaires qui avaient tenté d'y pénétrer avaient été tués; la tradition ajoute..... et mangés!

Tel fut, dit-on, le sort de nombreux Pères Jésuites qui, s'étant avancés courageusement dans l'intérieur de ce pays inhospitalier, ne reparurent plus.

S. S. Pie IX ayant donné des encouragements et sa haute approbation, Don Bosco n'hésita pas à faire partir quelques uns de ses prêtres.

C'est le onze novembre 1875 que les premiers Missionnaires Salésiens se mirent en route, sous la direction de Don Cagliero.

En raison des difficultés prévues, Don Bosco s'était occupé, avec une paternelle sollicitude, des moindres détails matériels, et il avait indiqué minutieusement la marche à suivre.

Les Salésiens ayant débarqué à Buenos-Ayres, le quatorze décembre, fondèrent immédiatement un Oratoire dans les environs de cette ville: à Saint-Nicolas de los Arroyos. Cette maison devint le centre d'où ils devaient rayonner; elle put aussi servir d'asile aux prêtres qui avaient besoin d'un repos momentané.

L'année suivante, d'autres missionnaires et des Sœurs de Marie Auxiliatrice étant arrivés, on put établir, dans la République Argentine, dans les Pampas et quelques contrées voisines, des orphelinats, des colléges, des oratoires, des chapelles.

De nombreux ateliers de travail furent ouverts: les uns, dirigés par les Pères, reçurent les jeunes garçons; les autres, sous la direction des Sœurs de Marie Auxiliatrice, s'occupèrent des jeunes filles.

Ces fondations, dont quelques unes étaient sur les confins mêmes de la Patagonie, permirent d'attirer d'abord quelques enfants, puis des Indiens: ce furent les premiers néophytes.

Les missionnaires se mirent, avec ardeur, à étudier la langue du pays, et à préparer leur accès chez les peuplades qu'ils brûlaient d'évangéliser.

Lorsqu'ils jugèrent le moment favorable, ils se mirent bravement en route.

Mais alors l'Esprit malin parut exercer toute sa rage contre ces audacieux qui devaient lui arracher tant d'âmes; il déchaîna contre eux les éléments eux-mêmes, et leur suscita mille difficultés.

Une première expédition eut lieu par mer (1878). Mais voilà qu'une furieuse tempête assaillit le navire, et les malheureux missionnaires, après avoir été ballottés pendant treize jours sur une mer horrible, au lieu d'aborder, comme ils le croyaient, sur les côtes de la Patagonie, se retrouvèrent juste à l'entrée du port de Buenos Ayres, d'où ils étaient partis..... et où il leur fallut rentrer.

Une seconde tentative, faite par terre, ne fut pas plus heureuse.

Mais ils ne se découragèrent pas, et enfin le succès couronna de si généreux efforts.

Les Salésiens parvinrent à s'établir au cœur même de la Patagonie, sur les bords du Rio Negro et de ses affluents, et ils se mirent à annoncer la bonne nouvelle à toutes ces peuplades abandonnées.

Puis, s'élançant toujours plus avant, ils fondèrent une station et bâtirent une petite chapelle presque au point le plus extrême de la Patagonie, sur les bords du Rio Santa Cruz, au milieu des Indiens les plus sauvages.

De là, Don Beauvoir poussa la mission jusqu'au Cap des Vierges, sur les bords du détroit de Magellan, qui sépare la Patagonie de la Terre de Feu.

Don Fagnano alla plus loin encore : il traversa le détroit, et parcourut la Terre de Feu et quelques unes des îles qui l'environnent (1886).

Dans la Patagonie septentrionale, les excursions ne furent pas moins hardies. Monseigneur Cagliero, après un trajet de six cents lieues, fait à cheval ou à pied, arriva jusqu'aux Cordillères des Andes et au Chili.

Le climat de la Patagonie est extrêmement rigoureux. Des froids intenses, des tour-

mentes de neige, des pluies diluviennes, des
vents violents et presque continuels qui arrivent directement du pôle: voilà bien des
souffrances pour de pauvres prêtres habi-
tués au doux ciel de l'Italie. Mais, comme
leur Père Don Bosco, *il leur fallait des âmes*
et rien ne put les arrêter.

Je ne veux pas raconter ici les émouvantes péripéties, les dangers de toutes sortes qui signalèrent ces lointaines missions.
Le résultat fut digne de tant de courage et
de persévérance. La grande douceur et l'exquise bonté de saint François de Sales triom-
phèrent, encore une fois, de la férocité et de
la barbarie. Aux Salésiens revient l'insigne
honneur d'avoir planté la croix dans la Patagonie et la Terre de Feu.

Plus de vingt mille sauvages ont reçu le
baptême, des mariages ont été bénis, des
écoles, des orphelinats, des chapelles se sont
élevés, et la parole de Dieu a été annoncée,
ainsi qu'il a été dit: *Ite, et docete omnes gen-*
tes. Allez, et prêchez toutes les nations.

Dès 1883, par un bref du 16 novembre,
S. S. Léon XIII avait érigé, dans la Patagonie, un Vicariat et une Préfecture Apostoliques.

Le Vicariat comprend, actuellement, la Patagonie septentrionale et centrale ; la Préfecture embrasse toute la Patagonie méridionale, la Terre de Feu et les îles adjacentes.

Le tout représente une étendue de pays presque égale à celle de l'Europe.

Sa Sainteté a confié le Vicariat à Monseigneur Cagliero, et la Préfecture à Don Joseph Fagnano.

Dans son consistoire du treize novembre, S. S. Léon XIII, poussant encore plus loin ses faveurs, daigna conférer la dignité épiscopale à Don Cagliero, qui fut préconisé évêque de Magida.

C'est le premier évêque de la Congrégation Salésienne.

Tel est le court résumé des prodiges accomplis, en moins de quinze années, par ces étonnants missionnaires de Don Bosco.

Outre le Vicariat et la Préfecture apostoliques de la Patagonie et de la Terre de Feu, qu'ils desservent, les Salésiens rendent encore de signalés services dans plusieurs états de l'Amérique du Sud. Ils ont des Maisons dans : la République Argentine, le Brésil, le Paraguay, la Plata, l'Uruguay, les Pampas, l'Equateur, le Chili.

Don Bosco a eu la claire vision du bien prodigieux que devaient faire les missionnaires.

Peu de jours avant sa mort, il disait : *Propagez bien la dévotion à la Très Sainte Vierge dans la Terre de Feu. Si vous saviez combien d'âmes Marie Auxiliatrice veut gagner au ciel par le moyen des Salésiens !*

Puis il ajouta :

Venir au secours de nos Missionnaires, c'est le moyen infaillible d'obtenir, de Notre-Dame Auxiliatrice, toutes les grâces que l'on désire.

SYSTÈME D'ÉDUCATION

Toutes les Maisons de Don Bosco fonctionnent d'après un système uniforme.

Les professeurs et les chefs d'ateliers sont, en général, des Salésiens, prêtres, clercs ou laïques ; à défaut de Salésiens on prend, autant que possible, d'anciens élèves ayant appris leur métier dans les Maisons de Don Bosco, et devenus d'excellents pères de famille. Cependant on a quelquefois recours à des contremaîtres étrangers, si le personnel est insuffisant: mais ce genre de choix est entouré de toutes les garanties désirables.

La plupart des enfants apprennent une profession, et reçoivent l'instruction élémentaire.

Ceux chez lesquels on reconnaît des aptitudes prononcées ou plus spéciales, deviennent *étudiants*. On leur enseigne alors le latin et les matières exigées par les programmes du gouvernement; de sorte qu'ils peuvent aspirer à diverses carrières administratives, et même libérales.

Enfin l'*Œuvre de Marie Auxiliatrice pour les vocations ecclésiastiques* permet aux adultes, chez lesquels se manifeste une vocation formelle, de faire des études théologiques complètes, et d'arriver à la prêtrise sans passer par le Grand Séminaire.

Don Bosco a trouvé des procédés d'enseignement d'une simplicité et d'une efficacité étonnantes, adoptés depuis dans beaucoup de colléges et de maisons d'éducation. Il avait des formules à lui qui dissipaient toutes les obscurités, et incrustaient dans les têtes, les règles les plus difficiles.

Nous avons vu des jeunes gens sachant à peine lire et écrire à vingt ans, et capables, après peu d'années d'études, de devenir des prêtres remarquables et d'une instruction parfaite.

Au point de vue moral les enfants sont dirigés d'après la *méthode préventive*, c'est-à-dire, qu'on s'attache soigneusement à prévenir les fautes pour n'avoir pas à les punir.

Les prêtres formés à l'école de Don Bosco excellent dans l'application de cette méthode, tout imprégnée du pur esprit de Saint François de Sales: aimer les enfants, s'en faire aimer, n'est-ce pas le meilleur moyen d'en tout obtenir?

La clef de ce système est tout entière dans ces mots de saint Paul: *Charitas benigna est, patiens est; omnia suffert, omnia sperat, omnia sustinet. — La charité est affable, patiente; elle souffre tout, elle espère tout, elle supporte tout.*

Le maître, visant toujours au cœur de l'élève, s'attache à prévenir la moindre défaillance; et, dans ces rapports où l'affection remplace la contrainte, une parole, un simple coup d'œil sont des reproches presque toujours suffisants. Les réprimandes sévères et les punitions deviennent inutiles.

Ce qui distingue, avant tout et entre toutes, les Maisons Salésiennes, c'est la voie de perfection chrétienne dans laquelle sont hardiment lancés tous ces enfants, et le bien énorme qui en résulte.

Les enfants sont admis à la première communion de très bonne heure, selon la coutume primitive de l'Eglise. « Lorsqu'un enfant est capable de distinguer entre pain et pain, et qu'il possède une instruction suffisante, il ne faut pas avoir égard à l'âge, mais faire en sorte que le Roi des Cieux vienne régner dans cette âme innocente. »

Presque tous ces enfants font la sainte communion tous les dimanches; un grand nombre, deux ou trois fois par semaine, et quelques-uns tous les jours.

« La fréquentation de la confession et de la communion, la messe tous les jours, sont les colonnes qui doivent soutenir l'édifice de toute éducation, si l'on veut en bannir les menaces et les punitions. »

Dans les Maisons de Don Bosco, les enfants ne sont jamais seuls. Chacun des ateliers est surveillé par un prêtre ou clerc, qui peut d'ailleurs, pendant ce temps, continuer ses études.

La même surveillance est exercée pendant les récréations, mais elle est bien douce; car, d'habitude les jeunes prêtres prennent une part active à tous les jeux. Il fut un temps où Don Bosco lui-même ne dédaignait pas de tenir sa place dans quelque superbe partie de barres ou de ballon, et cette tradition s'est soigneusement conservée.

En ce beau temps de jeunesse, il y avait des scènes charmantes, à l'Oratoire. Voici comment Don Ballesio (1) en retrace le souvenir :

« Combien de fois je me rappelle Don Bosco doux et souriant au milieu de ses fils, sous les portiques ou dans la cour même, assis à terre, avec sept à huit cercles d'enfants tout autour de lui, comme des fleurs tournées vers le soleil, — pour le voir et l'entendre.

» Entrez, un peu après le repas, dans le réfectoire. Don Bosco, retenu par un continuel travail, vous y rejoint presque toujours tardivement, et seul, après les autres, le saint homme prend un peu de nourriture. Est-ce quelque chose de préparé pour lui, et qu'on lui aura réservé ? C'est la nourriture des siens

---

(1) Don Ballesio, docteur en théologie et curé de Moncalieri, a été désigné par ses condisciples pour faire l'oraison funèbre de Don Bosco, au service que les anciens élèves de l'Oratoire ont organisé à la mémoire de leur Père bien-aimé. Cette oraison funèbre, qui retrace la *vie intime* de D. Bosco, est un vrai chef-d'œuvre, où la touchante vérité du sentiment revêt toujours la forme la plus exquise. Ces pages ravissantes seraient à citer toutes : c'est qu'elles font revivre, avec un bonheur que l'affection seule explique, l'homme de Dieu maniant les âmes de ses premiers enfants, pour les orienter vers les splendeurs de la grâce et les délices de l'amour divin.

qui, en surplus, sera peut-être réchauffée. Mais, ciel! quel est ce tapage? Le réfectoire est plein d'enfants; l'un joue, l'autre chante, l'autre crie. Celui-ci est droit sur ses pieds, celui-là est sur les bancs, cet autre sur les tables. Autour de Don Bosco est un amoncellement de têtes, à droite, à gauche, sur la table, en face de lui. Et, au milieu de ce bruit assourdissant, dans cet air échauffé, Don Bosco jouit de ses fils: à l'un une parole, à celui-ci une caresse, à cet autre un regard, un sourire; tous sont joyeux, et lui plus joyeux encore. Même en mangeant, Don Bosco remplit sa mission sanctificatrice; être avec les enfants est, chez lui, une sainte et irrésistible passion; et je ne le vis jamais montrer d'ennui ou de trouble, sinon lorsque quelque visite, *non nécessaire,* venait lui dérober la douceur de ces familiers entretiens.

» Après qu'il avait passé la journée avec nous, terminé l'école du soir, celle de chant et de musique pour les uns, de grammaire et d'arithmétique pour les autres, à l'appel de la cloche nous nous assemblions pour la prière. Cher et sublime moment! Mon cœur tressaille de la plus douce joie rien qu'à ce souvenir! On entonne un cantique, et trois cents enfants forment un chœur imposant qui s'entend au loin. On prie tous ensemble et à haute voix, Don Bosco agenouillé au milieu de nous sur le pavé de pierre. Combien il était beau et saintement illuminé, Don Bosco, en ces instants! La prière finie, il montait sur la petite tribune, et, à le voir apparaître ainsi avec un visage paternellement amoureux et riant tourné vers nous, on entendait de toute cette grande famille partir un souffle, une voix, un doux murmure, un long soupir de satisfaction et de contentement. Puis un religieux silence, et les yeux de tous fixés sur lui. Alors, il donnait les ordres pour le lendemain, suggérait quelques avis utiles, et puis, comme un père à ses fils, il souhaitait la bonne nuit, souhait qui lui était rendu par un général, ardent et tendre salut de respect et d'amour. »

Cette coutume, de terminer la journée par une courte allocution, s'est perpétuée dans toutes les Maisons Salésiennes.

Notre pauvre humanité regimbe contre la dure loi du travail, et cependant l'âme peut y trouver un milieu bien favorable à sa dilatation, quand elle n'est pas oublieuse d'elle-même.

On rappelle aux enfants comment le travail des mains a été honoré et glorifié par Notre Seigneur Jésus-Christ, qui a voulu, dans sa vie mortelle, être un simple ouvrier. On leur parle de cet adorable modèle, et aussi de ce Père qui les recevra triomphants, dans le ciel, au sortir des peines et des fatigues de ce monde.

L'atelier chrétien devient véritablement un séjour de paix et de joie quand le travail, considéré à son vrai point de vue, est non seulement accepté, mais encore aimé et béni.

Munis d'une piété solide, tous ces jeunes gens peuvent ensuite aborder avec vaillance les difficultés de la vie, et suivre inflexiblement la ligne droite, ce qui est le meilleur et plus sûr moyen de réussir.

On évalue à environ trois cent mille le nombre des enfants sortis des Maisons de Don Bosco. La plupart sont restés dans les positions les plus modestes, ouvriers de diverses professions, mais quelques-uns cependant ont pu se créer des positions très honorables. On peut en citer qui dans le commerce, l'industrie, l'administration, la magistrature et l'armée ont conquis des places élevées.

Ces anciens élèves sont dispersés un peu dans toutes les parties du monde. Mais que la fortune leur ait souri ou qu'ils soient restés dans la condition la plus humble, ce qui ne varie chez aucun d'eux c'est l'amour qu'ils conservent pour la Maison qui les a élevés. Chaque année, ceux qui le peuvent ne manquent guère de venir y faire une retraite ; Don Bosco et tous leurs anciens maîtres sont restés pour eux l'objet d'une vénération et d'une reconnaissance sans bornes.

Il ne faut pas oublier ce trait caractéristique : aucun de ces enfants n'a, jusqu'à présent, encouru de poursuites ou de condamnations judiciaires.

S'il est un fait éclatant, c'est que les Patronages et toutes les Maisons de Don Bosco rendent, aux pays qui leur donnent l'hospitalité, le plus grand et le plus signalé des services.

Des milliers d'enfants qui auraient été abandonnés aux hasards de la rue, et exposés à devenir l'écume de la société, sont transformés par la pieuse sollicitude de l'amour. On en fait d'utiles et honnêtes citoyens, des hommes de bien et de mérite. C'est ainsi que l'Œuvre Salésienne concourt, d'une façon certaine, à l'honneur et à la prospérité d'une nation.

LES FONDATIONS

Pour avoir une idée complète de l'Œuvre de Don Bosco, il faudrait parler de toutes les Maisons qu'il a fondées. Des détails sur leur origine et leur fonctionnement seraient, à coup sûr, fort intéressants; mais cela nous entraînerait trop loin, et nous nous bornerons à une simple énumération.

Mentionnons, tout d'abord, que Don Bosco a édifié trois églises, d'une importance et d'une magnificence telles, que cet acte suffirait presque, à lui seul, pour glorifier la vie d'un homme.

La première est l'église de *Notre-Dame Auxiliatrice*, à l'Oratoire Saint-François de

Sales (1868). Nous lui consacrerons un chapitre spécial.

La deuxième est celle de *Saint-Jean l'Évangéliste*, également à Turin. Elle est située sur le Cours Victor-Emmanuel II, et elle s'élève sur l'emplacement où fut, primitivement, l'Oratoire de Saint-Louis de Gonzague. Ce quartier n'était, il n'y a pas très longtemps encore, qu'une réunion de fabriques et de maisonnettes, habitées par le bas peuple. De la Place d'Armes au Pô, sur une étendue de trois kilomètres, il n'existait pas une seule église. C'était d'autant plus regrettable que les Vaudois avaient ouvert, tout au milieu de cette population ouvrière, un temple, un asile et une école; et la nécessité forçait les familles, même catholiques, à y envoyer leurs enfants.

Ce fut ce point que Don Bosco avait choisi pour y établir l'Oratoire de Saint-Louis, en 1847. On recevait là cinq cents enfants, mais le dimanche seulement; et l'étroite chapelle ne pouvait admettre que fort peu de personnes du quartier.

Cet Oratoire ayant été coupé en deux tronçons par le percement d'une rue, Don Bosco profita de cette circonstance pour réaliser un projet qu'il méditait depuis long-temps: l'érection d'une vaste église.

S. S. Pie IX encouragea l'entreprise et la bénit; et les dons charitables ne tardèrent pas à affluer.

La pierre angulaire fut placée le 14 août 1878, et l'église ouverte au culte en 1882.

Cette superbe église, de style roman-lombard, d'après les dessins du comte Mella, est dédiée à Saint-Jean l'Évangéliste, nom de baptême de S. S. Pie IX. Elle est comme un hommage de reconnaissance et d'honneur au Saint Pontife de l'Immaculée Conception, insigne protecteur de l'Œuvre Salésienne, qui aimait la chère famille de D. Bosco *comme la prunelle de ses yeux.*

C'est un monument d'une véritable valeur artistique, de grandes proportions et d'une remarquable majesté.

A l'église sont annexés de vastes bâtiments qui peuvent recevoir cent soixante internes. C'est là qu'est installée, en partie, l'Œuvre de Marie Auxiliatrice pour les vocations ecclésiastiques. Il y a, en outre, des classes et un externat.

Ce quartier s'est transformé, et il est devenu un des plus beaux de Turin.

La troisième église est celle du *Sacré-Cœur de Jésus,* sur le mont Esquilin, à Rome.

S. S. Pie IX avait acheté le terrain.

S. S. Léon XIII, après avoir posé la première pierre en août 1879, confia à Don Bosco le soin de continuer cette œuvre gigantesque; et, certes, la charge fut lourde pour ce pauvre prêtre, qui dut multiplier les quêtes, organiser des loteries, et déployer toute son industrie pour faire face à des dépenses énormes.

Enfin ce monument si grandiose a pu être consacré et ouvert au culte au mois de mai 1887.

Don Bosco a voulu compléter cette œuvre, en y adjoignant un Oratoire destiné à recevoir les enfants *de toute nationalité,* si nombreux à Rome. On travaille activement à terminer cet utile établissement.

Outre ces trois monuments hors ligne, Don Bosco a élevé beaucoup d'autres temples au Seigneur. Toutes les Maisons Salésiennes sont pourvues de chapelles, mais plusieurs d'entre elles possédent de véritables églises, dont seraient fières bien des paroisses.

Les Maisons Salésiennes sont nombreuses en Italie. Outre celles de Turin, il en existe à: Valsalice, S. Benigno, Borgo S. Martino, Lanzo-Torinese, Mathi, Nizza Monferrato, Penango, Mogliano-Veneto, Varazze, S. Pier d'Arena, Bordighera, Spezia, Lucca, Firenze, Faenza, Magliano-Sabino, Randazzo, Catania.

En France, des fondations importantes ont eu lieu. Ce sont: à Nice, le *Patronage Saint-Pierre;* à Marseille, l'*Oratoire Saint-Léon* et la *Providence;* à la Crau-d'Hyères, l'*Orphelinat agricole de la Navarre;* à Saint-Cyr (Var), l'*Orphelinat agricole de Saint-Isidore,* pour les jeunes filles; à Lille, l'*Orphelinat Saint-Gabriel;* à Paris (Ménilmontant), l'*Oratoire Saint-Pierre-Saint-Paul;* à Gevigney (Haute-Saône), un *Oratoire agricole;* à Guines (Pas-de-Calais), une *Maison pour les jeunes filles.*

En Espagne: une Maison à Utrera, deux autres près de Barcelone.

En Autriche-Hongrie: un *Orphelinat* à Trente.

En Angleterre: la *Maison du Sacré-Cœur de Jésus,* à Londres, quartier de Battersea. Elle a été établie au milieu d'une population ouvrière composée, presque aux trois quarts, d'Irlandais, et occupe l'emplacement précis où existait autrefois le jardin de Thomas Morus.

En Belgique: une Maison va s'ouvrir, à Liège.

Dans l'Amérique du Sud, nous pouvons citer:

1. *Vicariat de la Patagonie:* Paroisse de Carmen (Patagones), Paroisse de Viedma, Pringles, Mission du Rio-Negro, Chubut, Colorado, Malbarco o Chos-Malal.

2. *Maisons annexes du Vicariat de la Patagonie:* Concepcion del Chili, Talca, Quito, (République de l'Equateur.)

3. *Préfecture de la Patagonie méridionale:* Missions de Santa Cruz, Missions de Punta Arenas, Missions des Iles Malouïnes et de la Terre de Feu.

4. *Inspection Argentine.* A Buenos-Ayres: église de la Miséricorde, Collège de St.-Nicolas, Maison et Paroisse d'Almagro, Paroisse et Collège de Saint-Jean l'Evangéliste a la Bocca, Maison de Sainte-Catherine.

Collège de la Plata.

5. *Inspection de l'Urugay et du Brésil.* Collège de Colon (Montevideo), collège et paroisse de las Piedras, collège et paroisse de Paysandù, chapelle de N. S. de la Paz.

Au Brésil. Hospice de Sainte-Rose à Nichteroy, Hospice du Sacré-Cœur à St.-Paul.

L'Oratoire de Saint-François de Sales, à Turin, est resté le point central, et comme le cœur d'où la vie circule dans toute la Pieuse Société Salésienne. Notons que cet Oratoire réalise, dans son intégralité, ce fameux plan dont le seul énoncé avait autrefois fait taxer Don Bosco de folie.

Outre ses deux églises, celle de Notre-Dame Auxiliatrice, et celle de Saint-François de Sales, il possède de vastes ateliers où les enfants apprennent diverses professions; et de belles classes pour les étudiants.

Certes les bâtiments, construits en plusieurs fois et selon les nécessités du moment, ne brillent pas par une régularité parfaite; mais ils peuvent facilement recevoir, à titre d'internes, un millier de personnes.

Avec la sûreté de son coup d'œil, Don Bosco avait bien vite reconnu quel rôle immense joue la presse dans la société moderne, et quelle est sa puissance. Aussi, dès qu'il le put, il organisa une imprimerie.

Celle de l'Oratoire est fort importante: elle est pourvue de dix machines, et d'un outillage établi d'après les perfectionnements les plus modernes. Elle est complétée par une fonderie de caractères, et une fabrique de papier, celle-ci installée à Mathi (1).

Un nombre considérable d'ouvrages sont sortis de ses presses: les uns sont destinés à la propagande populaire et aux classes élémentaires, les autres fournissent de précieux matériaux aux étudiants des classes supérieures, aux prêtres et aux théologiens.

On s'occupe aussi de gravure et de chromotypie, sans oublier la reliure. De véritables œuvres d'art ont été produites par ces divers ateliers.

Trois machines à gaz, d'une puissance totale de 25 chevaux environ, distribuent, dans toute la Maison, une force motrice habilement utilisée.

La boulangerie à vapeur et à pétrin mécanique produit, avec rapidité et économie, l'énorme quantité de pain consommée chaque jour (750 K.os).

---

(1) D'autres imprimeries existent à San Pier d'Arena, à San Benigno-Canavese, à Nice, à Lille, à Barcelone, à Buenos-Ayres, à Nicteroy (Brésil), à Quito (Equateur).

Mais ce qui frappe le plus ceux qui visitent l'Oratoire, c'est certainement la sagesse, la docilité de tous les enfants.

Dans les ateliers, la tenue et la conduite sont irréprochables, et rien n'est édifiant comme l'aspect des classes et des études.

Il n'est guère possible de donner une idée de ce que sont les enfants à l'église. Il faut avoir assisté à ces ferventes prières, à ces innombrables communions, à ces élans de piété qui vous ravissent!

C'est à cet Oratoire de Saint-François de Sales, sa première Maison, que le bon Père Don Bosco a toujours résidé. Son appartement, situé au deuxième étage, avait vue sur une des cours, et, de ses fenêtres, il pouvait assister aux jeux des enfants pendant les récréations.

Il avait là deux chambres étroites, à peine meublées, précédées d'une salle d'attente. Il affectionnait particulièrement une petite galerie, exposée au midi, et sur laquelle s'ouvrait son cabinet de travail. C'est là qu'il faisait quelques pas, au bras d'un de ses prêtres, alors que ses pauvres jambes lui refusaient leur service. Il se plaisait surtout à s'arrêter devant des cartes, appendues à la muraille, et qui lui permettaient de suivre, aux confins de la terre, ses infatigables missionnaires. C'était sa dernière œuvre, celle pour laquelle il avait peut-être le plus de prédilection !

MORT DE DON BOSCO

Les dernières années de la vie de Don Bosco furent marquées par de nombreuses et cruelles infirmités (1). Ce grand cœur, qui avait tant battu d'amour, perdit son ressort naturel; les jambes enflées et raidies rendirent la marche difficile, puis presque impossible. Malgré cet épuisement irrémédiable des organes, l'intelligence conserva, jusqu'à

(1) Pour les détails sur la dernière maladie et la mort de Don Bosco, voir l'appendice placé à la fin de ce volume. Nous avons tenu à respecter religieusement le texte du *Bulletin Salésien*. C'est que ces pages d'une si touchante édification, joignent à leur titre de document authentique, le mérite inestimable d'avoir été rédigées sous l'impression des événements, par les enfants de la famille Salésienne. Exactitude, sobriété de la pensée et de la plume dans un récit qui est cependant complet, tout, jusqu'à la douleur contenue que l'on sent sous chaque ligne, est pour le lecteur une source d'émotions profondes et salutaires. Et comme il s'agit d'un saint, ces émotions deviennent fécondes en inspirations bénies : c'est un résultat qu'un remaniement quelconque, si nous avions pu avoir la pensée de le tenter, eût certainement compromis et peut-être empêché.

la fin, toute sa merveilleuse lucidité, et l'âme, préludant en quelque sorte à sa délivrance, prit un essor suprême qui lui permit, plus d'une fois, de percer les voiles de l'avenir.

Il est hors de doute que Don Bosco a connu le jour, et l'on peut dire l'heure de sa mort. Il savait quels étaient ceux de ses prêtres qui devaient l'assister à ses derniers moments, et lui fermer les yeux. Il a connu, par une révélation certaine, qu'après lui, sa bien-aimée Congrégation pourrait avoir à traverser de dures épreuves, mais que son triomphe serait définitif et éclatant.

Il a voulu finir ses jours à cet Oratoire de Turin qu'il a tant aimé, au milieu de ses prêtres et de ses enfants.

C'est le trente-et-un janvier 1888, à quatre heures trois quarts du matin, que le vénéré père est allé au ciel, recevoir sa couronne. Il avait soixante et douze ans, cinq mois et quinze jours.

Je renonce à peindre la douleur universelle; je renonce surtout à décrire cette profonde émotion qui souleva la ville de Turin, et amena un flot immense de peuple dans l'église de Notre-Dame Auxiliatrice, où le corps fut exposé. *Allons chez Don Bosco, al-*

lons chez Don Bosco!... tel était le cri qui retentissait de tous côtés.

On accourut des villes et villages environnants; puis des étrangers arrivèrent des contrées le plus éloignées.

Chacun voulait contempler, une dernière fois, ces traits chéris, faire toucher à cette main, qui ne pouvait plus bénir, des objets de piété, des chapelets, des médailles..... devenues, dès lors, de précieuses reliques.

Les obsèques donnèrent lieu à une démonstration populaire comme jamais on n'en avait vu à Turin: vingt mille personnes composaient le cortège, cent mille assistants formaient la haie. Ce fut une marche triomphale, une véritable apothéose!

On aurait voulu conserver Don Bosco dans son église de Notre-Dame Auxiliatrice. Mais le Ministre refusa cette autorisation, et le Vénérable Père dut être inhumé dans une autre de ses Maisons, à Valsalice, où est installé le Séminaire des Missions Salésiennes.

Lorsque les Prêtres et les enfants rentrèrent à cet Oratoire, où un vide affreux venait de se faire, ils furent tout surpris de ressentir un calme inattendu; c'était comme une joie intérieure et inexplicable. Ils n'osaient pas s'avouer cette impression qu'ils se reprochaient; enfin ils finirent par comprendre d'où venait cet apaisement étrange: tous se trouvaient pénétrés de cette absolue et intime conviction que leur Père était dès à présent au Ciel, et qu'ils avaient désormais, en lui, un protecteur et un ami plus puissant encore que lorsqu'il était parmi eux.

Le jour où Don Bosco est mort, il n'y avait pas, à l'Oratoire, de quoi payer le pain du lendemain.

O sainte pauvreté! ô pauvre Don Bosco!

Résumons à grands traits cette vie d'apôtre:

La Pieuse Société Salésienne;
Trois cent mille enfants recueillis et pieusement élevés;
Plus de *six mille prêtres* fournis à l'Eglise;
Quatre-vingt mille Coopérateurs;
L'Institut des *Sœurs de Marie Auxiliatrice;*
L'*Œuvre de Marie Auxiliatrice* pour favoriser les vocations ecclésiastiques.

De nombreuses églises édifiées; deux cent cinquante oratoires, orphelinats, refuges, collèges, séminaires, etc. ouverts en Europe et en Amérique.

Les missions de la Patagonie et de la *Terre de Feu ;*

La parole de Dieu retentissant aux extrémités de la terre ;

Vingt mille sauvages baptisés.

Voilà ce qu'a accompli le petit berger des Alpes !

In vitâ suâ suffulsit domum, et in diebus suis corroboravit templum (ECCLES. IV, 1).

ESQUISSE

Quand on considère ce qu'a fait Don Bosco, on reste frappé de la grandeur du résultat obtenu en si peu d'années, et avec des moyens si limités. Certes la main de Dieu est là, et l'homme n'est que son instrument; mais que de merveilles éclatent dans cette voie simple et parfaite qui consiste à s'abandonner, sans réserve ni restriction, à la divine Providence, et à ne chercher de force et d'appui que dans la maternité de la Sainte Vierge !

Don Bosco a pu paraître audacieux et même téméraire dans ses entreprises; mais toutes ses déterminations étaient pesées avec une prudence extrême; seulement, une fois prises, elles étaient immuables.

Jamais il ne commença une fondation sans qu'elle lui fût clairement et précisément indiquée, et, en quelque sorte, offerte par les circonstances. Mais alors il n'hésitait pas, et sa manière de procéder était des plus simples: sans entrer dans trop de considérations ni de combinaisons préalables, et surtout sans se laisser arrêter par le manque apparent de ressources, il en arrivait promptement à l'exécution.

« Il faut, avait-il coutume de dire, commencer par mettre la charge sur ses épaules, et, à mesure que l'on marche, le fardeau se tasse et prend son équilibre. »

D'ailleurs il débutait toujours petitement, pauvrement, se contentant, tout d'abord, pour ses prêtres et ses enfants, du gîte le plus modeste, et satisfait quand il avait pu leur assurer de la soupe et du pain. Plus tard, la Providence pourvoyait à ce qui pouvait manquer

Une fondation décidée, il envoyait quelques uns de ses prêtres *sine sacculo et sine pera,* c'est-à-dire dépourvus de tout, absolument comme Notre-Seigneur le recommandait à ses Apôtres.

La première fois que j'eus le bonheur de me trouver avec un prêtre de Don Bosco, je ne pus m'empêcher de lui adresser cette question: mais, mon Père, comment faites-vous pour nourrir tous ces enfants?

Je n'oublierai jamais l'air surpris avec lequel il me regarda, et le ton avec lequel il me répondit, en levant une main au ciel: *la divine Providence!*

Pour lui, il ne pouvait exister l'ombre d'un doute sur l'intervention, certaine et active, de la divine Providence, chargée de pourvoir aux besoins de ces enfants du bon Dieu; et cette foi imperturbable est incrustée dans le cœur de tout prêtre Salésien.

Avant de donner de l'extension à une de ses Maisons, Don Bosco attendait que la nécessité lui en fût bien démontrée. Il n'entreprenait de nouvelles constructions que lorsque les anciennes étaient devenues notoirement insuffisantes à loger les enfants. Toujours les pierres vivantes précédèrent, pour ainsi dire, les pierres matérielles.

Il est incontestable que Don Bosco a possédé les qualités d'un administrateur hors ligne; il y avait en lui l'étoffe d'un grand ministre.

Les moindres détails de chacune de ses maisons étaient présents à son esprit. Il con-

naissait à fond non seulement tous ses prêtres, tous ses clercs, tous ses professeurs,
mais encore tous ses enfants, tous les Coopérateurs ou Coopératrices qu'il avait vus,
ou dont on lui avait parlé, et il n'oubliait
aucune des personnes avec lesquelles il s'é-
tait trouvé, même passagèrement, en relation.

Sa mémoire était vraiment prodigieuse.
Tout jeune berger il pouvait répéter, presque
mot à mot, les sermons qu'il avait entendus
une seule fois. On raconte qu'au grand Séminaire il n'a jamais acheté de traité de
Théologie : il lui suffisait d'assister aux cours.
Le matin, on avait une demi-heure pour le
lever ; il était prêt en dix minutes, et il lisait alors l'histoire de Rohrbacher, qu'il pos-
séda ainsi à fond et pour toujours. Jusque
dans les derniers temps de sa vie, il se plaisait
à réciter des passages entiers de ses poètes
favoris, que certainement il n'avait pas eu
le temps de revoir depuis quarante ans.

Don Bosco ne s'est pas occupé seulement
des enfants destinés à recevoir l'instruction
élémentaire ; sa vaste charité embrassait la
jeunesse tout entière, même celle de la classe
la plus élevée, et il gémissait sur les vices
de la société moderne, qu'il attribuait sur-

tout à la mauvaise éducation donnée à la jeunesse.

« La cause du mal que nous déplorons, disait-il, est tout entière dans l'éducation inspirée par les principes païens, imbue de maximes et de sentences exclusivement païennes, donnée d'après une méthode païenne. Cette éducation ne pourra jamais former de vrais chrétiens, surtout à notre époque où l'influence de l'école est si prépondérante. »

Il lutta, toute sa vie, contre *cette éducation païenne qui gâte l'esprit et le cœur de la jeunesse dans ses plus belles années.*

C'est à cette fin qu'il entreprit une double publication : celle des classiques profanes les plus usités dans les classes, mais revue et soigneusement corrigée, — et il y joignit celle des classiques chrétiens, qu'il aurait voulu voir principalement adoptés.

En outre, il composa une quantité d'ouvrages, qui ont eu et ont encore une très grande vogue, et qui ont fait un bien incalculable. Je citerai seulement : l'*Histoire sainte à l'usage des écoles,* les *Lectures catholiques,* publication mensuelle de propagande contre les protestants et surtout les Vaudois ; une *Histoire ecclésiastique ;* une *Histoire d'Italie*

fort répandue: elle en est à sa vingt-huitième
édition; *La Jeunesse instruite*, précieux ma-
nuel imprimé près de cent-vingt fois, traduit
en français, en espagnol et en portugais (1);
Les Douleurs de la Sainte Vierge; la *Dévotion
à l'Ange Gardien;* des *Exercices sur la miséricorde de Dieu;* le *Catholique dans le monde;
Vie de Saint Joseph; Mois de Mai*, etc. etc.

Pour suffire à un labeur qui eût écrasé
les plus forts, Don Bosco avait adopté, comme règle invariable, de toujours bien faire
la chose du moment présent, sans précipi-
tation et avec le plus grand soin.

Ne pas se presser, pour faire bien et beaucoup, c'est là un grand secret, et un de nos
chirurgiens les plus renommés, Nélaton,
quand il entreprenait une opération délicate et difficile, manquait rarement de dire
à ses aides: surtout ne nous pressons pas,
nous n'avons pas de temps à perdre.

Hélas! tous ces affolés de la vie, pour lesquels le temps est de l'argent ou du plaisir,
ne pourraient-ils pas se demander de quel
poids sera un jour, dans la balance divine,
leur stérile agitation!

---

(1) Des traductions allemande, anglaise et slave sont en cours d'exécution.

Pendant près de vingt-cinq ans, Don Bosco s'est privé de sommeil dans une mesure qui paraît à peine croyable. Tout bien compté, il ne dormait guère qu'une nuit sur deux. C'est ainsi qu'il pouvait tenir tête à un ensemble d'occupations qui eussent effrayé l'activité de plusieurs. Tous les matins, il confessait invariablement les religieux et les enfants qui se présentaient. Puis il recevait de nombreuses visites, et faisait lui-même sa correspondance; ce qui ne l'empêchait pas de paraître dans les ateliers, dans les classes, et de parcourir, nombre de fois et minutieusement, toute la Maison.

Le soir, il rassemblait dans sa chambre une partie du personnel, pour ces conférences intimes où il inculquait son esprit aux enfants formés par lui, et devenus prêtres à leur tour. Tous les Supérieurs actuels de la Congrégation Salésienne ont reçu ce trésor d'enseignements, grâce auxquels l'Œuvre de Don Bosco réflète si pleinement la physionomie et l'esprit du fondateur.

L'entretien terminé, quelquefois fort tard, Don Bosco imposait le repos à tout le monde. Pour lui, il commençait une nouvelle journée: il composait alors ces ouvrages dont la perfection et le nombre considérable demeurent un mystère pour qui a vu l'auteur aux prises avec la besogne de tous les jours.

Son pauvre corps ne s'accommodait pas précisément de ce surmenage sans trêve ni merci, et il faut y voir l'origine de cette affection de la moëlle épinière qui l'a rendu impotent avant l'âge, et qui a abrégé son existence. Sans ces incroyables excès de travail, sa forte constitution lui eût permis de vivre vingt ans de plus.

Quoi qu'il en soit, comme il devait, *à ses moments de loisir*, faire des courses en ville, le sommeil choisissait cette occasion pour réclamer impérieusement ses droits, et Don Bosco *dormait debout*, en pleine rue! Cet exercice offrant un véritable danger, le bon Père prit l'habitude de se faire toujours accompagner par un des enfants, qui le tenait par le bras, lui faisait éviter les voitures, dirigeait ses mouvements, en un mot *veillait au grain;* tandis que le pauvre Don Bosco, tout en cheminant, réglait de son mieux, avec dame nature, un compte déjà vieux et passablement arriéré.

Don Bosco était d'un caractère vif, ardent et même violent. Mais il avait si parfaitement dompté sa fougue native, il avait remporté, sur lui-même, une victoire si complète, qu'il en était arrivé à un calme inaltérable.

Sa cellule était journellement envahie par une foule de personnes, venues quelquefois de fort loin, et avides de le voir, de l'entendre, de lui demander des conseils et des consolations, d'obtenir des grâces. Il arrivait bien trop souvent que nombre de ces visiteurs ne se faisaient aucun scrupule d'abuser d'un temps cependant bien précieux; ils se perdaient dans des détails oiseux ou inutiles, et se laissaient aller à des répétitions sans fin.

Jamais Don Bosco ne donnait le moindre signe d'impatience; jamais il ne faisait sentir qu'on pouvait être indiscret ou importun. Il semblait qu'il n'eût autre chose à faire que d'écouter, et sa bienveillante attention ne faiblissait pas.

Et, cependant, il nous a avoué que ces interminables audiences lui étaient, parfois, bien pénibles. Elles lui causaient une fatigue extrême, et il en sortait brisé par les efforts qu'il devait faire sur lui-même.

Si la sérénité était son état habituel, ce n'était pas qu'il manquât de préoccupations.

On peut dire que toute sa vie de prêtre n'a
été qu'une lutte incessante contre des difficultés matérielles qui, à d'autres, auraient
paru insurmontables. C'étaient des milliers
et des milliers de bouches qui attendaient le
pain quotidien; c'étaient des notes pressantes
qu'il fallait payer, des besoins urgents auxquels il fallait pourvoir, un budget qui aurait été lourd pour certains petits Etats.., ET
IL NE POSSÉDAIT RIEN, ABSOLUMENT RIEN.

Cependant, jamais sa confiance n'a faibli
une seule minute. Il savait que la bonne
sainte Vierge n'abandonnerait pas ses enfants,
et, en effet, alors que tout paraissait humainement compromis et perdu, des ressources
arrivaient à point, et d'une façon vraiment
surnaturelle. Puis c'étaient des vocations in-
attendues qui surgissaient, et une sève nouvelle et féconde venait encore hâter la ger-
mination de cette Œuvre incroyable.

Don Bosco s'est toujours regardé comme
un instrument presque passif entre les mains
de la divine Providence; jamais il n'a fait
le moindre fonds sur ses propres forces. À
cet endroit, son humilité était profonde et
absolue. Il répétait bien souvent: « *C'est
Marie Auxiliatrice qui opère par Don Bosco:*

sans Elle, Don Bosco serait un prêtre ignoré, enseveli dans la dernière paroisse du Piémont ».

« Mon cher ami, disait-il un jour à un de ses anciens condisciples, si Dieu eût trouvé un prêtre plus petit, plus faible et surtout plus nul que Don Bosco, il l'eût, à coup sûr, chargé de cette œuvre. Pour moi, je devrais être desservant dans quelque pauvre hameau de la montagne : c'est tout ce que je mérite. »

Peu d'hommes furent plus franchement sympathiques. On se sentait attiré à lui comme par un charme secret, et une filiale affection se mêlait tout de suite aux sentiments de vénération qu'il inspirait.

Ses yeux clairs et gris avaient un éclat extraordinaire, et son regard pénétrait jusqu'au plus profond des cœurs. Comme on remarquait, un jour, que rien ne lui échappait, et que cependant il tenait les yeux presque continuellement baissés : — Je vois mieux sans regarder, répondit-il avec une pointe de malice.

Il était naturellement gai et spirituel, et trouvait des réparties d'une finesse et d'un à-propos charmants : la piété ne perd rien à être revêtue de dehors aimables !

Mais on me saura gré de laisser, encore une fois, la parole à un des enfants de Don Bosco, devenu le théologien Hyacinthe Ballesio. Il a trouvé, pour peindre cette belle et vénérée figure, les couleurs les plus vraies et les plus délicates :

« Ce que ne pourra pas dire l'histoire, ce qu'elle ne réussira pas à faire comprendre, c'est sa vie intime, son sacrifice continuel, calme, doux, invincible et héroïque ; sa sollicitude et son grand amour pour nous, ses enfants ; la confiance, l'estime, la vénération qu'il nous inspirait ; sa grande autorité, l'idéal de perfection qu'il était pour nous. Oh ! l'histoire ne pourra que difficilement retracer les suaves douceurs que sa parole, son regard, un seul signe répandaient dans nos cœurs. Il faut l'avoir vu, il faut l'avoir éprouvé ! Il surmontait tous les obstacles, et souvent changea en amis, en admirateurs, en bienfaiteurs, ceux qui ne le connaissaient pas, ou qui, le connaissant mal, le méprisaient, le calomniaient, le persécutaient.

« A la profonde religion, à l'étude, au travail, il mêlait parmi nous l'allégresse. Et qui pourrait dire les jeux et la joie de ces juvéniles années ! Don Bosco en était l'âme ;

sa devise fut: *Servite Domino in lætitia.* La sainte joie comme couronne de tous les travaux: telle est la vie de l'Oratoire.

« Combien de fois entendîmes-nous, des lèvres de Don Bosco, ces paroles: *Sta allegro;* et, prononcées par lui, ces paroles avaient un effet magique, elles dissipaient la tristesse: tel enfant qui s'était présenté à lui triste et sombre de visage, s'illuminait à son aspect, et, rayonnant de joie, courait prompt et allègre au devoir. Cette admirable puissance, dont il semble que Don Bosco tenait le secret de Saint Philippe de Néri, rendait notre vie, quoique chargée de peines et de soucis matériels, joyeuse, facile, enthousiaste et, pour la presque totalité, ineffablement douce.

« O sages du siècle, vous qui vous dites amis du peuple, venez apprendre du saint prêtre comment il élevait ses fils, comment il les rendait capables des plus belles et des plus précieuses vertus, en entrelaçant, dans un tout harmonique, religion, travail, allégresse!

« Lorsqu'un enfant lui était amené, pendant qu'avec sa bonté habituelle il lui inspirait confiance et respect, son œil scrutateur le pénétrait jusqu'au fond, et devinait son caractère, ses aptitudes et son cœur. C'était l'opinion universelle parmi nous qu'il possédait, en cela, un don plus que naturel. »

Don Bosco était, avant tout, un homme de Dieu. Il est certain qu'il fut favorisé d'un don surnaturel : cette *voyance* qu'on retrouve chez presque tous les Saints.

C'était ordinairement en songe qu'il recevait de précieuses illuminations.

Dieu parle une fois à l'homme, et ne répète pas ce qu'il dit :

Durant le sommeil, dans les visions de la nuit, quand l'engourdissement s'empare des hommes et qu'ils dorment sur leur lit.

Alors il leur ouvre les oreilles, et grave en eux ses leçons.   (*Job,* XXXIII, 14).

Ce fut un songe qui décida la vocation du jeune berger, et, pendant toute la durée de sa mission sacerdotale, D. Bosco reçut, sous la forme de songes, d'étonnantes lumières.

Il a raconté quelques-unes de ses célestes visions, dont il conservait le souvenir le plus précis.

Très souvent il voyait ses prêtres et ses enfants, et il connaissait ainsi non seulement l'état de leur âme, mais encore ce qui leur était réservé dans l'avenir.

On peut penser avec quelle avidité étaient recherchées et accueillies de pareilles révélations, lorsqu'il voulait bien les communiquer; mais il ne parlait de ces faits mystérieux qu'avec une réserve extrême.

Il est certain qu'il a connu et annoncé la mort de Pie IX, et l'élévation du cardinal Pecci sur le trône pontifical.

Beaucoup de prédictions, ayant trait à des évènements contemporains, ont été recueillies, mais le moment n'est pas venu de les divulguer.

Des personnes, qui se sont confessées à Don Bosco, ont été confondues de la connaissance qu'il avait de leurs sentiments les plus intimes, et il est arrivé, bien des fois, qu'il rappelait certaines circonstances qu'on oubliait ou négligeait de lui dire.

Sur la fin de sa vie, alors qu'il était condamné à un repos forcé et en proie à de pénibles souffrances, il fut favorisé de visions plus fréquentes encore. On aurait dit que son âme se détachait peu à peu du fardeau pesant de ce corps mortel, et qu'elle pénétrait, par avance, au séjour de la lumière éternelle.

On s'est demandé si les nombreuses fondations de Don Bosco pourraient se soutenir lorsqu'il ne serait plus là?

Qu'on soit rassuré : l'Œuvre Salésienne défiera tous les efforts de l'Esprit du mal.

Recueillons quelques-unes des dernières paroles de Don Bosco :

Jusqu'ici nous avons toujours marché à coup sûr. Nous ne pouvons pas faire fausse route : c'est Marie qui nous guide.

Notre Congrégation subsistera parce qu'elle est conduite de Dieu, et protégée par Marie Auxiliatrice.

Il a laissé, pour continuer sa mission, son fils le plus cher : Don Michel Rua qui ne l'a jamais quitté depuis l'âge de neuf ans.

Entre Don Bosco et Don Rua, la plus filiale intimité n'a cessé de régner pendant quarante ans. Un autre lien a encore contribué à souder, pour ainsi dire, ces deux existences : *leurs mères !*

Lorsque le jeune Rua devint l'élève de Don Bosco, sa mère ne tarda pas à se faire

l'aide assidue de Madame Marguerite. Ces
deux saintes femmes se comprenaient à merveille: la grandeur de leur dévouement n'a-
vait d'égale que la simplicité avec laquelle
elles se donnaient tout entières.

A la mort de Madame Marguerite Bosco,
en 1856, Madame Jeanne Marie Rua trouva
tout naturel de venir la remplacer à l'Oratoire, et comme sa pieuse amie, elle se consacra, avec une générosité admirable, aux
soins des enfants.

Que pourrions-nous dire du Supérieur
général actuel de la Congrégation Salésienne?
C'est la douceur la plus exquise unie à la plus
invincible fermeté; ce sont les qualités les
plus éminentes jointes à l'humilité la plus
profonde; c'est l'esprit le plus droit et le
plus pratique. C'est plus que cela!

Laissons Don Bosco lui-même caracté-
riser un tel homme:

Don Rua, a-t-il dit, il ferait des miracles
s'il le voulait!

LES GRÂCES

Nous arrivons à une question qu'il ne nous est permis d'aborder qu'avec une extrême réserve : nous voulons parler de tous ces faits de l'ordre surnaturel, qui se mêlent d'une façon si intime et si constante à la vie de Don Bosco. Sur ce point, nous devons attendre la décision de l'Eglise ; mais ce qui est connu de tout le monde, ce sont les grâces innombrables qu'il a obtenues.

Ici, l'on ne peut méconnaître l'intervention directe et apparente de la Sainte Vierge, honorée sous le nom de Notre-Dame Auxiliatrice.

Ces faveurs étranges ont commencé à se révéler surtout au moment où Don Bosco fit commencer les travaux de la magnifique église qu'il lui a dédiée.

Une guérison subite ayant eu lieu, il en résulta bientôt un concours immense de personnes, venues des points les plus éloignés.

D'autres guérisons merveilleuses se produisirent alors en nombre presque infini, et les offrandes de reconnaissance furent si considérables, qu'elles suffirent, presque à elles seules, à couvrir les dépenses de cette église.

Depuis cette époque, ces grâces se sont continuées, et elles ont été accordées, avec la plus grande largesse, aux bienfaiteurs des enfants.

Ne peut-on pas présumer que Notre-Dame Auxiliatrice a voulu manifester ainsi combien lui était agréable le soin qu'on prenait de tous ces pauvres délaissés, et qu'elle a choisi ce moyen de procurer à l'Œuvre de Don Bosco les ressources qui lui sont indispensables !

Le travail des enfants, dans les ateliers, est trop peu productif pour qu'il puisse entrer sérieusement en ligne de compte. La plupart d'entre eux ne sont pas encore très habiles dans la profession qui leur est apprise ; beaucoup sont étudiants, et l'on est vraiment effrayé lorsqu'on calcule le chiffre

auquel doit s'élever le budget de toutes ces
maisons : plus de cent mille enfants qu'il
faut loger, nourrir, vêtir ; puis les missionnaires envoyés et soutenus à grands frais
dans des contrées lointaines !

Eh bien ! l'ŒUVRE SALÉSIENNE N'A
D'AUTRES RESSOURCES QUE LES DONS CHA-
RITABLES !

Aussi Notre-Dame Auxiliatrice ne cesse-
t-elle de faire éclater sa puissance en faveur
de ceux qui n'oublient pas les enfants et les
missionnaires de Don Bosco.

A ce point, que si l'on n'était incité à
leur venir en aide par des sentiments de foi
et de charité, on pourrait y être conduit
par la considération de son intérêt personnel,
tant la récompense est infaillible.

*Centies tantum nunc, in tempore hoc... et
in sæculo futuro vitam æternam.*

*Le centuple dès ce monde, dans le temps
présent... et, ensuite, la vie éternelle.*

(*Marc.*, x, 30).

Les uns obtiennent des faveurs matérielles ; les autres des grâces d'un ordre plus
élevé : des guérisons, des conversions.

C'est un être adoré qui échappe aux
étreintes de la mort, un infirme qui recouvre

la santé; c'est une âme troublée qui retrouve la paix.

Nous savons aussi que des personnes, en grand nombre, ont eu l'idée d'intéresser, pour ainsi dire, la divine Providence à la réussite de leurs affaires temporelles, en prélevant la dîme de leurs revenus ou de leurs bénéfices en faveur des Maisons de Don Bosco, et, la plupart du temps, les résultats sont tels qu'ils dépassent toutes les prévisions et toutes les espérances.

Lorsqu'une grâce était demandée à Don Bosco, il avait coutume d'indiquer une neuvaine qu'on devait faire à Notre-Dame Auxiliatrice. Elle était composée de trois *Pater, Ave, Gloria* et de trois *Salve Regina*, et l'on faisait, en même temps, prier les enfants. Il ne manquait pas de munir les personnes d'une médaille, et il recommandait un don charitable comme un des plus sûrs moyens de tout obtenir de la Sainte Vierge.

Mais nous l'avons entendu, bien souvent, s'élever avec une force et une chaleur extraordinaire contre l'espèce de défiance de ceux qui promettent une offrande *en cas de réussite*.

« Ce n'est pas à l'homme, disait-il, qu'il appartient de faire des conditions au Créateur.

« Il faut commencer par donner avec abandon, sans réserve ni restriction, avec une foi et une confiance absolues. C'est alors que le Bon Dieu ouvre ses mains et distribue ses largesses. »

Date et dabitur vobis.

Donnez et il vous sera donné.

« L'expérience, ajoutait-il, démontre que ce moyen est extraordinairement efficace pour obtenir les grâces les plus signalées: j'ai pu m'en convaincre des milliers de fois. »

LES COOPÉRATEURS ET COOPÉRATRICES

DE DON BOSCO.

Lorsque Don Bosco commença, en 1841, à s'occuper des enfants pauvres et abandonnés, la Providence ne tarda pas à lui envoyer des aides qui s'associèrent à cette noble entreprise.

Quelques laïques vinrent se grouper autour de lui et donner leurs soins aux enfants. Les uns leur faisaient le catéchisme ou la classe ; d'autres cherchaient des patrons chrétiens à ceux qui étaient sans place.

Comme ce petit peuple était souvent déguenillé, de pieuses dames de Turin voulurent bien entreprendre la tâche de raccommoder leurs vêtements, et même de leur en faire de neufs,

Telle est l'origine de la pieuse association des *Coopérateurs et Coopératrices de Don Bosco*. Leur nombre dépasse aujourd'hui quatre-vingt mille, dont plus de treize mille en France.

L'institution faisant beaucoup de bien, Don Bosco voulut lui donner une forme régulière ; il traça, en 1858, un plan de règlement qu'il perfectionna en 1864 et 1868.

Ce règlement, soumis à S. S. Pie IX, fut définitivement adopté en 1874.

Cette institution des COOPÉRATEURS SALÉSIENS reçut, de l'immortel Pie IX, les encouragements les plus formels.

Il voulut que son nom fût inscrit en tête de la liste des Coopérateurs, et il commanda à la Congrégation des Rites de leur accorder toutes les indulgences que peuvent gagner les tertiaires des Ordres les plus favorisés.

Léon XIII, à peine élevé sur la chaire de Saint Pierre, voulut immédiatement devenir Coopérateur Salésien, comme l'avait été Pie IX. *Etant inscrit comme Coopérateur*, dit-il, *je veux être le premier opérateur.*

Voici, d'ailleurs, les paroles textuelles de Léon XIII à Don Bosco : « Chaque fois que

vous parlerez aux Coopérateurs Salésiens,
vous leur direz que je les bénis de tout mon
cœur, que le but de la Société consiste à
empêcher la ruine de la jeunesse, et qu'ils
doivent ne former tous qu'un cœur et qu'une
âme pour vous aider à atteindre le but que
se propose cette Association de St.-François
de Sales. »

Et pour donner une preuve de l'importance qu'il attache à cette Œuvre, et de l'intérêt qu'il lui porte, notre Saint-Père le Pape
Léon XIII a voulu nommer l'éminentissime
cardinal Lorenzo Nina protecteur de la Société Salésienne (1879); actuellement, c'est
le Cardinal Parocchi, Vicaire de Sa Sainteté.

Le regard puissant de Don Bosco, embrassant toutes les défaillances humaines et
plongeant dans l'avenir, a vu, dans l'institution des Coopérateurs Salésiens, une œuvre
de préservation, et même de régénération so-
ciale, qui pourrait, un jour, s'étendre au
monde entier.

Si le Souverain Pontife a daigné accorder
à cette Association les plus insignes faveurs
spirituelles, elle n'est cependant pas un tiers-
ordre, dans le sens propre de ce mot. Les
Coopérateurs et Coopératrices n'ont ni novi-

ciat, ni profession, ni vœux. Il n'y a rien, dans leurs obligations, qui puisse gêner, le moins du monde, l'obéissance des Religieux et Religieuses, ni contrarier les liens de famille ou les relations de ceux qui vivent dans le monde. C'est seulement un encouragement puissant à la piété, à la charité, et à toutes les bonnes œuvres.

Une publication des plus intéressantes, le *Bulletin Salésien*, rédigée en plusieurs langues, a été fondée pour créer un lien entre les membres de cette Association.

Remarquons que le *Bulletin Salésien* n'est pas un journal auquel on ait la faculté de s'abonner à prix d'argent ; il est destiné exclusivement aux Coopérateurs et Coopératrices ; *eux seuls peuvent le recevoir.*

C'est ainsi que les Salésiens constituent une véritable famille, en union constante de prières.

On peut devenir coopérateur dès l'âge de seize ans. Sur sa demande, on reçoit un billet d'admission (Diplôme), délivré par un prêtre Salésien autorisé.

Dès lors, si l'on observe les règles de l'Association, on participe à toutes les faveurs, indulgences et grâces spirituelles qui lui sont

accordées. On a part à toutes les Messes,
prières, neuvaines, exercices spirituels, prédications, etc., et à toutes les œuvres de charité que les Salésiens font dans le monde entier.

Aucune pratique religieuse n'est exigée des Coopérateurs Salésiens, sauf chaque jour un *Pater* et un *Ave* en l'honneur de saint François de Sales, suivant l'intention du Souverain Pontife.

Mais il est recommandé de s'approcher souvent des sacrements de Pénitence et d'Eucharistie, de faire, lorsque cela est possible, une petite retraite chaque année, et chaque mois l'exercice de la bonne mort.

On leur recommande encore la modestie dans les vêtements, la frugalité dans la nourriture, la simplicité dans l'ameublement, l'exactitude aux devoirs de leur état. Ils doivent veiller à ce que le repos et la sanctification du dimanche et des jours de fêtes soient exactement observés par ceux sur qui ils ont autorité.

Les membres de la Société Salésienne considèrent tous les Coopérateurs comme des frères en Jésus-Christ, et s'adressent à eux toutes les fois que leur concours peut être

utile à la plus grande gloire de Dieu et au
bien des âmes. Les Coopérateurs, s'ils en ont
besoin, recourent avec la même liberté aux
membres de la Société Salésienne, par exemple en cas de maladie ou pour obtenir
une grâce. Des prières spéciales ont aussi
lieu après la mort.

Les Coopérateurs et Coopératrices doivent,
dans la limite de leurs aptitudes, favoriser
les exercices du culte, rechercher et soutenir
les vocations religieuses, s'occuper de la dif-
fusion des bons livres, exercer leur charité
envers les enfants pauvres et abandonnés qui
risquent ainsi de se perdre.

Naturellement, ils s'efforcent aussi de
soutenir les Œuvres Salésiennes, soit en faisant une fois par mois, ou tout au moins une
fois par an, une offrande selon leurs facultés ;
soit en recueillant des dons et des aumônes
par tous les moyens que leur suggèrera leur
cœur charitable (1).

---

(1) Pour plus de renseignements, on doit se procurer une petite bro-
chure qui existe dans toutes les Maisons Salésiennes, et intitulée : *Coopérateurs Salésiens, ou moyen pratique de se rendre utile à la société en
favorisant les bonnes mœurs.*

On y trouvera l'énumération complète de toutes les indulgences qu'on
peut acquérir, ainsi qu'un petit règlement de vie pour les Coopérateurs
Salésiens.

Nous croyons ne pouvoir mieux faire, en terminant, que de donner ici le Testament de Don Bosco à ses Coopérateurs.

Ces lignes touchantes écrites de la main même de Don Bosco, ont été retrouvées dans ses papiers; nous les faisons précéder de la lettre par laquelle Don Rua, successeur de Don Bosco, a transmis aux Coopérateurs Salésiens l'admirable Testament de leur Fondateur et Père bien-aimé:

Biens chers Coopérateurs et bien chères Coopératrices.

Pour accomplir une des dernières volontés de notre à jamais regretté Don Bosco, je vous envoie la lettre ci-jointe, adressée par ce si bon Père aux Coopérateurs Salésiens et aux Coopératrices, comme le Testament de sa profonde reconnaissance et de son ardente charité.

J'aurais voulu aussi satisfaire un désir que de nombreux Coopérateurs m'ont exprimé, et vous expédier en même temps le portrait de Don Bosco après sa mort; un retard fâcheux dans l'exécution de ce travail, me décide à ne pas vous faire attendre plus longtemps cette lettre, dont l'annonce a excité une pieuse impatience : je vous l'adresse telle que je l'ai trouvée dans les papiers de Don Bosco. Mais ce retard même amène une coïncidence qui me paraît singulièrement heureuse : ma lettre, vous transmettant le Testament de Don Bosco, porte la date du 24 Mai, fête de N.-D. Auxiliatrice. Vous le savez, c'est un jour qui fait époque dans la famille Salésienne ; et j'éprouve une particulière consolation à penser que notre bien-aimé Père Don Bosco, par une de ces attentions délicates qui lui étaient si familières, semble vouloir vous envoyer son message de l'éternité, le jour où ses enfants fêtent leur Mère du Ciel. Que la voix de notre douce Protectrice réponde dans vos âmes à la voix de son serviteur, et les paroles de notre Vénéré Père appelleront, sur vous, les grâces de choix que nous vous souhaitons.

Mes confrères et tous nos chers orphelins se joignent à moi pour vous offrir l'hommage de notre respectueux attachement ; soyez assurés que tous les jours nous prions du fond de l'âme le Seigneur de daigner, par l'intercession de N.-D. Auxiliatrice, répandre sur vous et sur vos familles les plus précieuses et les plus abondantes bénédictions.

Votre serviteur très reconnaissant.

MICHEL RUA, Prêtre.

Turin, 24 Mai 1888,
fête de N.-D. Auxiliatrice.

TESTAMENT

DE DON BOSCO À SES COOPÉRATEURS

Mes généreux Bienfaiteurs,
et mes généreuses Bienfaitrices,

Je sens que le terme de ma vie approche, et qu'il n'est pas loin le jour où je devrai payer le commun tribut à la mort et descendre dans la tombe.

Avant de vous laisser pour toujours sur cette terre, il faut que je m'acquitte envers vous d'une dette, pour répondre à un vrai besoin de mon cœur.

La dette que j'ai contractée vis-à-vis de vous est celle de la reconnaissance. En effet, vous m'avez aidé puissamment à donner à une foule de pauvres enfants une éducation chrétienne, et à les mettre, par là-même, sur le chemin de la vertu et du travail; ils ont pu ainsi devenir la consolation de leurs familles, se rendre utiles à eux-mêmes et à la société, et surtout, en sauvant leur âme, acquérir l'éternité bienheureuse. Sans vous, rien de tout cela ne m'eût été possible : votre charité, bénie par la grâce de Dieu, a séché bien des pleurs et sauvé bien des âmes. Votre charité a ouvert de nombreux asiles, où des milliers d'orphelins ont trouvé un abri. Tirés de l'abandon, arrachés au danger de perdre la foi et les mœurs, ils sont devenus, grâce à une bonne éducation, à l'étude ou l'apprentissage d'un métier, de bons chrétiens et d'honnêtes citoyens.

Votre charité a établi des Missions jusqu'aux extrêmes confins du monde, en envoyant au fond de la Patagonie et de la Terre de Feu, des centaines d'ouvriers apostoliques cultiver, puis étendre la vigne du Seigneur.

Votre charité a fondé, dans plusieurs villes de différents pays, des imprimeries qui ont répandu par millions, dans les masses populaires, des livres et publications variées, toutes consacrées à défendre la vérité, à exciter la piété, et à favoriser les bonnes mœurs.

Votre charité, enfin, a élevé une foule d'églises et chapelles qui, pendant des siècles et des siècles, jusqu'à la fin du monde, retentiront chaque jour des louanges de Dieu et de la Bienheureuse Vierge, et où des âmes innombrables rencontreront leur salut.

Convaincu, qu'après Dieu, c'est votre charité qui a opéré efficacement le bien immense énuméré plus haut et des choses plus grandes encore, j'éprouve le besoin de vous en manifester ma profonde reconnaissance. Je veux le faire avant que mes jours ne s'achèvent, et je vous en remercie aujourd'hui avec toute l'effusion de mon cœur.

Mais, au nom même de cette persévérante bonté avec laquelle vous êtes venus à mon secours, je vous prie maintenant de continuer, après ma mort, le même appui à mon successeur.

Les Œuvres que j'ai commencées avec votre concours n'ont plus besoin de moi: elles ne cessent pas d'avoir besoin de vous, et de tous ceux, qui, comme vous, aiment à promouvoir le bien sur cette terre. Je vous les confie à tous et vous les recommande.

Pour votre encouragement et le confort de vos âmes, je prescris à mon successeur de comprendre toujours nos bienfaiteurs et nos bienfaitrices dans les prières publiques et privées qui se font et se feront dans les Maisons Salésiennes; il devra mettre toujours cette intention: que Dieu leur accorde, même en cette vie, le centuple de leur charité, en y joignant la santé, la concorde dans leurs familles, le succès des récoltes et des affaires, enfin la délivrance et l'éloignement de tout mal.

Pour votre encouragement et le confort de vos âmes, je veux vous dire aussi que l'œuvre la plus efficace, pour obtenir le pardon des péchés et s'assurer la vie éternelle, c'est la charité faite aux petits enfants: *Uni ex minimis*, à un des plus petits abandonnés, selon l'assurance que nous en avons du Divin Maître Jésus. En outre, je vous prie de remarquer qu'en ces derniers temps, en présence de la grande pénurie de moyens et de ressources pour élever, par soi ou par d'autres, dans la foi et les bonnes mœurs, les enfants plus pauvres et abandonnés, la Sainte Vierge s'est constituée Elle-même leur Protectrice; et à ce titre, Elle obtient à leurs bienfaiteurs et à leurs bienfaitrices, des grâces spirituelles et même temporelles, nombreuses et extraordinaires.

Celui qui vous écrit, et avec lui tous les Salésiens, sont témoins que beaucoup de nos bienfaiteurs, dont l'avoir était bien mince, ont connu une large aisance quand ils se furent mis, avec une charité généreuse, à secourir nos orphelins.

A ce propos, plusieurs d'entre eux, instruits par l'expérience, m'ont répété sous une forme ou sous une autre, les paroles suivantes ou d'autres semblables: *Je ne veux pas que vous me disiez merci quand je fais l'aumône à vos pauvres enfants: c'est moi qui vous dois des actions de grâces quand vous venez la chercher. Depuis que j'ai commencé à secourir vos orphelins, ma fortune a doublé.*

Un autre bienfaiteur, M. le Commandeur Cotta, venait souvent m'apporter des offrandes, en disant: *Plus je vous porte d'argent pour vos Œuvres, plus mes affaires réussissent. Je touche du doigt que le Seigneur me rend, dès ce monde, le centuple de ce que je donne pour l'amour de Lui.* Cet excellent chrétien fut notre insigne bienfaiteur jusqu'à l'âge de 86 ans, où Dieu l'appela à la vie de l'éternité, pour lui donner, en joies célestes, la récompense de sa charité.

Quelque las et affaibli que je me sente, je ne cesserais point de m'entretenir avec vous et de vous recommander mes enfants, que je ne tarderai pas à quitter: mais il faut cependant que je finisse et que je dépose la plume.

A Dieu, mes généreux bienfaiteurs, chers Coopérateurs et chères Coopératrices, à Dieu! Il en est beaucoup parmi vous que je n'ai pu voir en cette vie. Qu'ils se consolent: dans l'autre, nous nous connaîtrons tous; et pendant toute l'éternité, nous serons heureux ensemble du bien qu'avec la grâce de Dieu nous aurons pu opérer sur cette terre, surtout en faveur de la jeunesse abandonnée.

Si, après ma mort, la Divine Miséricorde, par les mérites de Jésus-Christ et par la protection de Marie Auxiliatrice, me juge digne d'être admis en Paradis, je prierai toujours pour vous, je prierai pour vos familles, je prierai pour ceux qui vous sont chers, afin qu'un jour, ils viennent tous louer pour l'éternité la Majesté du Créateur, s'enivrer de ses divines délices et chanter ses infinies miséricordes, Amen.

Toujours votre très reconnaissant serviteur

Jean Bosco, prêtre.

LE CULTE DE NOTRE-DAME AUXILIATRICE

Le culte rendu à la Sainte Vierge sous le titre de *Marie Auxiliatrice, Maria Auxilium Christianorum*, remonte fort loin. Mais ce fut surtout après la bataille de Lépante, en 1571, qu'il reçut, en quelque sorte, sa consécration officielle.

La flotte chrétienne mit en déroute la flotte turque au cri de : *Vive Marie*, et le Pape Pie V, qui avait connu, par révélation, cette insigne victoire avant l'arrivée d'aucun messager, ordonna que dans la litanie Lorétienne serait désormais inscrite l'invocation : *Maria Auxilium Christianorum, ora pro nobis*.

Un siècle plus tard, en 1683, deux cent mille Turcs vinrent mettre le siège devant

Vienne. Le prince Charles de Lorraine n'a-
vait que trente mille hommes à opposer à
cette formidable invasion. Ce fut un Pape,
Innocent XI, qui sauva pour ainsi dire la
Chrétienté, en ordonnant des prières publiques et en appelant les princes chrétiens au
secours de la ville assiégée.

Un seul d'entre eux répondit à l'appel:
Jean Sobieski, de glorieuse mémoire. Avec
une poignée d'hommes il pénétra dans Vienne,
devenue un monceau de ruines. Le 12 septembre, il alla, avec le prince Charles, assister à la sainte Messe, qu'il voulut servir
lui-même, les bras en croix; puis il s'écria:
« Avec la protection de la Sainte Vierge,
marchons avec confiance à nos ennemis, et
nous aurons la victoire. »

En effet, après un court combat, les Turcs
se retirèrent en désordre de l'autre côté du
Danube, abandonnant un butin immense.
Toute la Chrétienté fut unanime à attribuer
à la protection de la Sainte Vierge une aussi
étonnante victoire, qui délivrait non seulement l'Autriche, mais encore l'Europe, de
l'invasion des Turcs; et, à cette occasion,
fut érigée, à Munich en Bavière, la première
confrérie en l'honneur de *Marie Auxiliatrice*.

Pie V avait introduit dans les litanies l'invocation de *Maria Auxilium Christianorum*; ce fut Pie VII qui institua sa fête au 24 mai.

Transporté à Fontainebleau par Napoléon Ier, il fit la promesse d'honorer Marie sous le nom d'*Aide des chrétiens*, dès qu'il lui serait accordé de reprendre possession de sa ville papale.

Sa rentrée triomphale à Rome ayant eu lieu le 24 mai 1814, il fixa au 24 mai la fête de *Marie Auxiliatrice*.

En 1817, l'église *Santa Maria in Monticelli*, à Rome, reçut un tableau représentant la Sainte Vierge sous le nom de *Maria Auxilium Christianorum*. Des indulgences nombreuses furent accordées aux associations et confréries qui s'élevèrent en son honneur. Les fidèles affluèrent et des grâces signalées furent obtenues.

La ville de Turin n'était pas restée en arrière de cette dévotion. Agrégée une des premières à la confrérie de Munich, elle n'avait pas tardé d'avoir aussi sa confrérie spéciale de *Notre-Dame Auxiliatrice*, que Pie VI, par rescrit du 9 février 1798, enrichit de précieuses indulgences et faveurs spirituelles.

Cette confrérie avait adopté, pour lieu de ses réunions, l'église Saint-François de Paule, où le cardinal Maurice, prince de Savoie (mort en 1657), avait fait placer une belle statue de marbre dédiée à Notre-Dame Auxiliatrice.

Pour étendre cette dévotion à Marie Auxiliatrice, si populaire à Turin, Don Bosco résolut d'élever, en son honneur, une belle église au Valdocco.

Ce quartier, centre de plus de trente-cinq mille âmes, était alors fort dépourvu d'églises. Les petites chapelles de la Providence, et de l'Oratoire de Saint-François de Sales étaient parfaitement insuffisantes à recevoir les fidèles les jours de fêtes et même les dimanches.

D'ailleurs, s'il avait pu exister un doute sur l'utilité de cette entreprise, il aurait été levé par l'auguste Pie IX qui, à peine instruit de ces desseins, répondit, tout aussitôt, que le titre de *Marie Auxiliatrice* attirerait certainement les faveurs de la Reine du Ciel. Il envoya un don de cinq cents francs pour coopérer à la construction de l'église, et il accompagna cette offrande d'une bénédiction toute spéciale.

Fort de cette approbation, Don Bosco choisit un terrain convenable, tout à côté de l'Oratoire.

Puis l'architecte Spezia traça le plan d'une église, en forme de croix latine, qui devait couvrir une superficie de douze cents mètres carrés.

La pose de la pierre angulaire eut lieu solennellement le 27 avril 1865.

Quand la première main fut mise aux travaux, il n'y avait en caisse que quarante centimes, les cinq cents francs envoyés par le Saint-Père ayant été absorbés par le payement du terrain.

On comptait sur diverses promesses faites soit par la municipalité, soit par des personnes charitables. Mais, sous je ne sais quels prétextes, ces engagements ne furent pas tenus tout d'abord.

Si l'aide des hommes fit ainsi défaut, ce fut sans doute pour que l'intervention de la Reine du Ciel se manifestât d'une façon plus éclatante, et pour qu'il fût clairement démontré qu'elle voulait non seulement un édifice idéal dans les cœurs, mais encore un édifice réel, où son divin Fils serait honoré par son intermédiaire.

Sans se laisser arrêter par ces difficultés, Don Bosco mit résolûment les ouvriers à la besogne, et fit creuser les fondations.

Après la première quinzaine de ce travail, il se trouva dû, aux terrassiers, mille francs. Ces braves gens ne pouvaient attendre plus longtemps leur salaire, et il fallait absolument payer les journées faites.

Dans cet embarras, Don Bosco pensa à une personne qui avait commencé une neuvaine quelques jours auparavant et qui avait promis une offrande en cas de réussite.

C'était une dame qu'il avait eu l'occasion de visiter dans l'exercice de son saint ministère. Elle était fort gravement malade, retenue dans son lit, depuis trois mois, par une fièvre continuelle, avec grande toux et épuisement complet.

— Oh! lui avait-elle dit, pour recouvrer un peu de santé, je serais bien disposée à dire toutes les prières qu'on m'indiquera, et à faire quelque offrande. Ce serait une grande faveur pour moi si je pouvais seulement sortir du lit, et faire quelques pas dans ma chambre.

— Ferez-vous ce que je vous indiquerai?
— Bien certainement.

— Alors commencez tout de suite une neuvaine à Notre-Dame Auxiliatrice.

— Comment cela?

— Pendant neuf jours, vous direz, trois fois par jour, le *Pater, Ave, Gloria* et *Salve Regina*.

— Je le ferai. Et quelle œuvre de charité faudra-t-il joindre?

— Si vous le voulez, et si vous éprouvez quelque amélioration dans votre santé, vous ferez une offrande pour l'église de Notre-Dame Auxiliatrice qui se commence au Valdocco.

— Oui, oui, bien volontiers: si dans le cours de cette neuvaine j'obtiens seulement de pouvoir sortir du lit et faire quelques pas dans ma chambre, j'enverrai une offrande pour l'église qu'on élève en l'honneur de la Sainte Vierge Marie.

Cette promesse était la seule ressource sur laquelle pût compter Don Bosco à l'heure présente.

On était précisément au huitième jour de la neuvaine, et ce ne fut pas sans une certaine anxiété qu'il alla s'enquérir du résultat.

La servante, qui lui ouvrit la porte, s'écria en le voyant: — Madame est guérie;

elle est déjà sortie deux fois pour aller à l'église rendre grâce à Dieu.

En effet, la maîtresse survint toute joyeuse: — Je suis guérie, mon Père. Je suis déjà allée remercier la sainte Vierge. Voici l'offrande que j'ai préparée ; c'est la première, mais ce ne sera certainement pas la dernière.

Et elle remit à Don Bosco un petit paquet.

Quand il fut chez lui, il l'ouvrit et trouva précisément cinquante napoléons d'or.

On peut dire que les mille francs dont il avait besoin ce jour-là tombèrent vraiment de la main de la Sainte Vierge.

Quoique Don Bosco eût évité soigneusement de parler de ce fait, il ne tarda pas à s'ébruiter et à se répandre comme par une étincelle électrique ; et presque aussitôt il se produisit un concours extraordinaire de personnes faisant des neuvaines à *Notre-Dame Auxiliatrice*, et promettant des dons à son église si elles étaient exaucées.

Qui pourrait raconter les guérisons sans nombre qui eurent lieu, les grâces de toutes sortes, spirituelles et temporelles qui furent accordées!

Turin, Gênes, Bologne, Naples, Milan, Florence, Rome, puis Palerme, Vienne, Paris, Londres, Berlin, retentirent des louanges de Notre-Dame Auxiliatrice. *On n'eut jamais recours en vain à son intercession.*

Les offrandes arrivèrent en grand nombre, parant à tous les besoins. Au moment où les travaux étaient poussés avec la plus grande activité, les dons parurent se ralentir un moment. Mais voici que le choléra survient; beaucoup de cœurs sont émus, soit par la crainte du fléau, soit par la reconnaissance d'y avoir échappé, et les ressources arrivent plus abondantes que jamais.

D'autres eurent l'idée d'intéresser Notre-Dame Auxiliatrice soit à leur commerce, soit à la prospérité de leurs terres, promettant, en faveur de son église, la dîme des bénéfices ou des récoltes. Ils n'eurent pas lieu de se repentir de ce contrat, et le résultat dépassa toutes les espérances.

Le croira-t-on! L'église de Notre-Dame Auxiliatrice fut érigée presque sans qu'une quête ait eu lieu; les ressources arrivèrent toujours d'elles-mêmes et à point. La dépense totale fut d'un peu plus d'un million; or, un registre, parfaitement tenu, prouve que, sur cette somme considérable, huit cent cinquante mille francs furent l'offrande de personnes qui avaient obtenu des grâces ou des faveurs signalées, et qui témoignaient ainsi leur reconnaissance. On peut dire que chaque pierre de l'édifice est un signe de la bonté et de la puissance de Marie Auxiliatrice.

Et longue serait l'énumération s'il fallait parler de tous les autres dons de remercîment faits à l'église: calices, ciboires, ostensoirs, lampes, ornements précieux, autels, chandeliers, statues, tableaux, etc, etc.

Le nouveau temple, commencé en 1865, fut achevé en trois ans, et on put le consacrer le 9 juin 1868.

Les fêtes qui eurent lieu à cette occasion durèrent huit jours et attirèrent un concours immense de peuple. L'auguste Pape Pie IX avait bien voulu accorder une indulgence plénière, applicable aux âmes du Purgatoire, à tous ceux qui, confessés et communiés, feraient une visite à l'église de Marie Auxiliatrice dans les premiers huit jours de sa consécration. L'affluence fut telle que, pendant les cérémonies, on ne pouvait ni entrer ni sortir; et cependant il n'y eut ni désordre, ni accident.

Les fêtes se terminèrent le **17 juin**, par un service funèbre en faveur de tous les bienfaiteurs défunts.

Cette église de Notre-Dame Auxiliatrice, Don Bosco l'avait vue en songe, dans ses plus minutieux détails, bien avant qu'elle existât; et, lorsqu'on lui objectait les difficultés que devait présenter une construction aussi considérable, il se contentait de sourire. La sainte Vierge lui avait inspiré cette œuvre, elle la voulait, elle lui en avait désigné l'emplacement, et dès lors Don Bosco savait que tous les obstacles allaient se dissiper, comme un léger brouillard sous les rayons puissants du soleil. *C'est Marie elle-même qui s'est bâti ce temple.*

Ædificavit sibi domum Maria.

NOTRE-DAME AUXILIATRICE

ET

DON BOSCO

LE VALDOCCO

Le Valdocco, où s'élève l'Oratoire de Saint-François de Sales, n'est pas un lieu banal. C'est là qu'autrefois les confesseurs de la foi étaient martyrisés, d'où le nom de *Valdocco, — Vallis occisorum, —* le *Val des occis.*

Cette terre, qu'avait rougie un sang si précieux, a été longtemps abandonnée et même profanée: le Valdocco était couvert de guinguettes et de mauvais cabarets, repaires d'une population interlope de la pire espèce.

Lorsque Don Bosco errait, à la recherche d'un asile, il est certain qu'il fut conduit providentiellement dans ce Val, qu'il devait sanctifier.

C'est la Sainte Vierge elle-même qui, dans un songe, lui avait désigné l'emplacement où elle voulait son église.

Don Bosco a connu également quel était le lieu précis où les deux glorieux martyrs de Turin, Adventor et Octave, avaient été mis à mort, et il leur a consacré la chapelle de Sainte Anne.

Aujourd'hui, du Valdocco, une incessante prière monte au Ciel.

Circonstance remarquable: tout à côté de l'Oratoire, et le touchant, il existe un vaste et merveilleux hospice, dû à un prêtre qui fut comme le précurseur de Don Bosco.

Don Joseph Cottolengo, né dans les environs de Turin en 1786, fonda, il y a un peu plus de cinquante ans, cet établissement qu'il appela le *Petit-Asile de la divine Providence, sous les auspices de saint Vincent de Paul.*

Tout est étrange, — ou peut dire surnaturel, — dans l'existence et le fonctionnement de cette maison.

L'Hospice Cottolengo n'a pas un sou de revenus: c'est la charité publique qui pourvoit à tout et fournit le pain quotidien.

Trois mille malades ou infirmes sont logés, hébergés et admirablement soignés.

On reçoit indistinctement tous ceux qui se présentent : hommes, femmes, enfants, quel que soit le genre de la maladie, quels que soient la nationalité ou la religion.

Et, pour être admis, la meilleure et presque la plus indispensable des conditions, *c'est de n'être pas recommandé.*

Charitas Christi urget nos.

La charité de Jésus nous presse.

Telle était la devise de ce serviteur de Dieu, dont la vie fut un continuel miracle, et qui est devenu le père d'une innombrable famille d'éclopés et de malheureux, affligés de tous les maux qui sont l'apanage de la pauvre espèce humaine.

Don Cottolengo est mort le 30 avril 1842, en odeur de sainteté.

Il a été déclaré *Vénérable* en 1877.

DON COTTOLENGO, DON BOSCO..... voilà les deux magnifiques fleurs qu'a fait germer le sang des martyrs au *Valdocco!* (1).

---

(1) Nous ne saurions assez recommander la lecture d'un volume vraiment délicieux : *Le miracle de la charité ou Vie du vénérable Joseph-Benoît Cottolengo,* par le P. Gastaldi, traduction libre de l'italien par Mgr. Postel. — *Nice,* imprimerie et librairie du Patronage Saint-Pierre, 1884.

1827.

DON BOSCO ÉCOLIER

Le petit Jean faisait ses premières classes de latin. On était tout au commencement de l'année scolaire, et il n'avait pas encore pu se procurer les livres désignés, de sorte qu'il se bornait à écouter.

On en était au Cornelius Nepos. — Voyons, Bosco, dit le maître, lisez-nous tel passage; puis vous en ferez la construction et la traduction.

Bosco avait entendu le passage en question. — Sans se troubler, il s'arme d'un livre quelconque, et, tout en paraissant attentif à consulter le texte, il lit, construit, puis traduit fort gentiment ce que lui a demandé le professeur.

Mais, tandis qu'il parlait, ses voisins chuchotaient entre eux, et avaient grand' peine à étouffer leurs éclats de rire.

Le professeur, impatienté de ne pouvoir obtenir le silence, interpelle le petit Bosco:
— Mais dites-moi donc un peu ce qui égaie si fort vos voisins.

— Monsieur, je ne sais pas.

— Alors, priez vos condisciples de me le dire.

L'un de ceux-ci, se dévouant, révèle que la cause de leurs rires, c'est que Bosco n'avait pas le texte sous les yeux.

— Pas possible! Le professeur s'empare du livre dans lequel Jean *lisait* du Cornelius Nepos. C'était une grammaire latine!

Étrange assurance, qui donne bien la mesure de cette mémoire vraiment prodigieuse.

Jean Bosco était en rhétorique. Une nuit, il rêva qu'il traduisait une version dictée. Or, le lendemain matin, c'est précisément cette version que l'on dicte.. — Alors, négligeant d'écrire le texte, Jean transcrit d'emblée la traduction, qu'il se rappelait fidèlement; puis il remet son travail au professeur.

Celui-ci commence par se fâcher : — Quoi, avez-vous la prétention de faire des traductions à la volée, jeune présomptueux ; vous n'êtes pas encore assez fort, que je sache !

Il lit: à sa grande surprise, il n'y a pas une faute.

— Ah! monsieur a copié, n'est-ce pas ?

— Mais pas du tout.

— Qui donc, alors, vous a traduit cette version ?

— Personne, monsieur. Cette nuit, dans un rêve, je vous ai entendu me dicter cette même version ; vous me l'avez corrigée, je me la rappelle... *et voilà tout !*

L'abbé Jean Bosco se préparait aux examens définitifs pour l'admission aux Saints Ordres. La veille, on lui apprend qu'il devra présenter tel traité. Comme il ignorait que ce traité fît partie du programme de l'examen, il ne s'en était pas occupé, et se trouva fort embarrassé.

Mais, au lieu de se troubler, il invoqua Saint Louis de Gonzague en ces termes: *Vous voyez qu'il ne s'agit pas d'encourager ma paresse, mais de venir à mon secours pour m'éviter les ennuis possibles d'un oubli involontaire.*

Le matin, notre abbé arriva tranquillement devant la Commission d'examen. Pendant un temps assez long, il répondit avec justesse et à-propos aux questions et objections des membres du jury. Mais, tout en répondant, il avait peine à réprimer un sourire tout à fait singulier en pareil moment, et devant de tels personnages. — Un des examinateurs, un peu intrigué, l'arrêta pour lui en demander la raison.

— C'est que vous m'interrogez, depuis le commencement, sur un traité que j'avais, involontairement, omis d'étudier: les pages de mon volume ne sont pas même coupées — et, tirant de sa poche le livre absolument neuf, il le tendit à son interlocuteur.

Puis le candidat raconta l'aventure, sans oublier l'invocation à Saint Louis de Gonzague; il termina en présentant ses excuses à la Commission.

L'examinateur, loin de le gronder, lui dit aimablement: — Mon cher ami, je vous félicite, et je me réjouis de ce qui vous arrive. Continuez à prier avec cette confiance, dans la sainte carrière où vous entrez. Si, déjà, vous êtes exaucé aussi vite et aussi bien, l'Église sera un jour heureuse de vous compter parmi ses ministres, et vous aurez une grande action sur les âmes.

L'excellent prêtre ne croyait certainement pas si bien dire!

1838.

UN FÊTE SANS PRÉDICATEUR

On célébrait à P***, dans les environs de Turin, la fête du Saint-Rosaire. Un jeune séminariste fut invité, lui et toute sa famille. Il se préparait à servir aux vêpres, lorsque le bruit courut, dans la sacristie, que le prédicateur attendu était empêché de venir. On peut juger du mécontentement de tous les prêtres présents, et l'on devine, surtout, si le curé était à l'aise! L'avis général fut qu'il n'était pas possible de remplacer, *ex abrupto*, l'absent, et que l'on se passerait de sermon pour cette fois.

Notre séminariste, qui assistait à la délibération, ne put s'empêcher de manifester la plus pénible surprise. Quoi! parmi tant de prêtres, aucun ne se sentait donc capable de dire quelques bonnes paroles, alors que le peuple, venu en foule, comptait sur un sermon! Il s'exprima avec une vivacité un peu juvénile peut-être, et l'un des ecclésiastiques présents, le toisant de son haut, finit par lui dire: — Mon petit bonhomme, vous qui ne doutez de rien, vous seriez sans doute de taille à nous servir ce discours?

— Si je ne craignais de manquer aux convenances, je n'hésiterais pas.

L'air modeste, mais décidé, du jeune homme ne déplut nullement, et l'on se mit à l'encourager, au lieu de le railler.

Le Curé, le plus intéressé dans la question, le prit à part et lui demanda si, sérieusement, il se sentait capable de tenter l'aventure?

Sa réponse fut que la lecture du bréviaire lui suffirait bien pour trouver quelques pensées, et qu'il ferait de son mieux. Alors il fut convenu qu'il remplacerait le prédicateur.

Le moment venu, le séminariste passe la cotta et monte en chaire. On peut juger de la surprise de sa famille, qui ne pouvait en croire ses yeux.

Une voix claire se fait entendre, doucement d'abord, puis avec chaleur et animation. La parole arrive simple mais pénétrante, et remuant tous les cœurs. Pendant trois quarts d'heure que dura le sermon, les fidèles, ravis, furent sous le charme, et les anciens de la paroisse ne se rappelaient pas avoir entendu rien de pareil. On en parle encore à P***.

Le jeune et improvisé prédicateur s'appelait Jean Bosco.

1845.

UN BON COUP DE TONNERRE

Il arriva un moment où l'Oratoire de Saint-François de Sales, établi dans les bâtiments Pinardi, devint insuffisant à contenir la foule des enfants qui s'y pressaient les dimanches et jours de fêtes. Don Bosco dut songer à ouvrir un second Oratoire qui fut celui de Saint-Louis.

Après d'assez nombreuses recherches, il finit par trouver un local qui lui parut convenable, et alors il se rendit chez la propriétaire, une dame Vaglienti, lui demandant si elle voudrait bien le lui céder en location.

La dame y consentit, mais le prix qu'elle demanda était bien au-dessus des facultés du pauvre prêtre. Raisonnement, prières pour l'intéresser à l'Œuvre, rien n'y fit: l'obstinée propriétaire restait inflexible dans ses prétentions.

Pendant ces pourparlers, le ciel s'était voilé de nuages, et voilà qu'éclate un coup de tonnerre si formidable que la maison en est ébranlée, et la lampe qui éclairait la chambre s'éteint.

La dame, affolée de peur, change aussitôt de ton: — Excellent Père, obtenez que j'échappe à la foudre et je ferai tout ce que vous voudrez.

— Je vous rends grâce, reprit Don Bosco: je vais prier Dieu qu'il vous aide et maintenant et toujours.

Ce coup de tonnerre se ne renouvela pas; le ciel s'éclaircit presque aussitôt, et la bonne dame, enchantée, ne fit plus aucune difficulté de traiter au prix que lui offrait Don Bosco.

1845.

COMMENT LE BON DIEU

A PARFOIS PUNI LE MAL Q'ON A VOULU FAIRE A DON BOSCO

ET L'INGRATITUDE Q'ON LUI A TÉMOIGNÉE

Nous avons vu comment, ayant dû renoncer à la chapelle du Refuge, D. Bosco obtint du conseil municipal de Turin la jouissance de l'église Saint-Martin, dite des Moulins.

Les enfants n'avaient là, pour lieu de récréation, qu'une place publique située devant l'église, et le bruit qu'ils faisaient incommoda les voisins. On se plaignit au Syndic de la ville qui ordonna à Don Bosco d'avoir à se transporter ailleurs.

La personne qui contribua le plus à ce beau résultat fut un secrétaire de l'administration des Moulins. Il libella, contre cette réunion d'enfants, un mémoire dans lequel il entassait les allégations les plus fausses, et travestissait les faits d'une façon peu délicate.

Or, ces lignes furent les dernières qu'il écrivit: sa main droite fut frappée de paralysie. Il tomba dans un état de langueur, et succomba après trois années de souffrance.

En quittant Saint-Martin, l'Oratoire se transporta à Saint-Pierre-ès-liens, local vaste et convenable.

Nous avons parlé du malheureux recteur qui avait pris sa retraite dans le presbytère avoisinant l'église, et qui, troublé dans son repos, demanda et obtint le renvoi immédiat des enfants.

Ce pauvre vieillard n'avait agi ainsi qu'à l'instigation de sa servante. Celle-ci était d'un caractère violent et acariâtre, et l'invasion de ce qu'elle considérait comme son domaine, la fit entrer dans un véritable état de fureur. Elle alla jusqu'à invectiver Don Bosco au milieu même d'une instruction qu'il faisait aux enfants, lui montrant le poing et lui adressant les reproches les plus injurieux; puis elle poussa tellement son maître, elle le monta si fort contre cette *bande de vauriens,* qu'il écrivit pour porter plainte.

Cette funeste lettre était à peine partie que le vieux prêtre était frappé d'apoplexie ; et, deux jours après, sa servante le suivait dans la tombe.

Le marquis de Cavour, chef de la police municipale de Turin, essaya, à deux reprises, de faire fermer l'Oratoire. A peine avait-il fait cette seconde tentative qu'il fut pris d'un accès de goutte d'une violence inusitée. Il ne quitta plus le lit, et mourut peu de temps après.

Le marquis et la marquise de X..., de Turin, après dix années de mariage, n'avaient pas d'enfants. C'était une grande famille qui menaçait de s'éteindre. Leur désolation était extrême, et ils finirent par implorer Don Bosco pour qu'il leur obtînt la grâce si désirée.

Don Bosco mit son Oratoire en prière. Il pria lui-même et fit une neuvaine spéciale qui fut exaucée ; car la marquise devint mère d'un beau garçon.

Sa naissance donna lieu à de grandes fêtes, à toutes sortes de réjouissances, mais on oublia complètement les pauvres enfants du Valdocco.

Quelques années s'écoulèrent, et D. Bosco ne pensait plus à cette ingratitude. Cependant un jour, pressé par le besoin et ne sachant où trouver le pain quotidien de sa nombreuse famille, il se présente chez le marquis.

On ne le reçoit pas.

A une nouvelle tentative, il est admis et expose le motif de sa visite.

— Monsieur l'abbé, je regrette vraiment de ne pouvoir vous venir en aide en ce moment: l'année est mauvaise et j'ai de grosses charges; mais je saisirai la première occasion de vous être utile. Je suis très pressé aujourd'hui; j'irai vous voir avant peu.

La visite annoncée eut lieu peu de temps après: mais, en fait de secours, c'est celui de Don Bosco qu'on venait implorer. Il était dans sa chambre lorsque la porte s'ouvre précipitamment. C'étaient le marquis et la marquise éplorés: — Mon Père, mon bon Père, à notre secours! Notre pauvre enfant se meurt du croup, venez, sauvez-le!

D. Bosco se disposait à les suivre, lorsque survint un domestique annonçant que l'enfant venait de rendre le dernier soupir.

1846.

COMMENT ON ESSAYA D'ENFERMER D. BOSCO

DANS UNE MAISON DE SANTÉ

ET CE QU'IL EN ADVINT

Don Bosco passa un instant pour avoir la tête dérangée. Il parlait de construire un Oratoire capable de recevoir un nombre considérable d'enfants, avec des ateliers de tout genre, des salles d'étude, de vastes cours, une chapelle etc. Pareille entreprise eût exigé des sommes considérables, et l'on savait qu'il était sans ressources. Evidemment un tel projet ne pouvait être que l'illusion d'un cerveau malade.

Quelques-uns de ses amis le délaissèrent; d'autres furent d'avis qu'il fallait le guérir, ou tout au moins le traiter, et rien ne leur parut plus convenable qu'un petit séjour dans une maison de santé spéciale. Ne pouvait-il pas compromettre le clergé, et déverser sur lui le ridicule! Dès lors l'hésitation n'était pas possible.

Le directeur de la maison d'aliénés fut prévenu. On le pria d'en agir envers le pauvre malade avec douceur, mais, au besoin, avec fermeté.

Restait à le conduire dans le lieu en question. Voici comment on s'y prit:

Deux ecclésiastiques se procurèrent une voiture bien fermée, et allèrent trouver Don Bosco dans sa petite chambre.

D'abord, ils le firent causer et ne manquèrent pas de le mettre sur le sujet qui les intéressait tout particulièrement:

— Monsieur l'abbé, vous voulez donc construire un Oratoire?

D. Bosco ne fit aucune difficulté de leur parler de ses projets, des dispositions qui lui paraissaient les meilleures, du bien qui devait en résulter.

Au bout de quelques instants, nos deux ecclésiastiques échangèrent un signe d'intelligence qui signifiait: il n'y a pas à en douter, il est bien fou.

— Monsieur l'abbé, nous avons en bas une bonne voiture: venez donc faire une promenade avec nous.

Don Bosco paraissait ne pas se soucier du tout de cette invitation; cependant, sur leurs instances réitérées, il finit par accepter.

La voiture était à la porte.

— Montez, monsieur l'abbé.

—Je n'en ferai rien; après vous, messieurs.

— Mais montez donc!

— Je n'en ferai rien: je sais trop le respect que je vous dois; après vous.

Impatientés de ces façons, les deux ecclésiastiques montent dans la voiture. Mais au lieu de les suivre, voilà que Don Bosco, prompt comme l'éclair, ferme la portière avec fracas, et s'écrie d'une voix de stentor:

— En route, à l'établissement!

Le cocher était prévenu qu'il devait partir au premier signal. D'un vigoureux coup de fouet, il enlève ses chevaux, et, sans faire la moindre attention aux appels désespérés de ses voyageurs, il arrive d'un trait dans la cour de la petite maison. Le portail était grand ouvert; il se referme aussitôt, et le directeur paraît, suivi de plusieurs infirmiers.

Les deux ecclésiastiques descendent. Ils sont suffoqués de colère et apostrophent avec véhémence le cocher, lui reprochant sa maladresse.

— Là, là, calmez-vous! fait le directeur.

On ne m'avait annoncé qu'un pension-
naire, mais j'ai de la place pour deux. Vous
serez fort bien ici.

— Misérable insolent! pour qui nous pre-
nez-vous! Vous ne voyez donc pas à qui vous
avez affaire! nous sommes des gens de marque
et nous vous ferons punir.

— Peste! ce sont des fous furieux, reprend
le directeur. Allons, infirmiers, conduisez-les
à leur cellule, et s'ils ne sont pas sages, une
douche et la camisole.

Les pauvres ecclésiastiques étaient atter-
rés. Ils eurent heureusement l'idée de se réclamer de l'aumônier, qui vint constater leur
identité et les fit mettre en liberté. Mais ils
l'avaient échappé belle, et ils décampèrent
au plus vite, jurant bien qu'on ne les y prendrait plus.

En effet, les rieurs ne furent pas de leur
côté, et il fut bien avéré que, si Don Bosco
était atteint de la sainte folie de la croix,
il ne manquait pas, néanmoins, d'une certaine dose de malice tout humaine, laquelle
ne lui fut pas inutile, en plus d'une circonstance, pour se défendre contre les embûches
qui lui étaient tendues.

1847.

DON BOSCO MAÎTRE D'ÉCOLE

SES PREMIERS ÉLÈVES

On était, en Piémont, aux plus mauvais jours de 1847. Là, plus encore que dans le reste de l'Italie, l'Église, — à travers les *Hosanna* qui s'élevaient de toutes parts, en l'honneur du nouveau Pontife, Pie IX, — vit poindre la plus grave et la plus obstinée persécution qu'elle eût encore éprouvée dans ce pays. On avait dit : — Louez le clergé, et vous le gagnerez. — Et, à Turin, ce mot d'ordre des loges n'était pas resté lettre morte. C'était à n'y rien comprendre. Les Séminaristes, obligés de suivre les cours de théologie à l'Université, ne pouvaient se soustraire aux ovations les plus enthousiastes ; et, de bien loin, on pouvait deviner leur passage aux cris délirants de la foule : Vive le clergé, vive le clergé !

Tout le monde n'était pas dupe de ces allégresses populaires. Parmi ceux qu'elles étonnaient, sans les tromper, on doit mettre, en première ligne, Don Bosco. Certain que ce Dimanche des Rameaux préparait la Passion, et que ce Séminaire, où Dieu trouvait en si grand nombre d'excellents ouvriers, serait bientôt fermé, et verrait ses habitants dispersés par la tourmente révolutionnaire, Don Bosco se mit à l'œuvre de la réparation.

Parmi les enfants qui fréquentaient l'Oratoire, et dont l'intelligence, la bonne volonté, et la singulière piété pouvaient donner quelque espérance de réussite, il en distingua quatre : Joseph Buzzetti, Félix Reviglio, Charles Gastini, et Jacques Bellia. Ce dernier, seul, avait fait régulièrement les classes élémentaires du cours primaire. Les trois autres, après être parvenus, vaille que vaille, à écrire passablement leur nom, avaient appris un métier.

Don Bosco, à l'école du soir dont Turin lui doit l'initiative, discerna, chez ces quatre enfants, des aptitudes assez heureuses. Comme Jésus, qui aimait à s'entourer des plus petits d'Israël, Don Bosco commença avec des enfants la grande Œuvre des Oratoires.

— Voulez-vous, leur dit-il, devenir mes aides ?

— Oui, oui, répondirent, d'une seule voix, les mignons ouvriers.

— Mais, pour cela, il faudra faire une foule de choses, et, surtout, il faudrait vous résigner à être, entre mes mains, comme ce mouchoir.

Ce disant, D. Bosco tira son mouchoir de sa poche, et se mit à l'effilocher sous leur yeux.

— Comme vous voyez que j'en agis avec mon mouchoir, ainsi voudrais-je pouvoir faire de vous. C'est à dire que je voudrais vous voir m'obéir *en tout*, quels que puissent être mes désirs.

Les enfants, un peu intrigués par ce ton singulier, ne firent néanmoins aucune difficulté d'accepter ce que leur proposait ce jeune prêtre, *qui n'était pas comme les autres.*

Dès le lendemain on se mit au travail, et le maître put constater que l'ignorance de ses élèves était, pour le moins, à la hauteur de leur bonne volonté.

La veille encore, ils étaient à l'atelier, et cette vie, toute d'études, les faisait entrer dans un monde nouveau et fort inconnu.

Don Bosco, à qui rien n'échappait, comprit, sur le champ, que la méthode ordinaire ne produirait pas de fruits sérieux. Il s'en fit une, à lui, et l'expérience donna raison à son ingénieuse audace.

La grammaire, c'est Don Bosco qui la récitait d'abord, en termes brefs et d'une clarté saisissante ; puis chacun devait répéter la leçon intégralement, et en prouvant qu'il la comprenait.

Grâce à son esprit si pénétrant et si clair, grâce surtout à sa charité sans bornes, ce bon Père put, en deux mois, mettre ses élèves en état d'aborder les rudiments du latin.

Cela paraît un mystère : voici qui peut l'expliquer :

Don Bosco et son petit monde se levaient à quatre heures et demie. La Sainte Messe, la Communion presque quotidienne pour les enfants, et la méditation, occupaient les premières heures de la journée.

Puis, on se rendait dans la chambre de Don Bosco, et la classe commençait. Comme nous venons de le dire, Don Bosco n'était qu'un *élève*, mais un *élève qui sait sa leçon*. Quand il l'avait dite, les autres répétaient

de leur mieux, aidés, soutenus, et encoura-
gés toujours.

Toutes les matières étaient traitées par la
même méthode. A huit heures, déjeûner et récréation jusqu' à neuf heures. On rentrait en
classe, pour n'en sortir qu'à midi. A deux heures, nouvelle séance jusqu'à la fin de la journée.

Mais, dira-t-on : l'arc toujours tendu.... !

Don Bosco qui, dans ses leçons, mêlait
si agréablement la théorie et la pratique,
avait tout prévu.

Trois fois par semaine, de quatre à sept
heures du soir, il conduisait ses élèves en
promenade.

C'était un régime salutaire ; mais comme
l'artiste qui ne cesse de caresser dans son
esprit l'œuvre entreprise, et qui, au besoin,
donne un coup de pinceau aux heures mêmes
du repos, Don Bosco ne perdait jamais de
vue ses élèves ; et, tandis qu'ils prenaient leurs
ébats sous les grands arbres de la route de
Rivoli, de la Place d'armes, ou de la Ma-
donna di Campagna, ce maître infatigable
recommençait la leçon, sous une autre forme.
Il faisait répéter toutes les explications don-
nées dans la journée, et elles se gravaient
ainsi, sans efforts, dans ces jeunes têtes.

Nous pouvons bien avouer que cette étude en plein champ n'était pas du goût de tout le monde ; et un certain écolier, entre autres, s'éloignait volontiers du gros de la communauté, avec le dessein, bien arrêté, de se *priver* de la leçon. Mais Don Bosco ne s'y laissait pas prendre. Toujours calme, recueilli, mais inébranlable et inflexible dans ses résolutions, il ne permettait pas qu'on perdît une minute. Cela dura jusqu'en novembre.

Dans cet intervalle, il conduisit ses jeunes élèves à la maison paternelle, aux *Becchi*, si célèbres dans les chers souvenirs de la famille Salésienne.

On y allait pour prendre un peu de repos, et cette espérance ne fut pas déçue, parce que, ce repos, le maître et les élèves l'avaient rudement gagné. Mais on ne s'arrêta pas, pour cela, dans la voie commencée. A Turin déjà, après avoir *enterré*, avec entrain, la grammaire italienne, on avait attaqué de front les rudiments du latin. Le livre, on l'avait pour la forme. Comme aux premiers jours des études, c'était Don Bosco qui parlait, et les écoliers apprenaient presque sans s'en douter.

Ce bon Père, qui paraissait ne vivre et ne travailler que pour ses jeunes élèves, et qui leur consacrait ses journées entières, trouvait cependant encore le temps de composer son *Histoire ecclésiastique,* son *Histoire d'Italie,* et de collaborer à un excellent petit journal : l'*Ami de la jeunesse.*

Au déjeûner, au dîner, en promenade, le thème des conversations était uniformément varié : entre deux grains de raisins, on parlait consciencieusement déclinaisons et conjugaisons.

C'est ainsi qu'avec cette ténacité de dévouement et de douce énergie, il put mettre ses élèves en état de subir, avec succès, au début de l'année scolaire, les examens de grammaire supérieure.

Les vacances virent le couronnement de ces choses merveilleuses : les élèves de Don Bosco furent admis aux cours de philosophie.

A ce moment, la Providence envoya du renfort au bon Père. Il venait d'organiser cette Œuvre admirable des *Coopérateurs,* qui devait donner un essor si puissant à toutes ses entreprises. Deux ouvriers de la première heure, dans ce champ qui en compte actuellement *quatre-vingt mille*, se constituèrent les Professeurs des élèves de Don Bosco. C'étaient le Théologien D. Chiaves, et Don

Picco. Ils ne pouvaient s'expliquer comment, en si peu temps, on avait pu faire de tels sujets.

Ces élèves de fraîche date, devenus bons professeurs à leur tour, virent se grouper, autour de leur *chaire,* nombre d'enfants, espérance de l'Oratoire, et premier germe de la Congrégation future.

L' impulsion était donnée. Don Bosco se voyait revivre dans ses jeunes écoliers ; et, sans y être autorisé par le moindre brevet, il avait réussi à merveille dans la mission si délicate de l'enseignement, tout en pourvoyant à ses propres besoins, d'abord, puis à ceux de son temps.

1847.

LE PETIT BARBIER

Don Bosco entra, un jour, chez un barbier de Turin pour réclamer le secours de son ministère. Il avise un petit apprenti, qui lui paraît de bonne prise pour son Patronage du Dimanche.

— Comment t'appelles-tu, mon cher ami?

— Charles Gastini.

— As-tu encore tes parents?

— Je n'ai plus que ma mère.

— Quel âge as-tu?

— Onze ans.

— As-tu fait ta première Communion?

— Pas encore.

— Vas-tu au catéchisme?

— Quand je le puis, je n'y manque pas.

— Oh! bravo, mon bon petit! Et maintenant, pour ta peine, tu vas me faire la barbe.

Protestations du patron, qui accuse l'apprenti d'être à peine capable de tondre un chien.

— Il faut bien qu'il apprenne, répond Don Bosco.

— Sans doute, mais pas sur un prêtre. Attendez un instant, monsieur l'abbé, vous allez le voir opérer sur le premier client qui se présentera.

— Du tout, ce sera sur moi. Je n'ai pas, que je sache, un menton particulier, quoique j'aie une barbe *di bosco* (de bois) : que votre petit bonhomme me laisse seulement le nez, et je serai ravi.

Le supplice commence. Don Bosco riait et pleurait tout à la fois. Écorché en règle, il se lève et promet à l'enfant un avenir, avec du temps et de la patience.

Puis, avant de partir, il l'invita à venir le trouver à l'Oratoire, le Dimanche suivant.

Charles tint parole. Il s'amusa de tout son cœur, et fut tendrement caressé par Don Bosco qui, après les offices, lui glissa un petit mot à l'oreille, et le conduisit à la sacristie. Après l'avoir soigneusement préparé, il le confessa.

Ce petit mot a fait tant de merveilles à l'Oratoire, que les enfants l'appelaient : *la parole magique ;* et Charles Gastini donna, une fois de plus, raison à ce dicton. Il devint excellent, à ce point qu'il n'hésitait pas à reprendre, avec autorité, dans la boutique de son patron, les clients qui se laissaient aller à des paroles trop libres.

Quelques mois après, sa mère mourut subitement, les laissant, sa sœur et lui, dans la plus affreuse misère : le propriétaire, à qui l'on devait plusieurs termes, avait brutalement jeté à la rue les deux orphelins.

Le frère aîné étant soldat, les enfants restaient seuls au monde.

Un soir, Don Bosco trouva au Rondo, près de l'Oratoire, le petit barbier tout en pleurs. Instruit de ce qui arrivait, il le recueillit chez lui, et bientôt fit admettre sa sœur à l'hospice de Casale Monferrato.

Charles Gastini, devenu relieur, est aujourd'hui chef d'atelier à l'Oratoire. Il est père de famille, excellent ouvrier, et chrétien accompli.

1848.

COMMENT ON VOULUT TUER DON BOSCO

L'émancipation des Israélites et des Vaudois, faite par le roi Charles-Albert, au commencement de 1848, avait affreusement surexcité les diverses sectes. Sous prétexte de propagande, on remuait le bas peuple, en débitant, contre le clergé catholique, les inventions les plus fausses et les plus perfides. Il en résulta qu'un ministre de Dieu n'était pas toujours en sûreté, à cette époque, en traversant certains quartiers de ce Turin, si remarquable cependant par son urbanité.

En outre, Don Bosco avait soulevé bien des haines, en établissant son Oratoire au Valdocco. Ce quartier, alors fort mal hanté, était le repaire naturel d'une foule d'industries équivoques que dérangeait sa présence. Là se réunissaient les viveurs, joueurs, buveurs, sans compter les musiciens ambulants, montreurs d'ours et rouleurs de toute espèce,

gens prompts à jouer du couteau, et ne re-
culant devant aucun moyen pour empêcher
l'envahissement de ce qu'ils regardaient
comme leur domaine.

Ces diverses circonstances expliquent, en
partie, comment on s'acharna si furieusement
contre ce pauvre prêtre.

Un jour qu'il était dans la chapelle, entouré des enfants auxquels il faisait le catéchisme, un coup de feu fut tiré sur lui par la
fenêtre ouverte. La balle passa entre le bras
et la poitrine, déchirant la soutane, et elle
alla s'aplatir contre le mur.

Les jeunes gens, effrayés, se levèrent en
tumulte. Mais Don Bosco, impassible et souriant: — Si la Sainte Vierge ne lui avait
pas fait manquer la mesure, il m'attrapait
tout de même. Mais c'est un mauvais musicien.

Puis considérant sa soutane trouée:—Oh!
pauvre soutane! je suis vraiment désolé de ce
qui t'arrive; tu étais mon unique ressource.

Une autre fois, il était également au milieu de ses enfants, lorsqu'un forcené se précipita sur lui, un énorme couteau de boucher
à la main, et c'est par miracle qu'il put se
réfugier dans sa chambre.

Un soir, on sonne à l'Oratoire et l'on prie Don Bosco de venir, en toute hâte, administrer les secours de la religion à une femme du voisinage qui, disait-on, touchait à ses derniers moments.

La nuit était sombre et, comme le Père avait récemment échappé à un guet-apens, on ne voulait pas le laisser sortir. Mais Don Bosco ayant déclaré que sa volonté était de se rendre immédiatement auprès de la malade, on dut obéir; seulement on le fit accompagner par quatre étudiants, capables de le protéger au besoin.

La petite troupe arrive à une maison assez isolée. Deux des jeunes gens restent dehors; les deux autres montent jusqu'à la porte de la chambre, où Don Bosco pénètre seul.

A son entrée, quatre grands gaillards se lèvent et lui souhaitent le bonjour d'un air qu'ils cherchent à rendre gracieux; mais Don Bosco remarque que leurs mines sont rébarbatives et, en outre, qu'ils sont tous munis de gourdins d'une dimension fort peu rassurante.

Il s'approche du lit où était la prétendue malade. Pour une mourante, elle avait le teint bon et même singulièrement haut en couleur.

— Eh bien ! ma bonne dame, êtes vous disposée à vous réconcilier? — Certes, je le veux, répond l'autre d'une voix qui était loin d'être faible; mais il faut d'abord que ce pendard, ce gueux, que vous voyez là, et qui est mon beau-frère, me demande pardon; — et elle se met à vomir un torrent d'injures.

— Veux-tu te taire, misérable vermine, hurle un des assistants qui, d'un revers de main, jette à terre l'unique chandelle.

Voilà la pièce dans une obscurité complète et, au même instant, Don Bosco reçoit un coup de bâton, qui l'aurait bien assommé s'il n'eût glissé sur l'épaule.

Sans perdre son sang-froid, il saisit tout aussitôt une chaise et s'en coiffe la tête. Les coups pleuvent, dru comme grêle, sur ce casque improvisé qui lui protège le crâne. Il peut ainsi gagner la porte et, ayant mis la main sur le loquet, il lance sa chaise sur les assaillants, et se trouve au milieu des deux jeune gens qui l'attendaient.

Tout cela avait été si prompt qu'ils étaient restés saisis et immobiles.

Une fois dans la rue, les enfants virent avec terreur que Don Bosco était couvert de sang. Il n'avait heureusement pas reçu de blessures graves; seulement, pendant qu'il se protégeait la tête avec la chaise, un coup de bâton lui avait enlevé, jusqu'à l'os, les chairs du pouce gauche.

Tout récemment encore, Don Bosco a échappé à un sérieux danger.

Au mois de décembre 1881, il était dans sa chambre, à l'Oratoire de Turin, lorsqu'on introduit un monsieur, bien mis, qui l'avait demandé.

Cet individu commence à parler de choses et d'autres; peu à peu il s'anime et gesticule avec exaltation. Don Bosco, qui l'examinait, s'aperçoit, à ce moment, qu'un révolver à six coups est tombé de la poche de son interlocuteur et a glissé, sans bruit, sur le canapé où ils étaient assis tous les deux.

Sans manifester la moindre émotion, il s'empare adroitement de l'arme, et la cache sous sa soutane.

L'inconnu, bientôt, se met à tâter ses poches, à se fouiller; il cherche par terre.

— Qu'avez-vous, mon cher monsieur, fait Don Bosco; auriez-vous perdu quelque chose?

— Oui, je ne sais où j'ai pu mettre...

— Quoi donc?

— Rien, rien.

Et il cherche encore, regarde sous le canapé, et va même dans la chambre voisine,
où était le secrétaire de Don Bosco.

— Vous n'avez rien trouvé?

— Absolument rien.

Il rentre auprès de Don Bosco qui, toujours impassible, et le regardant dans les
yeux, sort le révolver et le braque sur la
poitrine de mon homme:

— C'est sans doute ce que vous cherchez,
n'est-ce pas?

Confusion de l'individu qui veut s'em-
parer de l'arme. Mais Don Bosco l'en empêche, et il trouve des paroles brûlantes pour
lui reprocher sa monstrueuse entreprise.

L'autre se trouble, reste interdit, et finit
par avouer qu'il était venu pour le tuer, mais
qu'il y renonçait.

Don Bosco ouvre la porte, et lui rendant
son arme: — Allez, mon ami, que le bon
Dieu vous éclaire, et qu'il daigne vous faire
miséricorde.

Dans le chapitre suivant, nous verrons
comment, dans plusieurs circonstances, la vie
de Don Bosco fut protégée, on peut dire d'une
façon merveilleuse, et quel singulier défenseur lui envoya la divine Providence.

1849.

LE CHIEN DE DON BOSCO

Dans les premiers temps de l'Oratoire, le quartier du Valdocco n'était pas peuplé comme il l'est aujourd'hui. Les habitations étaient rares et des terrains vagues, parsemés de broussailles, séparaient l'Oratoire des dernières maisons de la ville. Aussi, lorsque Don Bosco était dehors, la nuit venue, on n'était pas sans inquiétude sur son compte. Il devait, pour rentrer, traverser des lieux presque déserts, très favorables à une agression, et l'on n'ignorait pas que des scélérats avaient juré sa mort.

On le suppliait d'être prudent. Mais, lorsqu'il s'agissait de l'exercice de son saint ministère, ou de l'intérêt des enfants, rien ne pouvait le retenir.

Un soir qu'il revenait de la ville, assez tard, non sans quelque appréhension et hâtant le pas, il vit tout à coup, à ses côtés, un énorme chien gris.

Son premier mouvement fut un peu de crainte. Mais il fut bien vite rassuré lorsque ce bel animal se mit à lui faire fête, et à régler son pas sur le sien. Il l'accompagna ainsi jusqu'à l'Oratoire et disparut.

Par la suite, lorsque Don Bosco, retenu à la ville, se trouvait dans la nécessité de rentrer de nuit, à peine avait-il franchi les dernières maisons habitées, que le chien manquait rarement de paraître, et il lui faisait conduite jusqu'à la porte.

Don Bosco eut bien vite lié commerce d'amitié avec ce fidèle et précieux compagnon, qu'il avait surnommé *il Grigio*, à cause de sa couleur.

A plusieurs reprises, ce chien lui sauva manifestement la vie.

Une fois, il rentrait à l'Oratoire par une nuit très sombre. Le ciel était menaçant et voilé de gros nuages.

Pour ne pas trop s'éloigner des lieux habités, il avait pris le chemin qui, de la Consolata, conduit à l'hospice Cottolengo. A un certain endroit de la route, deux individus, qui le suivaient depuis un instant, se précipitent sur lui. L'un d'eux lui jette un manteau sur la tête, tandis que l'autre, lui appliquant sa main sur la bouche, comme un bâillon, étouffe ses cris.

Don Bosco se sentait perdu, lorsque retentit un aboiement si formidable qu'on aurait dit le rugissement d'un lion en fureur, et, au même instant, *il Grigio* se précipite sur les agresseurs qu'il terrasse en un clin d'œil. Don Bosco peut se débarasser du manteau qui l'étouffait, et il voit un des malfaiteurs qui détale au plus vite; l'autre est couché par terre dans la position la plus critique, maintenu par le chien qui l'a saisi à la gorge.

— Maître, maître! appelez votre chien, — implore le pauvre diable, — il m'étrangle.

— Je l'appellerai si tu me promets d'être sage à l'avenir.

— Oui, oui, mais appelez votre chien; je suis mort.

Don Bosco parle au chien qui lâche immédiatement l'individu. Celui-ci, sans dire un mot, s'empresse de fuir à toutes jambes.

Un autre soir, Don Bosco revenait chez lui par le *Corso S. Massimo.* Un assassin, embusqué derrière un arbre, tira sur lui, à bout portant, deux coups de pistolet qui ratèrent tous les deux; la capsule seule partit.

Il se précipita alors sur Don Bosco pour en finir d'une autre manière; mais à ce moment, survint *il Grigio* qui, d'un bond furieux renversa cet infâme sicaire et le mit en fuite. Puis il accompagna Don Bosco jusqu' à la porte de l'Oratoire.

Dans une autre circonstance, ce chien délivra Don Bosco, non plus d'un ou de deux, mais d'une troupe d'assaillants.

C'était encore de nuit; Don Bosco rentrait par la route qui, de la place Emmanuel-Philibert, conduit au Rondo. Un individu, armé d'un énorme bâton, fondit sur lui à l'improviste.

L' endroit était désert; Don Bosco chercha son salut dans la fuite, mais le malfaiteur le gagna de vitesse. Il levait son bâton pour le frapper, lorsque Don Bosco, ému par l'imminence du péril, lui détacha un si beau coup de poing dans l'estomac, que l'autre roula par terre, en criant d'une voix lamentable: « *ahi! ahi! che son morto.* »

Don Bosco se croyait délivré; mais de tous côtés surgirent des individus, cachés derrière les broussailles et armés de bâtons. Il n'y avait pas de résistance possible. Dans ce moment critique un terrible aboiement annonça l'arrivée de *Grigio*, qui, prompt comme l'éclair, se mit à tourner tout autour de Don Bosco pour faire face aux assaillants. Il poussa des hurlements si furieux, montra des crocs si formidables, que tous ces malandrins quittèrent la partie, les uns après les autres, et décampèrent sans tambour ni trompette. C'est ainsi que Don Bosco put rentrer, sain et sauf, en compagnie de son brave défenseur.

Un autre soir, Don Bosco se préparait à sortir. Comme il était déjà tard, sa mère, la bonne Madame Marguerite, essaya de le dissuader de ce projet, mais sans y réussir.

La porte ouverte, Don Bosco trouve, sur le seuil, le chien couché bien en travers, et qui ne se dérange pas.

Il le pousse légèrement du pied : — Allons, *Grigio*, laisse-moi sortir.

Mais le chien gronde d'une façon menaçante, et ne bouge pas.

— Vous voyez bien, mon fils, dit Madame Marguerite, que ce chien est plus raisonnable que vous? Au moins suivez ses conseils, et ne sortez pas.

A deux reprises Don Bosco essaya encore de passer; mais sur le refus réitéré du chien de faire place, et en présence de ses grognements significatifs, il finit par rentrer tranquillement dans sa chambre.

Moins d'un quart d'heure après, un voisin arrive en toute hâte, pour avertir Don Bosco de bien prendre garde, et surtout de ne pas sortir. Il avait aperçu, embusqués dans une ruelle, quatre individus de la pire espèce, et il les avait entendus manifester leur dessein, bien arrêté, d'en finir cette fois avec Don Bosco, et de le tuer.

Un soir, le chien parut dans la cour de l'Oratoire. On voulait le faire sortir, mais un des jeunes gens s'étant écrié: — C'est le chien de D. Bosco, les enfants se mirent, tout aussitôt, à jouer avec lui: les uns montèrent sur son dos, les autres le tirèrent par les oreilles, et ils le conduisirent ainsi jusqu'au réfectoire où Don Bosco soupait, avec sa mère et quelques prêtres.

C'est *il mio Grigio*, dit le Père; et le chien vint se faire caresser. Il fit gravement le tour de la table; plusieurs personnes, et D. Bosco lui-même lui offrirent du pain, de la viande, de l'eau; mais il refusa tout. Il finit par poser sa bonne et grosse tête sur le bord de la table, regardant D. Bosco avec des yeux attendris, et comme s'il voulait lui souhaiter le bonjour.

— Puisque tu ne veux rien prendre, fit Don Bosco, alors laisse-nous...; et le chien partit, accompagné d'un jeune homme qui le conduisit jusqu'à la porte.

On ne tarda pas à comprendre pourquoi le chien était ainsi venu ce soir-là. D. Bosco devait rentrer tard; mais il s'était trouvé que le marquis Fassati l'avait ramené dans sa voiture, et beaucoup plus tôt qu'on ne pensait.

Il Grigio avait sans doute voulu s'assurer que le Père était bien à la maison.

Dans l'automne de 1866, Don Bosco vit, encore une fois, son merveilleux gardien.

Il se trouvait à Murialdo de Castelnuovo, son pays, et devait se rendre à Moncucco, chez un de ses amis. Mais il s'était laissé surprendre par la nuit, et il lui fallait traverser des bois, fort peu sûrs.

— Oh! si j'avais là mon bon *Grigio!* ne put-il s'empêcher de dire.

Au même instant, le chien se trouve à côté de lui. Il l'accompagna jusqu'à sa destination et, si Don Bosco ne fut pas attaqué ce soir-là, *il Grigio* lui rendit cependant un éminent service, en le débarassant de deux énormes molosses qui gardaient des vignes.

On les lui avait signalés comme fort dangereux pour les passants. En effet, ils se précipitèrent sur lui; mais *il Grigio* les accommoda de si belle manière, qu'ils s'enfuirent en hurlant de douleur.

A l'arrivée, les convives, qui l'attendaient pour souper, s'extasièrent sur la beauté du chien. — Quel superbe animal vous avez là! — Nous ne vous le connaissions pas; c'est une race admirable! — On lui offrit toutes sortes de friandises, mais il ne voulut toucher à rien.

Quelques jeunes clercs, intrigués de ce refus obstiné de prendre aucune nourriture, résolurent de l'enfermer dans une chambre.

— Quand il aura jeûné douze heures, se dirent-ils, il faudra bien qu'il mange ou qu'il boive.

Le lendemain ils s'empressèrent d'aller délivrer leur captif. Mais il avait disparu, et ces jeunes gens en furent bien étonnés; car portes et fenêtres étaient exactement closes.

On n'a jamais su d'où venait ce chien, ni où il allait, sa mission remplie. Il est resté parfaitement inconnu dans le pays.

Ce légendaire protecteur de Don Bosco,

après une disparition de dix-sept années, s'est montré, tout récemment, de la façon la plus inattendue.

Le douze février 1883, Don Bosco, accompagné de Don Durando, un des ses prêtres, arrivait à la gare de Bordighera par le dernier train. On ne l'attendait pas, et il ne trouva personne pour le conduire. Or l'établissement Salésien est situé à une certaine distance de la ville.

D. Bosco avait fait bien des fois le trajet, mais de jour, et en voiture; et Don Durando ignorait parfaitement le chemin. Il était d'ailleurs difficile de se diriger: la nuit était des plus sombres, le ciel voilé de gros nuages, et pas le moindre rayon de lune. Pour comble d'ennui, les chemins étaient défoncés par des pluies diluviennes qui tombaient, sans relâche, depuis plusieurs jours.

Cependant les deux voyageurs se mirent résolument en route. Tout alla bien d'abord, mais, lorsqu'on eut quitté les dernières maisons, l'obscurité devint si profonde qu'on ne distinguait plus rien, et l'on s'égara.

Don Durando faisait des efforts désespérés pour se retrouver: — par ici, mon Père, par ici. Et il dirige le bon Père sur une partie

plus éclairée qui lui semblait le bon chemin.
Mais Don Bosco, qui s'avance de confiance,
se trouve enfoncé jusqu'aux genoux dans une
énorme flaque d'eau.

Don Durando pousse des exclamations
de désespoir, et son effroi redouble encore à
la vue d'un énorme chien qui paraît à ce
moment : — Prenez garde, mon Père ! oh !
quel affreux animal ! veux-tu bien t'en aller.

Mais Don Bosco a bien vite reconnu son
fidèle *Grigio*. Est-ce lui ? — Est-ce son fils,
son neveu ? — il ne saurait le dire, mais, à
coup sûr, le chien actuel est absolument
semblable à l'ancien *Grigio :* même taille,
même poil, mêmes allures.

Le brave chien exprime, à sa manière,
son contentement : il remue la queue, pousse
de petits aboiements, et tourne autour de
Don Bosco, indiquant clairement qu'il faut
le suivre ; ce que Don Bosco fait sans hésiter. Don Durando est moins rassuré, mais,
avec ce guide d'un nouveau genre, on eut
bien vite retrouvé le bon chemin. Le chien
les conduisit jusqu'à la porte de la maison,
et il ne partit que lorsqu'il les eut vus
entrer.

1849.

LE VOLEUR CONFESSÉ

Don Bosco rentrant d'une de ses courses, traversait un petit bois. C'était à la tombée de la nuit, et le lieu était solitaire. Tout à coup un homme armé se précipite sur lui et lui demande la bourse ou la vie.

— La bourse : je n'en ai pas, répondit Don Bosco sans s'émouvoir ; la vie : c'est Dieu qui me l'a donnée, lui seul peut me la reprendre.

— Allons, abbé, pas tant de façons ; la bourse ou je frappe.

A ce moment Don Bosco reconnut, dans son agresseur un des détenus, qu'il avait autrefois catéchisés dans la prison de Turin.

— Tiens, c'est toi, Tonio! fit-il. Il faut avouer que tu tiens bien mal tes promesses, et que tu fais un vilain métier. J'avais tant de confiance en toi, et te voilà!

Le voleur avait également reconnu à qui il avait à faire, et il baissait la tête, tout penaud et confus.

— Bien sûr, mon Père, je ne savais pas que c'était vous; vous pouvez croire que je vous aurais laissé bien tranquille.

— Cela ne suffit pas, mon enfant; il faut absolument changer de vie. Tu lasses la bonté divine, et si tu ne fais bien vite pénitence, prends garde que tu n'aies pas le temps de te repentir à l'article de la mort.

— Certainement, mon Père, je changerai de vie, je vous le promets.

— Il faudra te confesser.

— Je le ferai.

— E quand cela?

— Oh! bientôt.

— Alors tout de suite; c'est mieux. Mets-toi là, mon enfant.

Et s'asseyant sur une grosse pierre, Don Bosco désigne une place à ses pieds.

Après quelques hésitations, l'autre se met à genoux. Don Bosco lui passe un bras autour du cou, et comme autrefois, en le pressant sur son cœur, il entend l'aveu de ses fautes.

Puis il l'embrasse, lui donne une médaille de Notre-Dame Auxiliatrice, et le peu d'argent qu'il avait sur lui. Après quoi il part en compagnie de son voleur, qui le conduisit jusqu'aux portes de la ville, et qui devint, par la suite, un très bon sujet.

1852.

SI TU N'ES PAS FOU, TU LE DEVIENDRAS!

La Congrégation Salésienne était déjà fondée. Un de ses membres, excellent sujet, était tourmenté par la pensée que Dieu le voulait dans un Ordre Religieux plus ancien. Il vint, en conséquence, trouver Don Bosco, et lui exposa sa tentation, mais à la manière de ceux qui sont résolus à n'écouter aucun conseil.

Don Bosco en jugea bien vite ainsi, et il coupa court à un entretien inutile, par ces simples mots : — *Va, puisque tu le veux. Mais, si tu n'es pas fou, tu le deviendras.*

Le pauvre garçon, tout à son projet, ne fit pas grande attention à cet avertissement, et partit pour le noviciat de l'Ordre Religieux choisi par lui.

Il était profès depuis douze ans, quand ses Supérieurs durent lui rendre sa liberté, pour que sa pauvre tête pût reprendre son équilibre: *il était fou.*

Le bon Dieu, après avoir ainsi donné raison à Don Bosco, guérit l'imprudent, qui vit encore.

On affirme qu'il ne s'est pas risqué, une seconde fois, à choisir, *lui-même,* sa vocation.

1853.

UN BON SOMME

Nous avons dit à quel point Don Bosco maltraitait son pauvre corps, se privant de la dose de sommeil qui lui aurait été absolument indispensable. Mais souvent la nature s'insurgeait, et elle reprenait ses droits, sans s'inquiéter si le moment était bien ou mal choisi.

Un soir, — c'était la veille d'une grande fête, — il était près de minuit, et D. Bosco était au confessionnal depuis six heures. Un grand nombre d'enfants attendaient encore leur tour. Or, il arriva que le sommeil s'étant imposé avec une autorité souveraine, la tête du bon Père vint doucement s'appuyer sur celle du petit pénitent qu'il tenait sur sa poitrine, — selon le touchant usage que les Salésiens ont conservé.

L'enfant fut d'abord un peu surpris, puis charmé de sentir son front toucher celui de Don Bosco. Il se garda bien de faire le moindre mouvement; mais, comme cette immobilité se prolongeait, le confesseur et le pénitent se mirent à dormir à qui mieux mieux.

Les autres enfants, rangés en cercle autour du confessionnal, ne comprenaient rien à ce long et extraordinaire *recueillement,* qui finit par se communiquer à la petite assemblée. Bref, tout le monde s'endormit aux pieds de Don Bosco.

Vers deux heures du matin, un mouvement de Don Bosco, vint changer la scène: le jeune pénitent, réveillé, put assister au petit lever de ses camarades, et le bon Père envoya tout le monde au lit, remettant au lendemain matin la continuation..... active cette fois, de la séance.

Don Bosco aimait à raconter ce trait, qui ne manquait pas d'amener, sur ses lèvres, ce bon sourire si connu.

1854.

Comment les Enfants de Don Bosco
se comportèrent pendant une épidémie de choléra

Au mois d'août de l'année 1854 le choléra éclata à Turin et répandit la consternation dans la ville. Les quartiers pauvres furent les plus maltraités; le Valdocco surtout fut cruellement atteint, et l'Oratoire était environné de malades et de mourants.

Comme les hôpitaux devinrent insuffisants, on forma des lazarets. Mais il était difficile de trouver des personnes qui voulussent se consacrer aux soins des malades.

Don Bosco, avec plusieurs de ses prêtres, se voua tout aussitôt à l'assistance des cholériques. Puis, en présence de la grandeur du mal, il n'hésita pas à faire appel à ses enfants, exprimant le désir de voir quelques-uns d'entre eux l'aider dans cette œuvre de miséricorde.

Quatorze enfants donnèrent immédiatement leurs noms; puis trente autres, peu de jours après.

Si l'on considère la jeunesse de ces enfants et la terreur, bien naturelle, qu'inspirait ce fléau, on admirera leur généreux courage.

Jour et nuit, ils se mirent à aller où il était besoin de secours, frictionnant les cholériques, leur donnant les soins les plus vigilants et les plus attentifs, et faisant toutes les fonctions d'infirmiers.

Beaucoup de malheureux habitants du Valdocco, visités par l'épidémie, se trouvaient dans un état de dénuement complet. Aussi la bonne Madame Marguerite se mit-elle à vider les armoires de la maison: draps, couvertures, chemises... tout y passa. Chacun voulut ne conserver que ce qu'il avait sur le dos et la garniture de son lit; et encore cette literie fut-elle, plus d'une fois, réduite à une simplicité par trop élémentaire.

Un jour, un enfant vint implorer un drap pour un malade couché sur le plus misérable grabat. Madame Marguerite avait fouillé coins et recoins sans rien trouver, lorsqu'elle avisa une nappe, échappée, on ne

sait comment, à la distribution générale :
— Tiens, mon garçon, prends; voilà tout ce
qui reste à la maison. Et l'enfant, joyeux,
partit comme une flèche pour envelopper
douillettement, dans cette belle lingerie, son
pauvre protégé.

Pas un seul des enfants de l'Oratoire ne
fut atteint du choléra. Cependant, à la fin,
ils ne prenaient plus aucune des précautions
qui leur avaient été indiquées.

Il est vrai que Don Bosco, dès le début
de l'épidémie, avait offert sa vie pour celle
de ses enfants. Le Bon Dieu ne voulut pas
accepter cette offrande du pasteur, mais il
protégea le jeune troupeau.

1854.

POURQUOI DON BOSCO
ne savait plus le DE PROFUNDIS

En 1854, Don Bosco présidait, à Lanzo, une retraite suivie par beaucoup de messieurs de Turin. On était à l'église pour la prière du soir; Don Bosco la récitait à haute voix, avec cet accent de piété qu'on ne pouvait plus oublier, lorsqu'on l'avait entendu un seule fois. Il commençait le deuxième verset du *De profundis* quand, tout à coup, il s'arrête immobile et comme saisi, en même temps que son regard semble suivre quelque chose qui parcourt l'église, dans le sens de sa longueur.

Au bout d'une minute environ, il pousse un soupir, baisse de nouveau les yeux, et cherche à reprendre sa prière. Il ne réussit qu'à balbutier, embrouillant tout, mêlant l'italien au latin. Enfin, il y renonce, et coupe court par un signe de croix résolu.

Le lendemain, ses jeunes clercs l'entourent, et le plaisantent doucement: — Don Bosco qui ne sait plus sa prière!

Comme l'un d'eux, plus avisé, finit par demander la cause de cette distraction, Don Bosco répondit: « Au moment où je disais *Si iniquitates*, j'ai vu deux flammes partir de l'autel. Sur l'une d'elles, j'ai lu le mot *Hérésie ;* sur l'autre *Mort ;* et comme elles se dirigeaient vers le fond de l'église, je les suivais du regard, avec une anxiété facile à comprendre.

« Elles se sont posées sur la tête de deux personnes, que j'ai parfaitement reconnues, à la lumière de ces flammes.

« Priez, mes enfants! vous verrez bientôt la réalisation de ces menaces. »

Peu de temps après un grand négociant de Turin, véritable notabilité catholique, passait au protestantisme avec un éclat scandaleux; et, un peu plus tard, eut lieu la mort d'un autre retraitant de Lanzo.

1855.

Comment Don Bosco fit faire une promenade aux jeunes détenus de la prison de Turin

Les soins constants que réclamait l'Oratoire ne faisaient pas oublier à Don Bosco d'autres œuvres de charité, notamment la visite des prisons.

Il aimait à s'occuper tout spécialement des malheureux jeunes gens et enfants qui y étaient détenus en grand nombre, et les résultats qu'il obtint devinrent, plus d'une fois, une grande consolation pour son cœur de prêtre.

Ainsi, après une certaine retraite qu'il prêcha, il y eut une communion presque générale.

Emerveillé des bons sentiments que lui manifestaient ces enfants, il résolut de leur procurer, comme gage de satisfaction, quelque importante douceur matérielle, et il pensa immédiatement à une promenade.

Quand on est jeune, la privation de la liberté et du mouvement n'est-elle pas la plus dure et la plus insupportable des punitions! Une bonne course à travers champs, une journée passée en plein air: voilà qui ne pouvait manquer d'être joyeusement accueilli.

Don Bosco va donc trouver le directeur de la prison, et il lui expose sa requête avec une grande simplicité, et comme la chose du monde la plus naturelle.

Il demandait la permission de conduire les enfants à la promenade. On partirait le matin et l'on rentrerait à la nuit: il aurait le plus grand soin d'eux tous.

A cette proposition hétéroclite, le directeur bondit de surprise: — Mais, monsieur l'abbé, pensez-vous donc que les soldats du Roi n'aient pas d'autre besogne que celle d'aller promener de tels garnements, et ignorez-vous que je suis responsable de toute évasion?

— Qui vous parle de soldats, monsieur le directeur? Je me charge de tout. Il n'y aura aucune évasion, et je m'engage à vous ramener fidèlement les enfants que vous aurez bien voulu me confier.

Comment se décida-t-on à accorder cette étrange permission? Elle dut être soumise au ministre Ratazzi, et il faut croire que Don Bosco avait des secrets pour lever certains obstacles.

Le jour indiqué, le départ eut lieu après la messe. Trois cent cinquante enfants et jeunes gens sortirent de prison, en bon ordre, guidés par Don Bosco, calme et souriant.

Le château royal de Stupinigi avait été choisi comme le but de l'excursion. Deux lieues et demie pour l'aller, autant pour le retour, ce n'était pas trop pour dégourdir ces jeunes jambes après une longue réclusion.

Décrire la joie qui épanouissait tous les visages est impossible. Ce qu'il y a de certain, c'est qu'on ne put constater l'ombre d'un désordre; pas un dégât ne fut commis, pas un fruit ne fut dérobé.

Leur grande préoccupation, à tous, c'était de regarder avec attendrissement leur Père, et comme ils le virent un peu fatigué de la marche, en un clin d'œil ils eurent chargé sur leurs épaules les provisions que portait un âne, attaché à la caravane par les soins de Don Bosco; celui-ci dut monter sur l'a-

nimal, que deux enfants tinrent soigneusement par la bride.

Le soir, le directeur constata, en faisant
l'appel, que tous les enfants étaient venus
se faire réintégrer dans la prison, et qu'il
n'en manquait pas un seul.

1855.

GUÉRISON

Le baron commandeur Cotta, banquier à Turin, sénateur du royaume, était moribond étendu sur son lit.

Entre Don Bosco qui venait lui faire une visite:

— Mon Père, c'est bien la dernière fois que je vous vois, lui dit le malade d'une voix si faible qu'on l'entendait à peine; c'est fini, je ne passerai pas la journée.

Oh! non, commandeur, vous ne partirez pas comme cela. La Sainte Vierge a encore besoin de vous dans ce monde; vous lui êtes trop utile pour la construction de son église.

— Je voudrais bien faire encore quelque chose, mais il n'y a plus aucun espoir, disent les médecins.

— Et que feriez-vous si *Notre-Dame Auxiliatrice* vous guérissait?

— Si je guérissais! Je donnerais pour son église deux mille francs par mois, pendant six mois.

— Eh bien! je retourne à l'Oratoire, je vais faire mettre tout mon monde en prière. Bon courage.

Trois jours après, Don Bosco était dans sa chambre lorsqu'on annonce un visiteur. — C'était le baron Cotta, complètement guéri, qui venait faire son premier versement à Notre-Dame Auxiliatrice; et, depuis, il en a fait bien d'autres en faveur de son église.

1857.

PIÉTÉ DES ENFANTS DE DON BOSCO

Lorsqu'on s'adressait à Don Bosco pour obtenir une grâce, il répondait quelquefois : je ferai prier mes enfants. Qu'on ne croie pas que ce soit là une parole banale. La prière, faite en commun et à haute voix, devient une force merveilleuse, et sa puissance est certainement accrue par la grande piété de beaucoup de ces enfants.

Ainsi, sur environ neuf cents de ces jeunes gens qui sont internes à l'Oratoire de Saint-François de Sales, à Turin, il en est peut-être plus de cent qui sont de véritables Louis de Gonzague, et quatre ou cinq cents pourraient faire de parfaits religieux.

Chez quelques-uns d'entre eux la vie intérieure se développe avec ses étranges illuminations, ses mystérieux phénomènes de voyance et de prophétie. Il est arrivé, par exemple, des faits de ce genre : après la Messe, un enfant vient à Don Bosco : — Père, vous pensez à telle chose ; vous avez raison, cela réussira.

— Vraiment, petit, et comment sais-tu cela ? qui te l'a dit ?

Et l'enfant de se troubler, de balbutier. On le presse de questions, mais il ne répond rien, et finit par ne plus même se rappeler ce qu'il vient de dire.

Don Bosco a écrit lui-même et publié la vie d'un de ses enfants : Savio Domenico, élève de l'Oratoire de Saint-François de Sales, né en 1842, mort en 1857.

Cet enfant fut un modèle admirable de pureté et même de sainteté. Plusieurs fois, on le trouva ravi en extase, et bien des grâces furent obtenues par ses prières.

Un jour, il entre précipitamment dans la chambre de Don Bosco et le supplie de le suivre.

— Mais de quoi s'agit-il donc ?

— De grâce, venez vite, mon Père ; il n'y a pas un istant à perdre.

Don Bosco n'hésite pas. Domenico le conduit dans une maison de la rue des Orphelines, et lui désigne une porte, au troisième étage : — C'est là, mon Père. Et il retourne à l'Oratoire.

Don Bosco entre, et trouve un malheureux râlant son dernier soupir. C'était un catholique qui s'était fait protestant, et qui, à son heure dernière, désirait ardemment rentrer dans le sein de sa mère l'Eglise.

Sans perdre une minute, Don Bosco le confessa. Les derniers sacrements furent administrés, et le pauvre homme rendit son âme à Dieu, plein de joie et d'espérance.

Savio n'était pas sorti de l'Oratoire depuis nombre de jours. Lorsqu'on lui demanda par quel moyen il avait eu connaissance de ce qui se passait dans une maison éloignée, il devint triste, baissa la tête et ne répondit rien. On n'insista pas. *Secretum Regis abscondere bonum est. Il est bon de cacher le secret du Roi.*

Un autre jour, — c'était pendant le choléra de 1854, et précisément le huit septembre, fête de la Nativité de la Sainte Vierge, — le même enfant se présente dans une maison de la rue Cottolengo : — N'avez-vous pas, ici, une personne atteinte par l'épidémie ? je m'offre pour la soigner.

— Merci, mon enfant; grâce à Dieu aucun de nous n'est malade.

Savio se retire, mais comme à regret, et il revient quelques instants après: — Je vous en prie, regardez ; vous devez avoir ici une personne dans un pressant danger.

Pour le contenter, le propriétaire se met à parcourir toutes les chambres et, à son grand étonnement, il trouve, dans une mansarde sous les toits, une pauvre vieille femme qui était tombée là, comme foudroyée, et n'avait pas eu la force de demander secours. On n'eut que le temps de lui administrer les derniers sacrements, et elle expira.

Rien de plus touchant que la vie de Savio Domenico. C'était un véritable petit apôtre, enflammé d'amour et de zèle pour le salut des âmes.

Lorsqu'il eut quitté cette vie mortelle, il devint un sujet de vénération pour ses camarades. On se mit à l'invoquer, et des grâces précieuses, des guérisons signalées furent obtenues par son intercession (1).

On pourrait citer d'autres enfants qui furent également favorisés de dons surnaturels.

---

(1) Son vieux père est à l'Oratoire de Turin, où il veut finir ses jours ; c'est un aimable vieillard, dont la piété et la simplicité embaument la Maison.

L'un d'eux, Michel Fassio, avait prédit, un an d'avance, l'explosion de la poudrière, qui, en 1852, faillit détruire l'Oratoire.

C'était un apprenti serrurier, d'une piété remarquable. En 1851, il fut atteint d'une maladie qui le conduisit au tombeau. Il avait reçu les derniers sacrements, lorsqu'un jour, comme sous l'inspiration d'en-haut, il se mit à dire : — Malheur à Turin ! Malheur à Turin ! — Quelle chose nous menace donc, lui demandèrent ses camarades ?

— Un tremblement de terre.

— Et quand ?

— L'année prochaine. — Oh ! malheur à Turin ! le *vingt-six avril.*

— Et que devons-nous faire, dirent les enfants effrayés ?

— Prier saint Louis qu'il protége l'Oratoire et ceux qui l'habitent.

Peu de jours après, il rendait son âme à Dieu.

Or, précisément au jour indiqué, le *vingt-six avril* 1852, la terre fut ébranlée par la terrible explosion d'une poudrière, sise à côté de l'Oratoire.

Cette catastrophe coûta la vie à trente ouvriers, et aurait pu amener la destruction complète, non seulement de l'Oratoire, mais encore d'une partie de la ville de Turin, sans le dévouement du sergent Paul Sacchi. Ce généreux citoyen, quoique blessé, parvint à faire enlever huit cents barils de poudre que contenait encore un des magasins.

Les enfants, fort impressionnés par la prédiction de Fassio, avaient, selon ses conseils, ajouté, à la Prière du Soir, un *Pater* et un *Ave* en l'honneur de saint Louis de Gonzague, avec cette invocation : *Ab omni malo libera nos, Domine.*

Cette pratique s'est continuée, et n'a cessé, depuis, d'être en usage dans les Maisons Salésiennes.

1857.

LE PREMIER PRÊTRE DE DON BOSCO

En 1847, les deux Oratoires de Saint-François de Sales et de Saint-Louis de Gonzague recevaient, tous les dimanches, quinze cents enfants qui venaient assister aux offices et prendre leurs ébats. — Mais ils ne pouvaient pas tout recueillir, et l'on rencontrait encore, dans la ville et les environs, de nombreux gamins qui, réunis en bandes, vagabondaient d'une façon déplorable.

Un dimanche, le capitaine d'une de ces bandes constate la disparition d'un de ses *hommes*.

— Où est allé un tel?

— Il est allé à l'Oratoire de Don Bosco.

— L'Oratoire de Don Bosco! qu'est-ce que cela? qu'y fait-on?

— On y va pour courir, jouer, sauter,
s'amuser...

— Mais c'est notre affaire: où est-ce donc?

— Au Valdocco.

— Allons voir.

Le jeune capitaine, à la tête de sa bande,
arrive à l'Oratoire, mais il trouve porte close:
on était à l'église.

— Un *chef* ne se laisse pas arrêter par
une aussi petite difficulté. Notre gaillard
grimpe sur le mur et saute dans la cour. Il
était en train de l'explorer, lorsqu'on l'a-
perçoit, et on le conduit à l'église.

À ce moment, l'abbé Borel parlait des
agneaux et des loups, c'est-à-dire du danger
qu'il y a, pour les enfants sages, de trouver
sur leur chemin des compagnons corrompus.
Il conclut en disant qu'à l'Oratoire on était
à l'abri, et que si, d'aventure, un *loup* y
montrait le museau, de bons chiens lui ré-
servaient un accueil peu encourageant.

La mission du prêtre, présentée au jeune
auditoire sous cette forme pittoresque, frappa
le nouveau venu; aussi voulut-il prendre part
au reste de la fête. On entonne les litanies,
et il chante à gorge déployée, tout heureux de
faire entendre sa voix, d'ailleurs fort jolie.

Au sortir de l'église, il demande à voir Don Bosco, qu'il trouve entouré d'une foule d'enfants.

Don Bosco lui fait un accueil particulièrement affectueux ; il l'invite à jouer, le fait chanter, loue sa belle voix, et finalement il s'engage à lui apprendre, s'il le veut, la musique et une foule d'autres choses.

Puis, — remarquons ce détail, — il lui glisse à l'oreille un petit mot, un seul, le *mot magique*, et ce fut fait : l'enfant était gagné pour toujours.

A dater de ce jour, il vint régulièrement à l'Oratoire ; et, après avoir reçu, d'un prêtre à qui Don Bosco l'avait confié, une solide instruction religieuse, il eut le bonheur de faire sa première communion.

Mais l'enfant ne trouvait, dans sa famille, aucun encouragement au bien. Loin de là, maltraité par d'indignes parents, qui lui faisaient souffrir la faim, il menait la plus triste existence.

Don Bosco le consolait, le soutenait, et, voyant les choses empirer, il lui avait offert un asile, s'il venait à courir de plus grands dangers. Un jour, l'enfant dut prendre, contre son père, la défense de l'Oratoire et de Don

Bosco. Puis, comme il se déclarait prêt à retourner au Valdocco, malgré une prohibition souverainement injuste et impie, le père, irrité, lui donna un terrible soufflet. — Le pauvre petit, craignant d'autres violences, s'enfuit et courut à toutes jambes à l'Oratoire. Mais, au lieu d'y entrer, se croyant toujours poursuivi, il grimpa sur un mûrier, pour échapper au péril d'être retrouvé et ramené par son père (1).

Il s'était à peine blotti dans le feuillage, qu'il voit, avec terreur, son père et sa mère se présenter pour le réclamer.

Ils interpellent Don Bosco qui survient:

— Rendez-nous notre fils.

— Votre fils n'est pas ici.

— Et cependant il doit y être!

— Y fût-il, vous n'auriez pas le droit de vous introduire ainsi dans la maison d'autrui.

— Eh bien! j'irai à la Questure (chez le commissaire de police) dit le père furieux, et j'arracherai mon enfant aux griffes des prêtres.

(1) Ce mûrier se voit encore à l'Oratoire, dans la cour des artisans (petite division). Il est entre le chœur de l'église de Notre-Dame Auxiliatrice, et la grande porte de la chapelle primitive, dédiée à Saint-François de Sales. On le conserve avec grand soin, bien qu'il gêne les jeux des enfants; et le héros de cette histoire ne manque pas de venir, de temps à autre, lui faire une visite d'ami.

— A la Questure! moi aussi, j'irai, réplique Don Bosco, et je saurai révéler vos hauts faits. S'il y a encore des lois et des tribunaux, on vous traitera comme vous le méritez.

Il faut croire que ces dignes parents n'avaient pas la conscience bien nette. Devant cette attitude énergique, ils battirent en retraite, et oncques depuis n'en ouït parler.

Après le départ de ces importuns visiteurs, Don Bosco, à qui l'on avait signalé la présence de l'enfant, se dirige vers le mûrier. Il appelle le petit fugitif, l'invitant à descendre. Pas de réponse.

Don Bosco répète plus fort: — Descends, cher petit; ils sont partis, tu n'as plus rien à craindre.

— Toujours même silence. A la clarté de la lune, on l'aperçoit immobile entre les branches. Un malheur serait-il arrivé?

Don Bosco, en proie à une terrible inquiétude, se fait apporter une échelle. Il parvient jusqu'à l'enfant qu'il trouve comme inanimé.

Avec les plus tendres précautions il le touche, le secoue, l'appelle. A la fin, le pauvre petit revient à lui; mais, croyant toujours être entre les mains brutales qui l'avaient maltraité, il se met à crier et à se débattre avec une telle fureur, qu'il faillit tomber et entraîner Don Bosco dans sa chute.

Il fallut bien du temps et des caresses pour calmer ce pauvre affolé. Don Bosco parvint cependant à le faire descendre de cet arbre, qui fut réellement, pour lui, comme *l'arbre de la vie.*

On le conduisit à la maison, et la bonne maman Marguerite, qui avait assisté, tout émue, à cette scène, s'empressa de le réchauffer, et de le réconforter par une triomphante soupe.

A partir de ce moment, l'enfant eut une maison: l'Oratoire; et un père bien-aimé: Don Bosco.

Il apprit d'abord la reliure. Mais Don Bosco, reconnaissant, chez lui, des aptitudes particulières, le destina aux études. Il se fit lui-même son professeur, et lui enseigna le latin et même le piano. Ce jeune homme avait un goût prononcé pour la musique; aussi devint-il un organiste remarquable, et il ne tarda pas à tenir le premier rôle dans toutes les fêtes musicales.

Mais ce qui le distinguait avant tout, c'était une piété vive et ardente. Il avait été transformé par les délicatesses, inconnues pour lui, de l'amour!

La vocation ecclésiastique se manifesta avec une force irrésistible. Le 2 février 1851, il revêtit la soutane, et en 1857, après d'excellentes études, il fut élevé à la dignité sacerdotale.

C'est le premier prêtre sorti des enfants de D. Bosco.

Il s'est voué au ministère sacré parmi le peuple, et occupe, aujourd'hui, un rang important dans le clergé turinais.

Suscitans a terra inopem... ut collocet cum cum principibus populi sui.

1858.

Dieu parle à l'homme... durant le sommeil, dans les visions de la nuit.

S'il est un fait hors de doute, c'est que Don Bosco connaissait l'état de conscience de presque tout le personnel de ses maisons, *même des sujets qu'il n'avait jamais confessés.*

Parfois le Directeur d'un Oratoire ou d'un Patronage recevait un petit billet ainsi conçu:

« Aujourd'hui même, tu renverras tel et tel enfant ».

Signé : abbé JEAN BOSCO.

Ces enfants, la plupart du temps il ne les connaissait pas, et même il ne les avait jamais vus; beaucoup d'entre eux étaient considérés, par les Directeurs, comme de bons sujets.

On s'étonnera peut-être que cette faculté de *connaître*, en dehors des lois naturelles, ne s'étendît pas à *tout*. Mais Don Bosco se bornait à recevoir ces illuminations telles que les lui envoyait l'Esprit-Saint; et l'on peut présumer que cette faveur lui était accordée plus spécialement au point de vue de l'intérêt de ses Maisons et des enfants.

C'était ordinairement dans le silence de la nuit, pendant le sommeil, que lui arrivaient ces visions.

Un des enfants de Don Bosco va nous faire le récit d'un de ces *Songes*, fort connu d'un grand nombre d'élèves, dont plusieurs sont, aujourd'hui, dans la Congrégation Salésienne.

« En 1858, Mgr. Belasio venait de donner les exercices spirituels à l'Oratoire. Sa parole avait produit des fruits merveilleux, et, sous l'impression de ferveur extraordinaire où nous étions tous, bien des cœurs étaient revenus à Dieu avec des résolutions particulièrement fermes et généreuses.

« Et cependant, un jour, Don Bosco nous dit *qu'il n'était pas content de nous.*

« Il faut avoir été aimé par Don Bosco

pour comprendre quelle angoisse nous étreignit le cœur, à ce moment inoubliable !

« Mais le bon Père continua : — Après tout ce que j'ai fait, et malgré tout ce que je ne cesse de faire pour vous, je me flattais de vous voir correspondre plus fidèlement à mes soins.

« Et ces paroles, Don Bosco nous les disait une semaine ou deux après une retraite exceptionnellement bénie !

« Le lendemain soir, il nous raconta le songe qu'on va lire ; même les plus petits d'alors se le rappellent jusque dans ses moindres détails. Et ce genre de communications ne nous surprenait point ; dès ce temps-là, la pensée de notre Père ne perdait jamais de vue ses enfants, et son cœur, nous le savions bien, ne battait que pour nous.

« Nous avions terminé la prière. Une voix bien-aimée, un peu émue, s'éleva au milieu d'un silence plein d'une vague inquiétude...

« La nuit dernière, j'ai fait un rêve... j'étais aux *Becchi*. Je venais de quitter notre petite maison, pour me promener un peu dans la campagne, lorsque j'aperçus un bon vieillard, assis sur un pierre. Me voyant tout pensif, et un peu triste peut-être, il se mit à m'adresser des reproches : — Qu'as-tu donc? Tu es un orgueilleux ; que crois-tu être? Parce que tu aimes tes enfants, tu voudrais les voir correspondre à tes soins. Mais Jésus n'aimait-il pas les hommes, lui, et ne les aime-t-il plus !

— Oui, mais après les exercices spirituels... après tant de labeurs !...

— Veux-tu les voir, tes enfants, tels qu'il sont maintenant? Veux-tu les voir dans l'avenir? Veux-tu les compter?

— Oh, oui, oui !

— Viens alors.

« Le vieillard m'entraîna à sa suite jusque dans un champ nommé *Bacaiau*, terrain ingrat et sablonneux, où, dans mon enfance, j'étais si souvent venu travailler.

« Au milieu de ce champ, je vis un appareil que je ne saurais guère définir. L'inconnu me dit : — Approche, et regarde tes enfants.

« Je fis quelques pas, puis, collant mon œil à une lunette, je vous vis tous... là-bas... vous... mes fils. Je vous connus tous ; mais combien vous étiez différents de ce que je pensais ! Les uns se bouchaient les oreilles,

les autres avaient la langue percée ; ceux-ci louchaient affreusement ; ceux-là avaient la tête malade. Plus loin, des enfants dont le cœur était rongé par des vers ; d'autres avec un cadenas aux lèvres ; enfin, les derniers, portant, accroupis sur leurs épaules, de gros singes d'une laideur repoussante. Bien peu d'entre vous étaient exempts de toute infirmité. A mesure que je regardais, je fondais en larmes : — Mais est-il possible que ce soient-là mes fils ! que signifient ces physionomies étranges ?

« A cette exclamation, le vieillard prit la parole : — Écoute : les mains dans les oreilles désignent ceux qui, pour ne pas mettre en pratique ta parole, ne veulent point l'entendre. — La langue percée indique les mauvais discours, surtout contre la modestie. — Ceux qui louchent, interprètent et jugent mal la grâce de Dieu, et préfèrent la terre au ciel. La tête malade, c'est le mépris de tes conseils, et la satisfaction des propres caprices..... Mais vois ces deux malheureux : le ver des mauvaises passions leur dévore le cœur. — Là-bas, ces lèvres cadenassées, ce sont des confessions mal faites qui les ont fermées, et le Diable siège dans toutes les bouches pour les empêcher de s'ouvrir. Les pauvres petits qui portent sur leurs épaules ce gros singe, sont les tristes esclaves du Démon. Pour ceux-là, tu auras beau te sacrifier, tu ne réussiras pas à les gagner; ils ne veulent à aucun prix secouer le joug de Satan. Vois-tu enfin, dans cet angle, ceux qui ont les mains liées...? Ils n'ont pas tenu compte de tes avertissements, et n'ont pas voulu se convertir quand il en était temps encore. La justice humaine viendra à ton secours pour leur apprendre que le péché ne porte pas bonheur.

« Je regardais, et je pleurais...

— Mais.... les voilà donc tous perdus!.... tant de fatigues!... et inutiles!...

— Et qui es-tu donc, toi, qui prétends convertir, parce que tu as travaillé? A-t-il épargné sa peine, le divin Sauveur?

« En disant ces mots, l'inconnu changea de place l'appareil, donna un tour à un mécanisme placé sur le côté, et me dit: — Regarde, maintenant. Vois comme Dieu est généreux! Et, pour ces quelques âmes qui ne correspondent pas à tes soins, vois combien il t'en veut rendre!

« Alors je vis mes fils en nombre incalculable, et d'une diversité presque infinie de costumes, de pays, de forme extérieure, de langues...... Et j'avais beau regarder : je ne pouvais les connaître tous, ni les comprendre.

— Les voilà, me dit le vieillard, les voilà les fils que Dieu t'enverra ; et il t'en donnera tant, que tu ne sauras plus où les placer.

« Cependant, au milieu de cette multitude d'enfants, j'en distinguai quelques-uns qui m'étaient parfaitement connus. Nos prêtres les faisaient amuser, et les instruisaient.

« Mais le vieillard donna un nouveau tour à l'appareil, et un autre spectacle se présenta à mes regards.

« Dans le champ, il y avait des laboureurs que d'autres dirigeaient et surveillaient.... puis venaient des semeurs.

« Dans un coin, je vis ensuite des travailleurs occupés à aiguiser leurs faulx à la meule; d'autres les battaient, pour en affiler le tranchant, puis les passaient aux surveillants, chargés de les distribuer. — Quelques-uns se croisaient les bras, et d'autres sortaient du champ, c'est-à-dire de l'Oratoire.

« Aussitôt la moisson couchée sur le sol, des bras vigoureux la liaient en gerbes, qui s'amoncelaient sur le charriot, et ce charriot s'ébranlait, guidé par un seul ouvrier (1).

« Don Bosco termina son récit en disant : — Je connais tous ceux que j'ai vus, et je leur parlerai en particulier. Que Dieu m'aide à les convertir. Qu'il m'envoie des enfants de toutes les parties du monde : je l'en bénirai de toute mon âme. Mais qu'il me console d'abord en m'accordant de pouvoir vous gagner, tous, à son amour, vous qu'il m'a confiés les premiers, à l'Oratoire. »

« Ce songe, raconté par Don Bosco avec simplicité, produisit un effet considérable ; et, durant toute cette année mémorable, on se le répétait, en récréation, en s'avertissant mutuellement, pour fuir le mal et donner un peu de joie à Don Bosco.

« Chacun voulait savoir en quel état il avait été vu ; et nous étions, tous, stupéfaits de nous entendre dévoiler les secrets de notre intérieur, connus de notre Père par des

---

(1) Don Bosco a dit, bien souvent, que cet ouvrier *avait les traits de Don Rua*, et il ajoutait que Don Savio, placé à l'arrière, poussait le charriot. Or, Don Rua est le successeur de Don Bosco, *à la tête* de la Congrégation Salésienne ; et Don Savio, Vicaire de Mgr. Cagliero en Patagonie, au moment où paraît ce livre, dirige les Œuvres Salésiennes dans ces lointaines contrées ; et, placé *à l'arrière* de cette moisson d'âmes, récoltée dans le champ de Don Bosco, il lui donne, sans nul doute, une puissante impulsion.

voies si évidemment surnaturelles. Aussi 1858
fait-il époque dans nos souvenirs: ce furent
des jours de salut, d'héroïques résolutions,
et de vocations religieuses.

« Don Bosco était maître absolu de nos
cœurs. »

1858.

COMMENT LE SAIT-IL?

En 1858, M. de Camburzano, ex-député de Nice au Parlement subalpin, et surnommé le *Montalembert italien*, se trouvait en villégiature à Nice.

Ami dévoué et grand bienfaiteur de Don Bosco, il eut, un jour, l'occasion de parler de ce bon Père dans une réunion de personnages fort distingués, mais dont les convictions religieuses étaient assez superficielles.

Les merveilles que racontait M. de Camburzano faisaient naître plus d'un sourire d'incrédulité, et une dame, entre autres, apprenant que le Saint, dont on parlait, existait encore, se mit à dire d'un petit air léger : — Je serais curieuse de faire une épreuve; si ce digne homme veut bien me révéler l'état de ma conscience, alors je croirai tout ce qu'on voudra.

Tous les assistants applaudirent; on décida que l'expérience aurait lieu, et, séance tenante, cette dame écrivit à Don Bosco.

La réponse ne se fit pas attendre :

1° *Remettez-vous avec votre mari;*

2° *Refaites vos confessions depuis telle époque.* — Il s'agissait d'une période de près de vingt ans. —

Ces deux choses accomplies, vous pourrez être tranquille.

Nous n'avons pas besoin de dire que cette personne était parfaitement inconnue à Don Bosco; et même, dans son entourage, on la croyait veuve.

La pauvre femme, toute bouleversée, ne fit aucune difficulté d'avouer que Don Bosco lui avait dit des choses tout à fait surprenantes.

1859.
Ce que Don Bosco
cachait parfois sous un oreiller.

Un enfant était depuis quelque temps, de la part de Don Bosco, l'objet des plus vives et des plus touchantes sollicitudes; mais cette rosée de tendresse sacerdotale n'avait pu amollir un cœur qui semblait se fermer obstinément à la grâce.

Un soir, l'enfant allait se mettre au lit, lorqu'il découvrit, sous son oreiller, un petit billet, avec ces simples mots :

« Et si tu allais mourir cette nuit... !

D. Bosco.

L'effet de ce message ne se fit attendre. Le pauvre petit, tout ému, va frapper à la porte de Don Bosco.

— Ah ! c'est toi !...

Il le confessa, et le renvoya parfaitement tranquille.

L'enfant avoua, plus tard, qu'il n'avait jamais passé une aussi bonne nuit.

1860.

LES DEUX COUSINS

Don Bosco se trouvait aux *Becchi*, pendant l'automne de 1860. Un jour, on lui présenta un petit garçon, de dix ans environ, demeurant à Châteauneuf d'Asti.

Don Bosco le regarde, le caresse, lui sourit ; puis, avec le pouce, il trace gracieusement, sur ce front candide, un signe de croix, en disant : — Continue à être sage ; un jour, tu seras prêtre et tu feras beaucoup de bien.

L'enfant parut ne pas se rendre compte de la portée de ces paroles, et les oublia très certainement. La pensée de se faire prêtre ne lui était pas venue une seule fois, quand, peu d'années après, il fut admis à l'Oratoire.

Alors seulement, la rencontre avec Don Bosco lui revint à l'esprit.

Avec lui, et le même jour, entra aussi un de ses cousins. Après qu'il se fut fait reconnaître par Don Bosco, il lui présenta son cousin, en demandant: — Et lui, sera-t-il prêtre?

Don Bosco, avant de répondre, enveloppa l'enfant ainsi visé, d'un regard de pénétrante bonté, puis: — Non, dit-il, ton cousin ne sera pas prêtre; il mettra bien la soutane, mais pour la quitter ensuite. Toutefois, il est appelé à faire beaucoup de bien dans le monde.

Faut-il appeler cela une prophétie?

Il sera bon de le demander au théologien Ar***, curé de C***, paroisse du Piémont, dont le nom est connu au loin, à cause de l'homme d'État qui le portait. Cet excellent prêtre n'aurait qu'à ouvrir les yeux pour voir que jamais curé ne fut aimé comme il l'est de ses ouailles.

Quant à son cousin, après avoir quitté la soutane, il s'est fait un nom dans l'enseignement chrétien.

1860.

COMMENT UN GENTILHOMME

DEVINT JÉSUITE

Un jeune gentilhomme de Turin, de grande famille, frère d'un Cardinal, donnait pas mal de souci à sa mère, assez peu flattée de voir l'écervelé mêler son nom à une foule d'aventures extravagantes. Les remontrances affectueuses de la pauvre femme prenaient, invariablement, le chemin des oubliettes, et le *lion du jour* enfilait sans cesse de nouvelles sottises.

Comme on était à la veille des exercices spirituels qui se donnaient, dès cette époque, à l'Ermitage de St.-Ignace, dans les vallées de Lanzo, Madame de X***, à bout d'expédients, risqua un nouveau conseil: — Si tu allais faire une retraite à St.-Ignace?

— Je veux bien, à condition que je puisse payer mes dettes.

— Et il te faudrait, pour cela.....?

— Oh! une bagatelle : quelques milliers de francs.

La mère, heureuse de cette lueur d'espérance, s'exécuta, en soupirant un peu, pour la forme.

Elle savait que Don Bosco devait se rendre à cette retraite, et cette pensée seule, de la rencontre de son jeune fou avec l'homme de Dieu, la remplissait de joie.

Notre gentleman, fidèle à sa promesse, se met en route. Or Don Bosco était précisément dans la voiture.

On cause amicalement. Au bout de quelques instants, le jeune homme s'aperçoit que le Père est souffrant; et, apprenant que trois gros furoncles sont la cause de ce malaise: — Mais, Don Bosco, lui dit-il, demandez donc votre guérison! Un retraitant ne doit pas être malade : cela gêne.

— Moi! je ne dirais pas seulement un *Ave Maria* pour être soulagé.

— Vous êtes sans doute enchanté d'être dans ce bel état?

Don Bosco se contenta de sourire.

Surprise du jeune homme, qui devint pensif.

Sur ces entrefaites, un violent orage éclate, et le pauvre Don Bosco, déjà bien éprouvé par les cahots de la voiture, arrive à St.-Ignace en fort mauvais état.

Cela ne l'empêche nullement de suivre les exercices, sans en manquer un seul. Mais, bientôt, ses forces le trahissent, et il tombe évanoui, à la chapelle, où il avait voulu se tenir à genoux.

Notre jeune homme se trouvait placé à côté de lui. Il le reçoit dans ses bras, le porte délicatement dans sa chambre, le met sur son lit, et lui prodigue les soins les plus attentifs.

Don Bosco ne tarde pas à revenir à lui. Il sourit doucement à son infirmier improvisé, puis, le prenant par la barbe, il l'attire, peu à peu, sur sa poitrine, en lui disant avec un air de singulière affection:

— Eh bien! je vous tiens maintenant: que vais-je faire de vous?

Le jeune gentilhomme, d'abord surpris de cette caresse toute paternelle, est profondément ému; il fond en larmes.

On devine que la confession suivit de

près ce mouvement de la grâce : l'écervelé était converti.

Après la retraite, il voulait se retirer chez Don Bosco, et, peut-être, entrer dans sa famille spirituelle. Mais Don Bosco l'envoya passer quinze jours chez les PP. Rosminiens.

Il obéit, et revint, après le temps fixé, pour s'entendre dire : — Maintenant, vous pouvez aller chez les Jésuites : Dieu vous y appelle.

Il y est encore, et occupe, dans la Compagnie, une place dont ses vertus et son esprit élevé le rendent éminemment digne.

1860.

De quinze si l'on ôte trois cents.....

il reste quinze.

Un enfant de l'Oratoire de Turin, après un mois de vie commune, écrivit à sa mère qu'il ne pourrait jamais s'y faire. Conclusion : — Venez me chercher.

La maman arrive, et l'on dispose tout pour le départ.

Le matin du jour fixé, l'enfant veut se confesser, une dernière fois, à Don Bosco ; mais les pénitents étaient nombreux, et le tour de notre petit homme n'arriva qu'à la fin de la messe. C'est l'heure du déjeûner, à l'Oratoire. Dalmazzo, — c'était le nom de l'enfant, — allait commencer sa confession, quand un de ses camarades, *attaché au service des subsistances,* s'approche de D. Bosco, et lui souffle à l'oreille : — Il n'y a pas de pain pour le déjeûner.

— Impossible ; cherchez bien, demandez à un tel, que cela regarde : il doit être par ici.

Un instant se passe. Le messager revient *bredouille :* — Don Bosco, nous avons fouillé dans tous les coins, nous n'avons trouvé que quelque *pagnotes.* — On donne habituellement ce nom, dans les maisons italiennes, à des petits pains qui font juste la ration du déjeûner et du goûter.

— Don Bosco paraît étonné : — Alors, courez dire au boulanger qu'il apporte ce qu'il faut.

— Le boulanger ! c'est inutile. On lui doit douze mille francs ; il refuse de donner un seul morceau de pain, avant d'être payé.

— Bien, bien. Dans ce cas, mettez dans la corbeille ce que vous avez pu réunir : le reste, le bon Dieu l'enverra. Je viens à l'instant faire, moi-même, la distribution.

Le petit Dalmazzo, qui n'avait pas perdu un mot de ce dialogue, fut surtout frappé des derniers mots de Don Bosco ; et, quand il le vit se lever, il le suivit avec une curiosité bien naturelle, et d'autant plus vive que, les jours précédents, on avait beaucoup parlé de faits merveilleux, survenus à l'Oratoire, et auxquels Don Bosco n'aurait pas été étranger.

Dalmazzo se plaça donc derrière Don Bosco, et compta, avec soin, les pagnotes contenues dans la corbeille. *Il y en avait quinze.* Or, *trois cents* gaillards attendaient leur déjeûner, et, parmi eux, pas de bouches inutiles, on peut le croire.

Quinze pour trois cents! trois cents pour quinze.....! se disait l'enfant, et la lumière ne se faisait pas dans sa tête.

Le défilé commence. Chacun passe à son rang, et reçoit sa pagnote. Dalmazzo, tout saisi, regardait, avec des yeux effarés, Don Bosco qui, souriant, ne renvoyait personne les mains vides.

Le dernier servi, Dalmazzo compte ce qui restait au fond de la corbeille: *quinze pagnotes, juste!*

Ses notions d'arithmétique étaient absolument bouleversées: une division qui devient une multiplication!

Quoi qu'il en soit, il annonça à sa mère qu'il restait décidément à l'Oratoire.

Le petit Dalmazzo, devenu Don Dalmazzo, est actuellement Supérieur de la maison de St-Jean l'Evangéliste, à Turin.

1861.

COMMENT UN ENFANT

FUT DÉLIVRÉ DU SCRUPULE.

Un des premiers enfants de Don Bosco, rongé par le scrupule, était dans un état des plus pénibles. Un soir, aux environs de Pâques, il attendait son tour pour se confesser à Don Bosco. La chapelle, éclairée par une seule petite lampe, était plongée dans une obscurité presque impénétrable, et, à coup sûr, D. Bosco ne pouvait reconnaître personne dans la foule des enfants agenouillés autour de lui.

Le pénitent dont nous parlons, oppressé par ses peines intérieures, pensait aux tortures que lui causaient ses confessions. Tout à coup, une idée lui vient: — Si D. Bosco, sans que je me sois confessé, me dit de faire la communion demain matin, le poids que j'ai sur le cœur n'est qu'une illusion, et je serai guéri.

A ce moment Don Bosco lui fait signe d'approcher: — Petit, inutile de te confesser; demain matin tu feras la sainte Communion.

L'heureux enfant fut aussitôt délivré. Il est aujourd'hui Don Francesia, membre du Chapitre Supérieur, à l'Oratoire de Turin.

1862.

L'ÉTUDIANT FRANÇOIS

En 1862, un étudiant fut atteint d'une pleurésie fort grave; un matin qu'il était au plus mal, on l'administra, et Don Bosco, après sa messe, alla le visiter. — Eh bien! François, cela te fait peine de quitter ce pauvre monde; veux-tu encore rester avec nous ou partir?

— Hé! mon Père, je ne sais trop, répondit François; donnez-moi jusqu'à ce soir pour réfléchir.

Peu après il se dit en lui-même: — Je suis bien sot de n'avoir pas répondu que je voulais aller au paradis. Il faut que Don Bosco me le promette, et ainsi je suis sûr de mon affaire.

Le soir, Don Bosco revint: — Mon Père, s'empressa de dire l'étudiant, je suis décidé:

je préfère partir si vous me promettez que j'irai au paradis.

— Il n'est plus temps, mon pauvre François, lui répliqua Don Bosco: tu guériras et tu vivras encore quelque temps; mais prépare-toi à souffrir beaucoup.

En effet, le malade guérit; mais il lui survint plusieurs plaies aux jambes, et il eut à endurer de longues souffrances.

Cependant il devint prêtre et rendit des services. Mais ses jambes ne guérirent jamais, et il souffrit jusqu'à sa mort, qui arriva douze ans après, en 1874.

1862.

PRIONS POUR LUI

On était en promenade sur les collines de Montferrato. Au moment où la joie de tous battait son plein, Don Bosco rassemble sa bande d'écoliers, et annonce qu'on va prier pour un petit camarade, resté à Turin, et qui *doit mourir le lendemain matin.*

Les enfants trouvèrent bien un peu intempestive cette douche tombant sur les charmes d'une journée excellente; mais Don Bosco, fort grave, se mit à genoux, et récita des prières auxquelles on répondit à haute voix.

Le lendemain, un télégramme lui *apprenait* qu'un des enfants venait de mourir à l'Oratoire.

1863.

POURQUOI DON BOSCO

n'écrivait plus à Pie IX

En 1863, le marquis Scarampi, un des plus fervents catéchistes du dimanche, à l'Oratoire de Don Bosco, était allé passer un hiver à Rome. Quelques jours avant de revenir à Turin, il obtint, de S. S. Pie IX, une audience particulière. Le Pape, l'entendant parler de Turin, lui dit tout à coup:
— A Turin vous possédez Don Bosco; pourquoi donc ne m'écrit-il plus?

On devine que la première visite du marquis Scarampi fut pour Don Bosco, à qui il rapporta fidèlement les paroles du Saint-Père. Don Bosco répondit très simplement, mais avec un accent tout particulier:

— C'est que je n'ai rien de bon à lui écrire;
cependant, si vous allez de nouveau à Rome,
veuillez m'avertir, et je vous confierai une
lettre pour le Pape.

Le marquis, un peu intrigué, repartit au
bout d'une semaine, emportant un pli de
Don Bosco à l'adresse de Pie IX. Il ne mit
aucun retard à s'acquitter de son ambassade.

Pie IX ouvrit la lettre : quatre pages
serrées, écrites par un jeune secrétaire qui
est maintenant Mgr. Cagliero, et signées
d'une main ferme par Don Bosco.

Après l'avoir lue avec une minutieuse
attention, le Pape plia cette lettre en soupirant. Une expression d'indicible tristesse
avait remplacé, sur son visage auguste, l'air
de bonté qui lui était habituel. Il dit enfin
et répéta à plusieurs reprises : — Je n'atten-
dais pas de Don Bosco une pareille lettre !

Le pauvre messager, péniblement impressionné par cette scène, ne savait quelle con-
tenance garder ; il se retira, profondément
ému.

Rentré à Turin, il accourut à l'Oratoire
et trouva Don Bosco sous le cloître, à l'entrée de l'église de Saint-François de Sales,
la seule qui existât alors : — Don Bosco,

lui dit-il vivement, qu'avez-vous donc écrit au Saint Père pour le rendre si triste?

Don Bosco entraîna doucement son interlocuteur, et causa longtemps avec lui.

Le soir, un des enfants de Don Bosco, Don Francesia, avec cette douce familiarité que le bon Père permettait aux siens, lui demanda le sujet de ce long entretien avec le marquis.

— Eh bien, voici: j'ai écrit au Saint-Père: POUR TELLES, TELLES ET TELLES RAISONS, IL VOUS FAUT FAIRE LE SACRIFICE DE VOTRE ROME. Je n'aurais point annoncé ces choses de moi-même; mais le Pape m'a dit de lui écrire, et, comme Samuel, j'ai obéi.

On sait que l'année 1870 fut celle du *Sacrifice!*

1864.

LA MADONE Y PENSERA

En 18**, au Collège Salésien de Borgo San Martino, le professeur Cerruti tombe malade. Il s'était dépensé sans trop compter, et succombait à la peine. Le médecin constata une grave anémie; en outre, les poumons étaient attaqués. Repos absolu, silence rigoureux, sous peine de complication sans remède; de plus, s'abstenir de lait et de fruits.

Quand le docteur eut formulé cet arrêt, le Directeur du collège promit de veiller à l'exécution rigoureuse de l'ordonnance. La situation lui imposait un autre genre de souci: qui mettre à la place du professeur ainsi réformé?

Son indécision ne fut pas de longue durée. Ne voyant aucune issue, il écrit tout simplement à Don Bosco, pour lui exposer son embarras.

Don Bosco répondit par un billet, adressé au malade lui-même :

« *Recommence tranquillement à faire la classe, sans tenir aucun compte des prescriptions du médecin. Prends, en fait de nourriture, tout ce qui pourra te convenir. Quant au reste, la Madone y pensera.* »

En vrai Salésien, le professeur plia le billet et se rendit immédiatement en classe, malgré les protestations de tous ses confrères, qui ne connaissaient point la décision de Don Bosco.

Le malade commence l'explication. A mesure qu'il poursuivait, il sentait les forces lui revenir de seconde en seconde ; et, au bout de quelques minutes, sa voix était devenue nette et vibrante. Il riait intérieurement, et de bon cœur, de la stupéfaction des élèves.

Cette guérison expéditive s'est constamment maintenue ; et le docteur n'a poursuivi personne pour exercice illégal de la médecine.

1866.

COMMENT UN INFIRME SORTIT DE SON LIT

On était au 16 novembre 1866, c'est-à-dire que l'église de Notre-Dame Auxiliatrice se construisait.

Le soir même, Don Bosco devait payer quatre mille francs aux entrepreneurs qui travaillaient à la coupole, et il n'avait pas le premier écu de cette somme.

Dès le matin, Don Rua, Préfet de la maison, et quelques coadjuteurs s'étaient mis en campagne. Dieu sait combien de rues ils avaient parcourues, que d'escaliers ils avaient montés et, à onze heures, ils rentraient apportant mille francs. C'étaient absolument tout ce qu'ils avaient pu trouver.

Comme ils se regardaient d'un air consterné et sans prononcer une parole, Don Bosco se mit à sourire:

Allons! après dîner, j'irai chercher le reste.

À une heure, il prend son chapeau et sort, espérant qu'il lui surviendra quelque ouverture de la divine Providence.

Après plusieurs circuits faits au hasard, il se trouve à la Porte-Neuve. Là, il s'arrête, ne sachant précisément où diriger ses pas. A ce moment, il est accosté par un domestique en livrée ;

— Monsieur l'abbé, ne seriez-vous pas Don Bosco ?

— Oui, que puis-je pour vous ?

— Mon maître m'envoie vous prier de venir le voir tout de suite.

— Allons voir votre maître. Est-ce loin ?

— Non, il habite là au bout de la rue.

Et il lui montre un magnifique hôtel.

— Cet hôtel est à lui ?

— Certainement. Monsieur est immensément riche ; il pourrait bien faire quelque chose pour votre église.

On arrive dans une très belle chambre. Un monsieur d'un certain âge était couché dans son lit ; il témoigne une grande joie à la vue de Don Bosco.

— Mon Révérend Père, j'ai grand besoin de vos prières ; vous devriez bien me mettre sur pied.

— Vous êtes malade depuis longtemps?

— Il y a trois ans que je n'ai pas quitté ce lit de souffrance: je ne puis faire un mouvement, et les médecins ne donnent aucun espoir. Si j'obtenais le moindre soulagement, je ferais bien quelque offrande pour vos Œuvres.

— Cela tombe à merveille. Nous avons besoin, aujourd'hui même, de trois mille francs pour l'église de Notre-Dame Auxiliatrice.

— Trois mille francs! Vous n'y pensez pas, mon père. Si c'était quelques centaines de francs, on pourrait voir... mais trois mille francs!

— C'est trop? fait Don Bosco; alors n'en parlons plus.

— Et s'asseyant, il se met, avec la plus grande tranquillité, à entamer une question politique.

— Mais, mon Père, ce n'est pas de cela qu'il s'agit: et ma guérison?

— Votre guérison: je vous indique un moyen, vous ne pouvez pas.

— Mais aussi trois mille francs!

— Je n'insiste pas.

Et il se met à parler de la pluie et du beau temps.

— Enfin, obtenez-moi un peu de répit à mes maux et, pour sûr, je ne vous oublierai pas à la fin de l'année ?

— A la fin de l'année ! Mais vous ne comprenez donc pas que nous avons besoin de cette somme ce soir même.

— Ce soir, ce soir ! Vous pensez bien qu'on n'a pas trois mille francs chez soi ; il faut aller à la Banque, cela exige des formalités.

— Et pourquoi n'iriez-vous pas à la Banque ?

— Vous plaisantez : voilà trois ans que je ne suis seulement pas descendu de mon lit ; cela est impossible.

— Rien n'est impossible à Dieu et à Marie Auxiliatrice.

Et, ce disant, Don Bosco fait réunir dans la chambre toutes les personnes de la maison au nombre d'une trentaine. Il leur indique une prière au Saint-Sacrement et à *Notre-Dame Auxiliatrice,* qu'il dit avec eux. Cela fait, il ordonne qu'on apporte des vêtements au malade.

Des vêtements ! Mais monsieur n'en a plus. Voilà trois ans qu'il ne s'est pas habillé ; nous ne savons pas où sont ses effets.

— Qu'on aille m'en acheter au plus près,

s'écrie le malade avec impatience; faites ce que vous dit le Père.

Pendant cette scène, entre le médecin qui veut mettre obstacle à ce qu'il appelle une insigne folie.

Mais des vêtements ont été trouvés; le malade les a revêtus, et il se promène à grands pas dans la chambre, à l'inexprimable stupéfaction des assistants.

Il commande qu'on attelle et, pendant ce temps-là, il veut se réconforter, et se fait servir un *lunch*, dont il use avec un appétit inconnu depuis longtemps.

Puis, tout ragaillardi, il descend l'escalier en refusant qu'on lui aide, et monte en voiture.

Quelques instants après, il rapportait à Don Bosco trois mille francs.

— Je suis complètement guéri, ne cessait-il de répéter.

— Vous faites sortir vos écus de la Banque, lui dit Don Bosco, et *Notre-Dame Auxiliatrice* vous fait sortir du lit.

Cet homme est resté un des fidèles bienfaiteurs de l'Œuvre, et il a beaucoup contribué à l'édification de l'église de *Notre-Dame Auxiliatrice*.

1866.

UNE BÉNÉDICTION DE DON BOSCO

En 1866, les Filles de la Charité ouvrirent une maison à Coni, à l'effet de recueillir, et de former aux travaux domestiques, les petites filles pauvres et abandonnées. La Sœur Archange Volonté, et une compagne, furent chargées de la fondation.

En arrivant à Coni, elles eurent un moment assez pénible : l'établissement confié à leurs soins ressemblait à tout, excepté à une maison appropriée à l'usage indiqué. Dénûment absolu : deux grabats, quelque chaises, des murs d'une solidité douteuse, et dans ce palais du bonhomme Misère, deux petites filles à nourrir. Avec cela, pas l'ombre de ressources.

La fondation en était là quand D. Bosco, se trouvant à Coni, fut invité par le R. P.

Ciravegna, jésuite, à visiter le pauvre logis de sœur Volonté.

D'un coup d'œil, Don Bosco, qui s'y connaissait un peu, reconnut, dans cette pauvreté extraordinaire, le berceau d'une œuvre de Dieu, et il dit aux bonnes religieuses : — Je vois que le superflu ne vous embarrasse pas ! Vous ne pouvez pas marcher de ce train là ; aussi, tenez-vous en paix : le bon Dieu vous bénira, il fera prospérer toutes vos entreprises, et, au moment fixé par lui, vous aurez une maison vaste et commode, qui vous permettra de faire un bien considérable. — Et il les bénit.

Vingt ans se sont écoulés depuis cette bénédiction de Don Bosco. Sur sa tombe, on a pu voir, tout récemment, sœur Volonté, venue pour remercier, là où il repose maintenant, l'homme de Dieu qui a béni si efficacement *le Palais du bonhomme Misère*. Il n'est plus reconnaissable : il abrite dix religieuses, et plus de cent petites filles ; et tout ce monde est choyé par la Providence, qui ne laisse manquer de rien la maison de Coni.

Personne n'oublie que le point de départ de ces choses étonnantes, c'est la visite et la bénédiction de Don Bosco.

LA PROVIDENCE
EST UNE BONNE CAISSIÈRE

Que de traits charmants on pourrait raconter si l'on voulait mentionner les mille et une circonstances dans lesquelles Don Bosco a reçu, de la façon la plus inattendue et souvent la plus étrange, les sommes précises dont il avait besoin ; et cela souvent à jour et à heure fixes, comme si le caissier le plus ponctuel était chargé de ses affaires.

Je choisis quelques faits, presque au hasard.

La Maison de Turin devait trente mille francs à un entrepreneur. Celui-ci, mécontent du retard qu'on mettait à le payer, commençait à se fâcher tout rouge. Un matin il arrive à l'Oratoire fort monté, et disposé à faire une scène. Il s'adresse au Préfet, et déclare qu'il ne s'en ira pas avant d'avoir reçu la somme qui lui est due.

Le Préfet avoue qu'il n'a pas un sou en caisse.

— Cela ne se passera pas ainsi, fait l'entrepreneur d'un ton fort élevé; je veux parler à Don Bosco.

On le conduit dans l'antichambre où une certaine quantité de personnes attendaient leur tour d'audience. Il s'assied de mauvaise humeur et maugréant très fort.

Sur ces entrefaites entre un monsieur aux allures impérieuses, parlant bref, et paraissant très impatient.

— Je veux parler à Don Bosco tout de suite.

— Monsieur, veuillez vous asseoir et attendre un instant; vous passerez à votre tour.

— Je n'ai pas le temps d'attendre.

Et sans autre formalité, il va frapper à la porte de la chambre où Don Bosco était en conférence avec une personne.

Don Bosco ouvre: — Que voulez-vous, mon ami?

— Mon Père, je veux vous parler.

— Mais à votre tour, s'il vous plaît; je

ne puis vous recevoir avant toutes ces personnes qui sont ici depuis longtemps.

— Je suis pressé, et ce que j'ai à vous dire ne sera pas long.

En face de pareille insistance, Don Bosco demande si l'on veut bien laisser passer ce personnage, lequel, sans même attendre la réponse, entre carrément dans le cabinet.

Ce ton brusque et un peu cassant ne rassurait guère Don Bosco: — Asseyez-vous, je vous prie.

— Je ne veux pas m'asseoir.

— Mais enfin dites-moi ce qui vous amène.

— Pas grand chose; je n'en ai que pour une minute. Tenez, voulez-vous prendre cela? Et il pose un petit paquet sur la table.

— Allons, mon Père, adieu, et priez pour moi. Et il sort.

Entre la comtesse V*** — Mon Père, il ne vous est rien arrivé au moins? Cet homme me faisait vraiment peur; il a un air singulier et je craignais qu'il ne vous fît quelque mal?

— Le mal n'est pas grand, dit en souriant Don Bosco. Voici ce qu'il vient de me remettre ; et, dépliant le petit paquet, il compte trente billets de mille francs.

Quand vint le tour de l'entrepreneur, Don Bosco lui remit les trente mille francs qui lui étaient dus.

Notre homme, un peu confus de l'insistance qu'il avait montrée, fit toutes ses excuses.

— Mon Père, on me disait que vous n'étiez pas en mesure de payer ; on a eu tort de me parler ainsi.

Une fois, l'Oratoire avait à payer trois cent vingt-cinq francs pour les impôts. On était arrivé à l'extrême limite de l'échéance, et le jour même, à midi, si la petite somme n'était pas versée, le percepteur devait commencer l'exécution, c'est-à-dire les poursuites.

Don Rua va à la porterie ; il fouille dans la caisse : rien. Pas un sou dans toute la maison. Il se rend dans la chambre de Don Bosco et expose son embarras, lui demandant s'il n'aurait pas cette somme.

— Je n'ai absolument rien, fait Don Bosco ; prions Notre-Dame Auxiliatrice. Et il se remet tranquillement au travail.

Quelques instants après on frappe, et

un monsieur demande à voir Don Bosco. Il est introduit ; et, après un court entretien :

— Mon Père, je ne suis pas riche, mais j'ai là une toute petite somme que j'ai amassée pour vos enfants. Voulez-vous accepter cette modeste offrande ?

— Bien volontiers, fait Don Bosco.

Le monsieur lui remet un petit papier qui contenait exactement trois cent vingt-cinq francs. Don Bosco sourit : Veuillez avoir l'obligeance, en vous en allant, de remettre cela à Don Rua.

Don Rua reconnaît la somme, et dit : — Le Père a compté juste ; c'est bien là ce que nous devons. Vite, il dépêche un messager au bureau du percepteur.

Il était alors plus de midi et l'exécution avait été lancée. Mais on put retrouver le porteur, qui s'était attardé par hasard, et on se libéra sans frais.

Celui qui avait été comme l'envoyé de la divine Providence, est entré, par la suite, dans les Ordres, et est devenu prêtre Salésien.

Un jour Don Bosco se trouvait dans une gêne bien douloureuse: il y avait une grosse,

grosse note chez le boulanger, qui menaçait de suspendre ses fournitures.

A ce moment survint le comte R. d'Agliano : — Mon père, ma femme est bien gravement malade; faites donc prier pour elle. Et il lui remit une somme qui était précisément la moitié de celle qu'on devait au boulanger.

Tout aussitôt les enfants dirent des prières spéciales, avec une grande ferveur. Le troisième jour le comte revenait : — Mon père, ma femme est guérie. Et il remettait à Don Bosco pareille somme que la première fois, de sorte que la note du boulanger était intégralement couverte.

On le paya sans retard, et vous pensez si l'on rendit grâces à Notre-Dame Auxiliatrice.

Au mois de mars 1880, Don Bosco vint passer huit jours à Nice. A cette occasion M. Ernest Harmel régala tous les enfants du Patronage Saint-Pierre d'un bon dîner, auquel furent invités plusieurs membres de la famille Salésienne.

Quelques instants avant le repas, M. l'avocat Michel, bien connu par son zèle pour toutes les œuvres, s'entretenait avec D. Bosco, qui lui dit au courant de la conversation :

— Notre chapelle est trop petite, insuffisante
et peu convenable ; il faut absolument mieux
loger Notre-Seigneur. Voici un plan que
vient de me remettre notre excellent et digne
architecte, M. Levrot ; le devis se monte à
trente mille francs.

— Trente mille francs ! Mon Père, je
doute que vous les trouviez en ce moment
à Nice. Nous avons eu, cet hiver, tant de
sermons de charité, tant de loteries, tant de
quêtes de toutes sortes, que les bourses sont
à sec.

— Cependant il me faudrait cette somme
aujourd'hui même.

Sur ces entrefaites midi sonne, et l'on
se met à table. Au dessert, le notaire de la
maison, M. Sajetto, se lève :

— Mon Père, je vous annonce qu'une
personne charitable m'a remis, pour vous,
trente mille francs. Vous pouvez les faire
toucher dans mon étude quand vous voudrez.

— Louée soit Notre-Dame Auxiliatrice !
fit Don Bosco en joignant les mains, et
levant les yeux au ciel : c'est le commencement.

Quant à l'avocat, il reste tout saisi en

voyant ainsi arriver la somme précise qu'avait demandée Don Bosco, un instant auparavant.

Don Bosco, dans une récente conférence faite à Lyon, a raconté lui-même comment il devait un jour payer, à cinq heures, quinze mille francs, dûs à un entrepreneur, pour des travaux faits à l'église du Sacré-Cœur, à Rome.

A quatre heures et demie il n'avait encore rien, lorsque survint un ecclésiastique qui lui apporta exactement cette somme, et cela avec des circonstances vraiment étranges. Il ne devait pas venir ce jour-là; puis, par suite d'un malentendu, il s'était trouvé au chemin de fer, il ne savait comment, et il s'était mis en route, presque contre son gré.

O bonne et divine Providence! ce sont là de tes coups!

On nie le surnaturel: mais il est partout, en nous, autour de nous; nous en sommes enveloppés. Hélas! Nos yeux, collés à la terre, ne veulent pas s'élever en haut, pour recevoir la lumière.

1866.

LA PROVIDENCE

N'AIME PAS LES PROTÊTS

En 1865, Don Rua, alors préfet de l'Oratoire, reçut l'avis d'usage pour le paiement d'une traite, dont l'échéance tombait le lendemain. La somme n'était pas bien considérable ; encore fallait-il la trouver.

Rien ne se faisait dans la maison sans que Don Bosco ne fût mis au courant, même pour les plus petites choses; mais, quand une traite était signalée à l'horizon, le Préfet allait l'informer avec une diligence remarquable.

Ce jour-là, Don Bosco, fort affairé, se contenta de répondre à Don Rua:

— Arrange-toi. — Puis il s'occupa d'autre chose.

Don Rua, assez habitué à ce genre de conseil, fait le tour de l'Oratoire. Il va à la librairie, à l'imprimerie, à la sacristie, dont il vide consciencieusement toutes les caisses. Quant à la sienne, elle était parfaitement à sec : c'était son état normal à l'approche des échéances.

Tout bien compté et recompté, il n'y avait pas tout à fait le montant de ce *papier de douleur*. Nouveau recours à Don Bosco :

— Il manque un peu plus de trente francs.

— Arrange-toi.

— Mais, Don Bosco, vous partez demain matin ; allez-vous me laisser dans cet embarras ? Passé midi, il y a protêt.

— Don Bosco n'y peut rien. Il faut que je parte ; arrange-toi.

La terrible matinée du lendemain commença sous d'assez sombres couleurs ; ces malheureux trente francs ne faisaient pas mine d'arriver. Don Rua, qui avait rejoint encore une fois Don Bosco, se disposait à lui démontrer les inconvénients d'un protêt, lorsque survient M. le chevalier Occelletti.

— Bonjour, Don Bosco, j'ai besoin de vous voir.

— Impossible : je vais prendre le train.

— Mais c'est pour de l'argent!

— Don Rua a qualité pour recevoir. Donnez-le lui bien vite et accompagnez-moi : nous causerons en route.

Le chevalier Occelletti était un insigne bienfaiteur de l'Oratoire ; il venait tous les samedis apporter son offrande. Une fois dans la rue, il raconta à Don Bosco que, le matin même, il avait eu l'idée de venir payer le montant de quelques billets de loterie.

D'abord il avait rejeté cette pensée, son jour de visite étant le samedi et non le mercredi ; mais, tourmenté et comme obsédé, il était venu, sans retard, solder sa petite dette.

— Et quel est donc le montant de cette dette si importune?

— Oh! pas grand' chose: trente francs et quelques centimes.

Don Bosco sourit: — Et c'est pour cela que vous vouliez me faire manquer le train!

Puis, lui prenant la main : — Don Rua vous racontera comment vous avez été bien inspiré: sans vous, nous avions, à midi, un bon protêt.

1866.

UN SECRET

POUR MOURIR VOLONTIERS

———

En 1866, Don Bosco avait lancé une importante loterie, dans le but de procurer à ses Œuvres les ressources nécessitées par leur extraordinaire extension. Un jour, il reçut, de Rome, une lettre assez singulière. La marquise V... lui faisait une demande et une offre, dont voici la substance :

« Heureuse autant qu'on peut l'être sur la terre, je n'ai qu'une angoisse, mais elle est terrible : la pensée de la mort me cause des tortures indicibles, et ma foi ne m'aide en aucune façon à surmonter ces terreurs involontaires. A mesure que je vous écris, un tremblement convulsif s'empare de moi. Je suis prête à tous les sacrifices pour obtenir que ce sentiment pénible cesse de me tourmenter, et voilà pourquoi je m'adresse à vous. Le temps presse : j'ai un mal qui ne pardonne pas, et qui peut amener, bientôt peut-être, l'épouvantable épreuve. Assurez-moi, je vous en supplie, que votre bonne Vierge, Marie Auxiliatrice, m'accordera la grâce de ne point redouter la mort, et de voir arriver, sans effroi, l'heure du dernier passage ; et, à mon tour, je vous ferai une promesse: déjà Coopératrice de vos Œuvres, je deviendrai votre servante, votre chose, la chose de vos orphelins. Tout ce que j'ai de fortune et de bonne volonté, tout ce qui me reste de vie, je le dépenserai pour vous. Je ne ménagerai rien de ce que j'ai, rien de ce que je puis, pour devenir l'instrument de la Providence à votre égard; mais, de grâce! que Marie Auxiliatrice me délivre de l'horrible épouvante que me cause la mort. »

Après avoir pris connaissance de cette lettre, Don Bosco, sans la moindre hésitation, répondit courrier par courrier: « — Je vous donne l'assurance que Marie Auxiliatrice vous a accordé la grâce désirée : vous mourrez sans appréhension et sans même vous en apercevoir. Tenez votre promesse, et la Sainte Vierge tiendra la sienne. »

Plusieurs années s'écoulèrent. La marquise V... ne manqua pas à ses engagements. Certes, la Providence a placé, sur les pas de Don Bosco, d'admirables dévouements, et il les a multipliés dans une mesure merveilleuse ; mais celui de la marquise V... rayonne, entre tous, d'un éclat particulier. Elle ne paraissait vivre et respirer que pour les orphelins de Don Bosco.

On était à la fin de 1871. Un jour la marquise dit à son mari : — Mon ami, il y a longtemps que je n'ai pas fait de confession générale ; si vous le trouviez bon, j'y consacrerais les derniers jours de cette année. Qu'en pensez-vous ?

— Mais j'en suis tout heureux, répondit le marquis, fervent chrétien lui aussi. Suivez cette inspiration qui me paraît excellente.

Le dernier jour de décembre, la marquise avait terminé sa confession générale. Le lendemain, premier janvier, après la sainte Communion, elle voulut réunir toute la famille au déjeûner ; elle goûtait une joie inaccoutumée.

Tout à coup, elle appelle un domestique :

— Mais ouvrez donc les volets.

— Madame la marquise, ils sont ouverts.

— Ouvrez-les, vous dis-je; il fait sombre.

Nouvelle observation respectueuse du domestique.

Tout le monde était attentif, se demandant quel était ce mystère, quand la marquise, comme illuminée par une pensée subite, s'écrie, avec un accent impossible à rendre :

— Ange! — C'était le prénom de son mari — Ange! Peut-être que je meurs!

Une allégresse surnaturelle se réflète sur son visage; elle répète, deux fois encore : Ange, je meurs, je meurs!..... et elle était morte. Marie Auxiliatrice avait tenu sa promesse.

Don Bosco reçut cette nouvelle au Collège de Varazze, où l'avait retenu une indisposition. Le marquis terminait sa lettre en disant: » Je ne pleure pas cette mort comme un malheur; j'en bénis Notre-Dame Auxiliatrice comme d'une grâce insigne. »

1867.

DE LA GUÉRISON D'UN GÉNÉRAL

Un général, résidant à Turin, fut atteint d'une maladie qui le mit à toute extrémité. Il s'était confessé à D. Bosco, mais celui-ci, à la grande surprise de la famille, n'avait pas donné la communion au malade, quoique les médecins eussent déclaré que le danger était tout à fait pressant.

On était au 22 mai: — Général, avait dit Don Bosco, après-demain nous célébrons la fête de *Notre-Dame Auxiliatrice*. Priez-la bien et, en reconnaissance de votre guérison, venez ce jour-là faire la sainte communion dans son église.

Le 23, l'état du général empira considérablement; la mort paraissait imminente. On ne voulait pas le laisser partir pour un monde meilleur sans qu'il fût muni de tous les sacrements; mais la famille était dans un grand embarras: D. Bosco avait recommandé qu'on ne donnât pas l'Extrême-Onction en son absence. On courut donc, à huit heures du soir, le prévenir du grand danger dans lequel se trouvait le malade, et comment on craignait qu'il ne passât pas la nuit.

Ce jour-là, veille d'une fête si chère à la famille Salésienne, Don Bosco était depuis le matin au confessional et, lorsqu'on vint le chercher, il était encore entouré de quantité d'enfants qu'il entendait à tour de rôle.

— Venez vite, mon Père, le général se meurt, et vous n'avez que le temps d'arriver.

— Mais vous voyez bien que je confesse; je ne puis pas renvoyer ces pauvres petits. J'irai dès que je serai libre.

Et il continua.

Il était onze heures lorsqu'il eut terminé.

— On l'attendait à la porte avec une voiture:

— Hâtez-vous, mon Père, je vous prie.

Je veux bien, fit observer Don Bosco; seulement, je n'ai rien pris depuis ce matin et je me sens exténué. Si je ne soupe pas avant minuit, il faudra que je me passe d'une réfection dont j'ai vraiment besoin; car, demain, je dois être au confessionnal dès cinq heures du matin.

— Venez toujours, mon Père; à la maison vous trouverez ce qu'il vous faudra.

On monte en voiture, et dès que Don Bosco paraît chez le général.

— Vite, vite, mon Père, je crois que vous n'aurez que le temps d'administrer les derniers sacrements: le pauvre malade est au plus bas.

— Gens de peu de foi! Ne vous ai-je pas dit que le Général ferait la communion demain, jour de la fête de Marie Auxiliatrice! Il est près de minuit; veuillez me faire donner à souper.

Don Bosco se met à table avec la tranquillité dont il ne se départait jamais; puis, la collation terminée, il fait demander la voiture et retourne à l'Oratoire.

Quant au général, on le croyait mort; il était dans un état d'immobilité dont on ne se rendait pas compte; mais il dormait tout simplement.

Le lendemain, de bon matin, il pria son fils de lui faire apporter des vêtements, parce qu'il voulait aller recevoir la communion

des mains de Don Bosco, comme il était
convenu.

Vers huit heures du matin, Don Bosco
était à la sacristie. Il revêtait les ornements
sacrés pour dire sa messe, lorsqu'entre un
personnage assez défait:

— Mon Père, me voici.

— Très bien, mon cher monsieur; mais
excusez-moi si je vous demande à qui j'ai
l'honneur de parler?

— Comment, vous ne reconnaissez pas le
Général!

— Ah! louée soit Notre-Dame Auxiliatrice! Je vous avais bien dit que vous vien-
driez dans son sanctuaire, le jour de sa fête.

— Mon Père, je voudrais que vous eus-
siez la bonté de m'entendre en confession;
car je désire communier à votre messe, comme
vous me l'avez commandé.

— Mais vous vous êtes confessé avant-
hier, cela suffit.

— Pas du tout: je veux tout au moins
m'accuser du manque de foi dont je me reconnais coupable.

Don Bosco le réconcilia, lui donna la
sainte Communion, et le général rentra chez
lui en parfait état.

1868.

VOCATION ET GUÉRISON

En 1868, il y avait, près de Fenestrelles, un jeune homme qui venait de terminer sa philosophie. Son goût le poussait à entrer dans les ordres; mais il était orphelin, et le grand-père, devenu chef de la famille, avait décidé que son petit-fils suivrait la carrière du commerce. Des démarches avaient même été faites, et une place arrêtée dans une maison de Lyon.

Le jour du départ était fixé au samedi suivant, lorsque, le lundi, deux camarades vinrent chercher le jeune homme pour le présenter à Don Bosco qui venait d'arriver dans le pays. Comme ces deux camarades faisaient leur seconde année de Séminaire, ils avaient entendu parler de Don Bosco et avaient un grand désir de le voir. Il n'en était pas ainsi de notre jeune homme qui ignorait jusqu'à son nom ; mais il suivit ses amis pour leur être agréable.

Les trois jeunes gens sont admis, et aussitôt Don Bosco, sans presque faire attention aux deux séminaristes, va droit à celui qui se destinait au commerce. Il le considère avec la plus bienveillante attention, et dit, en lui prenant les mains : *Voilà un merle qu'il faut faire entrer dans la cage.*

Le jeune homme est vivement impressionné sans qu'il sache bien pourquoi. Il sent se réveiller, avec plus de force que jamais, sa vocation un instant assoupie, mais non éteinte. Un entretien avec Don Bosco achève de rendre inébranlable sa détermination de se consacrer au Seigneur et, par un revirement inattendu, le grand-père ne fait plus difficulté de donner son consentement.

En ce même temps on amenait à Don Bosco deux jeunes filles de six et huit ans, deux sœurs, dont la vue était à peu près complètement perdue. L'une distinguait à peine le jour de la nuit ; l'autre atteinte d'une inflammation chronique des yeux, avait les paupières fermées par une contraction si invincible que son père, robuste cultivateur, ne parvenait pas, en y mettant toute sa force, à les ouvrir.

Don Bosco conseilla une neuvaine à Notre-Dame Auxiliatrice: chaque jour trois *Pater, Ave, Gloria* et *Salve Regina;* et il chargea le jeune étudiant de guider la mère et les enfants dans la récitation de ces prières.

Le jour même où la neuvaine se termina, les deux jeunes filles recouvrèrent la vue; l'une était complètement guérie; à l'autre, celle dont les paupières étaient closes, il restait sur l'œil une tache insignifiante qui, d'ailleurs, n'empêchait pas la vision.

Le jeune homme qui avait assisté à la neuvaine fut témoin de la guérison instantanée.

Non seulement il est devenu prêtre, mais encore prêtre de l'Oratoire de Saint-François de Sales. C'est un des fils chéris de Don Bosco. Il s'appelle Don Ronchail, et il est aujourd'hui, directeur de l'Oratoire St-Pierre-Saint-Paul, à Paris.

1868.

UN AMI MALADE

En 1868, Don Rua, alors Préfet de l'Oratoire, fut atteint d'une maladie grave. Il était épuisé par des fatigues excessives, consacrant à la direction intérieure de la Maison ses jours et, on peut dire, ses nuits; car il s'accordait à peine quatre heures de sommeil. Aussi fut-il bien vite terrassé par le mal, et les médecins déclarèrent que sa vie était en grand danger.

Il demanda et reçut les derniers sacrements; mais jugez de sa douleur: Don Bosco était absent. Allait-il donc quitter cette vie sans le revoir!

Tout le monde à l'Oratoire était dans l'anxiété, et ce fut un immense soulagement lorsqu'enfin arriva Don Bosco, qui avait été mandé de la façon la plus pressante: — Vite, vite, mon Père, venez voir Don Rua; il est au plus mal et peut passer d'un instant à l'autre.

— Oh! fait Don Bosco sans s'émouvoir, je connais Don Rua: il n'est pas homme à partir sans ma permission. — Et, au lieu de monter à la chambre du malade, il se rend à la chapelle et se met tranquillement à confesser; puis, le soir venu, il soupe et rentre dans sa chambre.

Le lendemain seulement, après sa messe, il alla rendre visite à Don Rua qui avait passé une nuit excellente, et était en convalescence.

1869.

LE MÉDECIN INCRÉDULE

Un médecin, fort estimé dans la pratique de son art, se présenta un jour à l'Oratoire de Saint-François de Sales, à Turin, et demanda à parler à Don Bosco.

— On dit que vous guérissez toutes sortes de maladies?

— Moi! Pas du tout.

— On me l'a assuré, me citant le nom des personnes et la nature des maladies.

— Beaucoup de personnes viennent ici, demandant des grâces par l'intermédiaire de Notre-Dame Auxiliatrice. Si, après un triduum ou une neuvaine, il arrive qu'elles sont guéries, je n'y suis pour rien; cette faveur est due uniquement à la Sainte Vierge.

— Eh bien! qu'elle me guérisse, moi aussi, et je croirai à ces miracles.

— Et quelle est votre maladie?

Le docteur raconta qu'il était atteint d'épilepsie et que, depuis un an surtout, les crises étaient devenues si fortes qu'il ne pouvait sortir sans être accompagné, de crainte d'un accident.

Rien n'avait pu le soulager et, en désespoir de cause il était venu chercher la guérison en ce lieu, comme tant d'autres.

— Alors faites comme les autres: mettez-vous à genoux, récitez avec moi quelque prière, disposez-vous à purifier et réconforter votre âme par la confession et la communion, et la Sainte Vierge vous consolera.

— Ordonnez-moi autre chose, car cela je ne puis le faire.

— Et pourquoi?

— Ce serait de ma part hypocrisie: je ne crois ni à Dieu, ni à la Sainte Vierge, ni à la prière, ni aux miracles.

Don Bosco resta d'abord consterné; mais avec l'aide de Dieu, il trouva des paroles si pénétrantes que le docteur se mit à genoux et fit le signe de la croix.

— Je suis étonné de savoir encore le faire, dit-il; car il y a quarante ans que cela ne m'était pas arrivé.

Il pria, et finit par se confesser.

Aussitôt après, il se sentit comme intérieurement guéri.

Depuis il n'a jamais eu la moindre atteinte de son mal.

Et il est venu souvent rendre grâce à Notre-Dame Auxiliatrice, qui avait guéri son corps et son âme.

1869.

UN MARCHÉ

Le marquis de X... disait un jour à Don
Bosco: — Mon Père, je voudrais bien faire
quelque chose pour votre Œuvre, mais ce n'est
pas possible en ce moment: une créance de
vingt mille francs sur laquelle je comptais
est irrévocablement perdue; je viens de recevoir cette mauvaise nouvelle.

— Ceux qui vous l'annoncent peuvent se
tromper.

— Pas de tout: mes hommes d'affaires
sont très habiles et ils m'écrivent qu'il ne
faut conserver aucun espoir.

— Et si vous recouvriez cette somme, que
feriez-vous?

— Oh! je m'engage à vous donner la
moitié de ce qui rentrerait, mon bon Père;
mais c'est impossible.

— Qui sait! c'est pour les enfants; on va les faire mettre en prière.

Quelques jours après, l'avoué du marquis lui envoyait cinq mille francs, recouvrés d'une façon, disait-il, inespérée, et encore cinq mille francs un peu plus tard; puis enfin la somme entière.

Le marquis remit fidèlement à Don Bosco les dix mille francs qui lui avaient été promis.

1869.

UNE MÉDAILLE DE NOTRE-DAME AUXILIATRICE

Un samedi du mois de mai 1869, une jeune fille, les yeux couverts d'un épais bandeau noir, et guidée par deux autres femmes, entra dans l'église consacrée à Notre-Dame Auxiliatrice, à Turin. Elle se nommait Maria Stardero, du village de Vinovo, et était atteinte, depuis deux ans, d'un mal d'yeux si violent qu'elle avait perdu la vue. Elle ne pouvait se conduire; sa tante et une voisine l'accompagnaient dans le pèlerinage qu'elle voulut entreprendre.

Après une prière faite à l'autel de la Sainte Vierge, on demande à parler à Don Bosco, et l'entretien suivant s'engage à la sacristie :

— Depuis combien de temps avez-vous mal aux yeux?

— Il y a longtemps que je souffre; mais c'est depuis un an environ que je ne vois plus.

— Avez-vous consulté des médecins? Que disent-ils? Avez-vous fait des remèdes?

— Nous avons, répondit la tante, usé de toutes sortes de remèdes, mais aucun n'a procuré le moindre soulagement. Les médecins disent que les yeux sont gâtés, et ils ne donnent aucun espoir. — Et elle se mit à pleurer.

— Distinguez-vous les gros objets des petits?

— Je ne distingue rien du tout, dit Maria.

— Otez ce bandeau, fit alors Don Bosco; et plaçant la jeune fille en face d'une fenêtre bien éclairée: Voyez-vous la lumière de cette fenêtre?

— Malheur à moi! Je ne vois rien du tout.

— Voudriez-vous voir?

— Est-il besoin de le demander! Je le désire plus que toute autre chose au monde. Je suis une pauvre jeune fille, et la perte de la vue me rend malheureuse pour le reste de ma vie.

— Vous servirez-vous de vos yeux pour le bien de votre âme, et non pour offenser Dieu?

— Je le promets de tout mon cœur. Mais mon sort est bien triste... — Et elle éclata en sanglots.

— Ayez confiance en la Sainte Vierge et elle vous aidera.

— Je l'espère, mais en attendant, je suis aveugle.

— Vous verrez.

— Que verrai-je ?

— A la gloire de Dieu et de la bienheureuse Vierge Marie, nommez l'objet que je tiens dans la main.

La jeune fille fait un grand effort des yeux, et fixant l'objet elle s'écrie : — Je vois.

— Quoi?

— Une médaille.

— De qui?

— De la Sainte Vierge.

— Et de cet autre côté de la médaille?

— De ce côté, un homme âgé avec un bâton fleuri à la main : c'est saint Joseph.

— Sainte Madone, s'écrie la tante, tu vois donc ?

— Mais oui, je vois. O mon Dieu ! la sainte Vierge m'a fait cette grâce.

En ce moment elle tend la main pour

prendre la médaille ; mais celle-ci tombe dans un angle obscur de la sacristie.

La tante se baisse pour la ramasser ; mais Don Bosco s'y oppose : — Laissez-la faire ; on saura si la sainte Vierge lui a obtenu parfaitement le retour de la vue.

La jeune fille retrouve immédiatement et sans difficulté la médaille. Alors, comme saisie de délire, elle se met à pousser des exclamations de joie, et sans plus rien dire à personne, sans même songer à remercier Dieu, elle part en toute presse pour Vinovo, suivie de sa tante et de l'autre femme qui l'avait accompagnée.

Mais elle ne tarda pas à revenir rendre grâce à la sainte Vierge, sans oublier une offrande pour son église.

Depuis ce temps, elle n'a plus souffert des yeux et sa vue a été parfaite.

Fait singulier : la tante qui l'accompagnait a été simultanément délivrée d'une violente douleur rhumatismale à l'épaule et au bras droit, qui durait depuis fort longtemps et l'avait rendue incapable des travaux de la campagne.

1872.

De la guérison d'une malade
et de la conversion d'une ville.

Saint-Pierre d'Arène est une ville d'Italie où, il y a quelques années, le bon Dieu était bien peu aimé.

Un seul curé ne suffisait que trop pour desservir une population de trente mille âmes, et l'église était presque désertée.

En revanche, trois loges maçonniques trônaient superbement, et leur détestable influence détruisait, dans le pays, tous les germes du bien.

La femme d'un employé du chemin de fer tomba gravement malade. C'était une mère de cinq enfants, fort intéressante.

Comme les médecins avaient prononcé qu'elle était perdue, le Curé lui proposa de recevoir les derniers sacrements; mais la malade, d'ailleurs assez peu pratiquante, fit quelques façons et déclara qu'elle ne voulait se confesser qu'à Don Bosco. Son mari, quoique parfaitement incrédule, ne fit pas d'objection.

Le Curé saisit cette ouverture et écrivit à Don Bosco qui s'empressa de venir. A ce moment même, il méditait d'ouvrir une Maison à Saint-Pierre d'Arène, et il cherchait par quelle voie la Providence faciliterait cette fondation.

La malade manifesta une grande satisfaction quand elle le vit entrer dans sa chambre. Don Bosco la consola, et lui assura que Notre-Dame Auxiliatrice saurait bien la guérir si elle l'implorait avec foi; puis il la confessa.

Quant à la Communion, ajouta-t-il, nous serons plus à l'aise dans l'église. Je suis ici pour quelques jours; je vais prier pour vous et faire prier mes enfants, en outre, je dirai ma messe à votre intention. Venez, un de ces matins, y assister, et je vous donnerai la sainte Communion.

A ces paroles, le mari fit entendre un murmure de surprise et d'indignation: —

Monsieur l'abbé, ce n'est pas le moment de plaisanter; ne voyez-vous pas que cette femme est mourante, incapable même de descendre de son lit! Comment pouvez-vous lui parler d'aller à l'église!

— Notre-Dame Auxiliatrice a tout pouvoir, répliqua Don Bosco sans s'émouvoir. Prions-la ensemble. Et, se mettant à genoux, ce qu'imita le mari, à la grande surprise des assistants, — il récita le *Pater*, *Ave*, *Gloria* et *Salve Regina*.

Il faut dire cette prière bien régulièrement jusqu'à Noël, n'y manquez pas; — on était au six décembre 1872, — et il se retira après avoir passé une médaille au cou de la malade, et en avoir fait accepter une au mari.

Immédiatement, cette femme se sentit transformée. Les douleurs avaient cessé, la fièvre avait disparu; elle était guérie.

Peu de jours après, l'employé du chemin de fer et sa femme étaient à l'église, de grand matin. L'ex-malade récitait de ferventes prières en action de grâces, et elle recevait la Communion des mains de D. Bosco.

Le mari fut tellement frappé de cette guérison subite et inespérée, qu'il ne tarda pas à se convertir. Il répétait, avec enthou-

siasme, que la présence de Don Bosco, à
St.-Pierre d'Arène, lui avait rendu sa femme
et la paix du cœur.

Mais l'influence de cette guérison s'étendit plus loin.

La ville en fut profondément remuée, et
il s'opéra une transformation complète dans
les esprits.

D'éclatantes conversions se produisirent;
l'église se remplit de nouveau, et les retours
furent si nombreux, que trois vicaires durent
venir en aide au bon curé, dont le cœur dé-
bordait de joie.

Bientôt on compta dans cette ville une
fondation Salésienne de plus. On offrit à Don
Bosco une maison, où affluèrent de nombreux enfants. Une grande église a été érigée et ouverte au public, dans laquelle dix
prêtres Salésiens travaillent, avec de grandes
consolations, au bien des âmes.

Il faut noter ce fait, que l'hospice de
Saint-Vincent de Paul, de Saint-Pierre d'A-
rène, et son église, sont situés précisément
au milieu des loges maçonniques, — flambeau éclatant qui dissipera les ténèbres sou-
terraines.

1874.

UN ESTROPIÉ

Le matin du 4 juin 1874, jour de la Fête-Dieu, au moment où l'on ouvrit l'église de Notre-Dame Auxiliatrice à Turin, on trouva, couché à terre, devant la porte du milieu, un individu qui paraissait infirme.

On lui demanda ce qu'il voulait. Il répondit qu'il était venu implorer la bénédiction de *Notre-Dame Auxiliatrice* pour sa guérison.

On le conduisit alors à la sacristie, ou plutôt on l'y porta; car, malgré une forte béquille dont il usait, il fallut qu'un homme le soutînt péniblement, tant il avait les membres retirés et contractés, outre qu'il était presque courbé en deux.

Les prêtres étaient occupés aux confessions, ou à leurs messes. Vers huit heures, Don Bosco entra à la sacristie.

— Que désirez-vous, mon ami?

— Je demande, par charité, la bénédiction de Marie Auxiliatrice pour guérir de mes maux.

— Quel mal avez-vous?

— Je suis tout perclus par des rhumatismes qui m'ont retiré les membres; les médecins disent une affection de l'épine dorsale.

— Comment avez-vous pu venir ici?

— Cette nuit, une personne m'a conduit dans sa voiture et m'a déposé à la porte de l'église.

— Depuis combien de temps vous trouvez-vous dans cet état?

— Il y a beaucoup de temps; mais depuis deux mois je ne puis plus me servir de mes mains.

— Que disent les médecins?

— Qu'ils ne peuvent rien pour moi. Alors des parents, des amis et le curé de ma paroisse m'ont conseillé de venir implorer la bénédiction de *Marie Auxiliatrice*, qui a fait tant de guérisons surprenantes.

— Mettez-vous à genoux.

Il ne put y parvenir qu'avec l'aide des assistants et non sans peine.

D. Bosco lui donna sa bénédiction. Puis :

— Si vous avez la foi en Marie, ouvrez la main.

— Je ne puis pas.

— Si, vous pouvez ; commencez par é-tendre le pouce.

Il essaya et réussit.

— Maintenant, l'index.

Il l'étendit, et ainsi successivement les autres doigts.

Alors, tout joyeux, il fit un grand signe de croix en s'écriant :

— La Madone m'a fait cette grâce.

— Si la Madone vous a fait cette grâce, rendez gloire à Dieu en vous mettant sur vos pieds.

Il voulut prendre sa béquille pour se relever, mais Don Bosco :

— Vous devez donner ce signe de confiance à Marie de vous relever sans béquille.

Ce qu'il fit tout aussitôt. La courbure de l'épine avait disparu ainsi que la contraction des jambes et des bras ; il se dressa et se mit à marcher, à grands pas, à travers la sacristie.

— Mon ami! vous allez maintenant témoigner votre reconnaissance à la Sainte Vierge en faisant une génuflexion devant l'autel du Saint-Sacrement.

Ce qu'il exécuta avec la plus grande facilité:

— Mon Dieu, mon Dieu! Et dire qu'il y a si longtemps que je ne me suis pas servi de mon corps et de mes membres! Bonne Vierge Auxiliatrice, priez pour moi!

— Mon cher ami, promettez-moi qu'à l'avenir vous aurez une grande dévotion à la Sainte Vierge, et que vous serez un bon chrétien?

— Je le promets, et je ferai, dimanche prochain, la confession et la communion.

Et ce disant, il prend sa béquille, se met au port d'armes comme si elle eût été un fusil et, d'un air délibéré, marquant le pas à la façon des militaires, il part sans plus rien dire à personne.

On croyait qu'il allait revenir, au moins pour adresser des remercîments au bon Dieu. Mais le brave homme avait eu la bénédiction de Notre-Dame Auxiliatrice, il avait obtenu sa guérison; il jugea sans doute que sa campagne était finie, et on ne le revit plus.

1875.

LA FONDATION DE NICE

La première Maison Salésienne établie en France le fut à Nice, en 1871.

Jamais fondation ne débuta plus modestement et plus pauvrement. On avait loué, rue Victor, deux ou trois petites chambres dans un rez-de-chaussée: il serait mieux de dire une cave. C'était la Société de Saint-Vincent de Paul qui payait le loyer.

Les enfants ayant afflué, on dut bientôt se préoccuper de trouver un local plus grand et plus convenable.

Après divers essais, comme on avait reconnu la nécessité d'acheter une maison, Don Bosco vint à Nice, et on le conduisit, sur la Place d'Armes, visiter une villa qui était à vendre.

Don Bosco se contenta d'entrer dans la première cour, et dans une des pièces du rez-de-chaussée; puis, sans examiner autrement la maison, il se retira en disant: — Cela peut nous convenir.

Le marché fut immédiatement conclu, à quatre-vingt dix mille francs. — Mon Père, lui dit alors l'avocat Michel, n'allez-vous pas un peu vite? Il me semble que vous auriez pu, pour commencer, vous contenter d'un immeuble de moins d'importance! Comment allez-vous faire: vous n'avez pas seulement de quoi payer les frais d'acte?

— C'est vrai, Don Bosco n'a rien; mais il pense que, les frais d'acte payés, il pourra rester encore environ douze mille francs.

L'avocat Michel ne paraissait pas avoir une confiance absolue dans cet *état de caisse*.

Sur ces entrefaites, Mgr. Mermillod vint à Nice, et il voulut bien donner un sermon de charité en faveur de l'Œuvre naissante.

On y accourut en foule.

On rapporte que, pendant que l'illustre Prélat énumérait, avec sa merveilleuse éloquence, ce que l'Œuvre Salésienne avait déjà accompli en Italie, Don Bosco, exténué, s'endormit quelque peu. Mais il se réveilla au moment opportun, et fit lui-même la quête, qui rapporta cinq mille francs.

D'autres dons arrivèrent et, peu de jours après, on put passer l'acte d'achat. Les frais d'enregistrement payés, il se trouva que l'on avait en caisse douze mille francs.

Le Patronage Saint-Pierre, de Nice, rend aujourd'hui d'immenses services. Il peut donner asile à près de trois cents enfants, et fonctionne d'après les pures traditions Salésiennes.... y compris la pauvreté la plus évangélique.

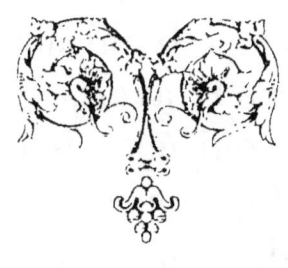

1875.

LE PETIT VIOLONEUX

Un jour, un enfant se présente au Patronage Saint-Pierre de Nice, et demande à y être admis. On le conduit à Don Bosco qui se trouvait précisément être arrivé la veille.

Don Bosco l'examine avec un tendre intérêt. C'était un petit musicien des rues, à la mine éveillée. Il avait, sous le bras, un mauvais violon qui était toute sa fortune.

— D'où es-tu, mon ami?

— Je ne sais pas.

— D'où viens-tu?

— Je ne sais pas.

— Et tes parents, où sont-ils?

— Je ne sais pas: je ne les ai jamais connus.

— Et où vas-tu?

— Je ne sais pas.

— Eh bien! mon petit ami, je sais que tu as toutes les qualités requises pour entrer chez Don Bosco; et il commanda qu'on l'admît immédiatement.

Cet enfant est devenu un excellent et honnête ouvrier.

1877.

Comment le Comte Cays
entra dans les Ordres à soixante-trois ans

—

C'était un homme d'une vive piété et d'un grand amour pour les pauvres. Devenu veuf, et son fils unique marié, il voulut, au déclin de sa vie, se consacrer tout entier aux bonnes œuvres, et il consulta Don Bosco sur la meilleure direction à prendre: — Faites-vous prêtre Salésien, lui fut-il répondu.

Cette décision le surprit; il ne se sentait pas précisément de vocation, et commencer, à soixante-trois ans, des études pour la prêtrise lui paraissait au delà de ses forces.

Cependant, comme il avait une grande vénération pour Don Bosco, il médita ses paroles et finit même par se familiariser quelque peu avec cette nouvelle perspective.

Mais la nature regimbait, et il se donnait de bonnes raisons pour ne pas s'exécuter: — Après tout, qui me prouve que Don Bosco ne se trompe pas? Certainement il a des lumières, mais le grand désir qu'il a de recruter des prêtres pour son Oratoire ne l'entraîne-t-il pas à quelque exagération! Je ne puis prendre à la légère un parti aussi grave. Nous verrons.

Un matin, — c'était le 23 mai 1877, veille de la fête de Notre-Dame Auxiliatrice, — il se rend à l'Oratoire, comme il le faisait souvent.

L'antichambre de la petite salle où Don Bosco donnait ses audiences était pleine de monde. Le comte Cays se mit à son rang, et son attention fut immédiatement attirée par ses deux voisines, qu'il se prit à considérer avec une curiosité émue.

C'était une femme du peuple, et sa fille âgée de dix à onze ans. La pauvre enfant, que la mère tenait sur ses genoux, glissait à chaque instant, comme une masse inerte, tombant tantôt d'un côté tantôt de l'autre; et de grosses gouttes de sueur inondaient son visage.

Comme l'attente se prolongeait, la mère

finit par se lever, et, avec un gros soupir, elle se dirigea vers la porte de sortie, soutenant sous les bras sa fillette dont les jambes fléchissaient, et qui marchait avec la plus grande difficulté.

Ce que voyant, les assistants demandèrent à cette femme pourquoi elle se retirait sans parler à Don Bosco.

Hélas! répondit-elle, je ne puis attendre plus longtemps; ma fille souffre trop, et voici l'heure à laquelle je dois absolument rentrer. Cependant je n'aurais pas été longue: je voulais seulement demander à D. Bosco la charité d'une bénédiction de la Sainte Vierge pour ma pauvre enfant.

Et elle raconta que sa fille, atteinte de terribles convulsions, était restée paralysée à la suite d'une de ces crises. La main droite était sans aucun mouvement, et les jambes si affaiblies que, sans aide, elle ne pouvait se tenir ni debout, ni même assise. A cette infirmité s'était jointe, depuis un mois, la perte complète de la parole. En effet, aux interrogations qu'on lui faisait, elle ne répondait que par quelques signes de tête, et elle était dans l'impossibilité de prononcer un seul mot.

Alors les personnes présentes furent touchées de compassion; d'un commun accord, elles décidèrent qu'on cèderait la première place à cette intéressante malade et qu'elle passerait tout aussitôt.

Il était évident pour tous que, sans un miracle, cette pauvre enfant ne pouvait être guérie, au moins immédiatement, et une pensée soudaine vint à l'esprit du comte Cays.

Elevant son âme vers la Très Sainte Vierge, il la pria de le rendre témoin d'une grâce éclatante, qui deviendrait comme le signe sensible de la réalité de sa vocation; et alors il n'hésiterait plus.

Quelques instants après, la jeune fille et sa mère sont introduites dans la salle d'audience. Elles y restent douze ou quinze minutes à peine; puis la porte s'ouvre, et elles reparaissent accompagnées de Don Bosco.

La mère pleure à chaudes larmes, mais c'est de joie. La jeune fille, transformée, marche sans peine et prononce, à haute voix, ces mots: *La Sainte Vierge vient de me faire la grâce.*

Grâce complète, car les jambes avaient repris toute leur force, le bras paralysé avait recouvré l'entière liberté de ses mouvements, et la parole était revenue.

Une guérison aussi singulière leva tous les doutes du comte Cays, et il devint prêtre de l'Oratoire de St.-François de Sales (1).

Quant à la jeune fille, Joséphine Longhi, qui avait été le sujet de cette faveur signalée, elle se consacra plus tard à Celle qui l'avait guérie. Elle est membre de la Famille Salésienne comme *Fille de Marie Auxiliatrice*.

(1) Le 4 octobre 1882, le Seigneur a rappelé à lui Don Charles-Albert Cays, comte de Gilotta et de Casello, ancien député au parlement Subalpin, puis prêtre Salésien.

1877.

LE COLONEL

Don Bosco, étant à Rome, traversait un jour le Corso, accompagné de son secrétaire, lorsqu'un Colonel en tenue l'aborde:

— Monsieur l'abbé, n'êtes-vous pas Don Bosco?

— Pourquoi cette question?

— Je vous demande si vous n'êtes pas Don Bosco?

— Mais encore faudrait-il savoir...

— Enfin, monsieur l'abbé, êtes-vous, oui ou non, Don Bosco?

— Je suis, en effet, celui que vous demandez.

Don Bosco avait des raisons pour n'être pas entièrement rassuré sur les motifs d'une telle investigation, faite d'ailleurs d'un ton assez brusque.

Mais à peine a-t-il dit son nom, que le Colonel, en pleine rue, se jette à ses pieds, lui prend les mains qu'il embrasse: — Oh! mon bon Père!

Colonel, qu'avez-vous? que faites-vous?

— Mais, mon bon Père, vous ne reconnaissez donc pas le petit orphelin que vous avez recueilli à..., lorsque, à la mort de ses parents, il se trouvait au milieu de la rue, seul, sans ressources, ne sachant que devenir. Pendant six années, vous lui avez donné asile, vous lui avez servi de père et de mère, et vous ne voulez pas qu'il vous dise sa reconnaissance!

— Tiens, c'est toi, petit gamin! fait Don Bosco en souriant, et lui donnant une tape sur la joue. Il paraît que tu n'as pas mal fait ton chemin dans le monde?

— Oui, en sortant du Patronage, je me suis engagé. Grâce à l'instruction que vous m'aviez fait donner, je suis devenu assez vite officier, et me voilà Colonel.

Il ne voulut pas quitter Don Bosco sans avoir obtenu la promesse formelle qu'il viendrait dîner chez lui le lendemain.

Il lui présenta alors sa femme et trois beaux enfants. C'était un heureux ménage, et Don Bosco rendit grâces à Notre-Dame Auxiliatrice de la protection visible qu'elle avait accordée à l'un de ses orphelins.

1877.

LE COCHER

Un jour, à Rome, Don Bosco prit un fiacre. Il faisait un temps affreux, et, comme le cocher était complètement trempé, il aurait bien voulu lui donner un pourboire; mais il se trouva n'avoir en poche que juste le prix de la course. Il témoigna son regret à son conducteur, et ajouta: — Je prierai pour vous.

— Vous prierez pour moi! Voilà qui me semble drôle: personne ne m'a jamais parlé ainsi.

— Je ne puis le croire!

— C'est pourtant vrai. Est-ce donc une chose si précieuse que la prière?

— La prière! Cela vaut mieux que tous les trésors du monde.

Comme le cocher souriait d'un air de doute, Don Bosco lui dit:

— Mon cher ami, depuis quand ne vous êtes-vous pas confessé?

— Moi! Est-ce que je sais!..... je ne me rappelle seulement pas.

— Eh bien! Venez me voir, votre journée finie; je vous entendrai, et je vous assure que vous vous en trouverez bien.

Le soir même, Don Bosco s'était déjà retiré dans sa chambre et mis au lit, lorsqu'arrive le cocher; il demande à parler au Père.

— Mais il est trop tard: le Père est couché, il dort.

Le cocher insiste; il affirme que le Père l'attend. On va annoncer cette visite à Don Bosco qui se lève en toute hâte. Il entend notre cocher en confession, l'embrasse tendrement, et, depuis, ils sont restés une paire d'amis.

C'est ainsi que l'affabilité Salésienne sait gagner les cœurs.

1878.

LE BRACELET D'OR

Le 24 mai 1878, précisément le jour de la fête solennelle de Marie Auxiliatrice, un jeune officier se présenta à l'Oratoire de Saint-François de Sales, à Turin. Ses traits exprimaient la douleur et sa parole était entrecoupée par l'émotion.

— Mon Père, dit-il à Don Bosco, ma femme est atteinte, depuis longtemps, d'une cruelle maladie et l'on craint que le terme de sa vie ne soit proche. Je ne puis me résigner à la perspective de la perdre; je vous conjure d'obtenir de Dieu la grâce de sa guérison.

Don Bosco lui adressa quelques paroles de consolation et d'encouragement; puis le voyant si bien disposé, il en profita pour le faire mettre à genoux, et ils dirent ensemble quelques prières à Notre-Dame Auxiliatrice, pour le salut de la mourante.

L'officier était à peine parti depuis une heure qu'on le vit revenir en toute hâte.

— Je voudrais parler à Don Bosco.

— Impossible en ce moment: il préside une assemblée de bienfaiteurs de la maison, réunis à l'occasion de la solennité d'aujourd'hui, et nous ne pourrions le déranger.

— Dites-lui mon nom, et que j'ai absolument besoin de le voir un instant.

Sur cette insistance, Don Bosco vient à l'officier, dont la figure, bien différente, rayonnait de joie.

— Savez-vous, mon Père! Pendant que j'étais auprès de vous, ma femme, que j'avais laissée mourante dans son lit, a senti ses douleurs s'apaiser, ses forces revenir. Elle a demandé ses vêtements, et, ô prodige! quand je suis rentré, elle est venue à ma rencontre se disant guérie.

Et, en même temps, il sort de sa poche un riche bracelet d'or qu'il remet à Don Bosco:

— C'est un présent que j'avais fait à ma femme lorsque nous nous sommes mariés. D'un commun accord, et de tout cœur, nous

l'offrons à Notre-Dame Auxiliatrice en reconnaissance d'une si inespérée guérison.

Don Bosco revint à l'assemblée des bienfaiteurs, et leur montrant le bracelet: Voilà,
leur dit-il, une offrande de gratitude pour
une nouvelle guérison que vient d'obtenir
l'intercession de Marie Auxiliatrice. Loué
soit son nom!

1882.

UN SONGE

—

Une nuit, l'ecclésiastique, qui était couché dans une chambre contiguë à celle de Don Bosco, remarqua que son sommeil était agité, et qu'il parlait tout haut; cela dura assez longtemps.

Le lendemain il en fit l'observation: — Mon Père, vous avez mal dormi cette nuit?

— Oui, j'ai fait un rêve assez singulier: j'étais dans un pays où l'on ne parle pas italien, et j'ai vu une maison, au milieu d'une campagne. Il y avait des enfants qui couraient çà et là, d'autres étaient occupés à des travaux agricoles, et des prêtres Salésiens se trouvaient au milieu d'eux.

Ce jour même — c'était en 1876 — Don Bosco reçut une lettre de Mgr. Terris, évêque de Fréjus et Toulon, qui lui proposait, dans le Var, près la Crau-d'Hyères, une propriété convenable à l'établissement d'un Patronage agricole.

A cette époque, D. Bosco n'avait qu'une seule Maison en France, celle de Nice, et il n'avait encore aucun Patronage agricole. Il n'accepta pas tout de suite cette proposition; quelques difficultés durent être levées, et les pourparlers durèrent près de deux ans.

Enfin, la fondation fut décidée et exécutée. On la confia à un prêtre Salésien, le P. Perrot, qui s'installa le 5 juillet 1878, dans cette propriété appelée la Navarre. Il y réunit immédiatement autant d'enfants que les bâtiments purent en contenir.

A la fin de janvier 1879, D. Bosco profita d'un voyage qu'il fit à Marseille, où l'appelait une nouvelle fondation, pour visiter son Patronage du Var, qu'il ne connaissait pas. Il coucha à Hyères, et, le lendemain, on le conduisit à la Navarre.

Cette propriété est située à environ douze kilomètres d'Hyères. C'est un lieu très solitaire, mais qui ne manque pas de charme. Des collines, boisées de pins et de chênes-lièges, entourent l'habitation. Au devant, des vignes et quelques terres. Seulement les terres, à ce moment-là, étaient presque en friche ; et les bâtiments, — une maison autrefois bourgeoise et une ferme, — étaient dans un état de grand délabrement.

Les enfants, sous la conduite du P. Perrot, vinrent attendre Don Bosco aux limites de la propriété, et ils l'accompagnèrent en chantant des cantiques.

On alla d'abord à la petite chapelle, puis on visita les bâtiments.

Quand on fut à la ferme, Don Bosco se mit à considérer les lieux avec une grande attention :

— Vraiment, fit-il, c'est bien là cet endroit que j'ai vu en rêve; je le reconnais parfaitement et ne puis en douter.

Ce songe était connu du P. Perrot qui même, sur le moment, en avait noté tous les détails.

C'était bien cela, et Don Bosco avoua même qu'il reconnaissait, pour l'avoir entendue dans son rêve, la voix d'un enfant qui venait de chanter un motet.

— Bien sûr, ajouta-t-il, la divine Providence avait destiné cet asile à nos enfants : *Louée soit Notre-Dame Auxiliatrice.*

1878.

QU'ON LE PRÉPARE

———

Don Bosco dit, un jour, à ceux qui l'entouraient, avoir rêvé, pendant la nuit, d'un enfant dont il ne savait pas le nom, qu'il ne connaissait pas encore; mais qui devait-être à l'Oratoire; il était sûr de le reconnaître si on le lui amenait.

A la description qu'il en fit, on le trouva sans peine, dans la cour. L'enfant, présenté à Don Bosco, reçut quelques bonnes paroles, des caresses, et fut renvoyé à ses jeux. C'était bien celui qu'il avait vu en songe.

Don Bosco dit alors: — Cet enfant n'a pas fait l'exercice de la bonne mort. Ne le perdez pas de vue, qu'il se confesse: *vous n'avez pas de temps à perdre.*

Le catéchiste prit la chose à cœur, et ce fut bien à propos; car, dans l'après-midi de ce même jour, l'enfant, à la suite d'une chute malheureuse, dut se mettre au lit. En quelques heures il fut à toute extrémité, et il mourut, sans avoir donné le moindre signe de connaissance; mais le matin même, il avait reçu les Sacrements dans les meilleures dispositions.

1878.

PRÉVISION

En 1878, Don Bosco eut à faire un voyage: il devait aller en France et, de là, à Rome.

Avant de partir, il réunit quelques-uns de ses prêtres, pour leur donner diverses instructions.

— Surtout, leur dit-il, recommandez aux enfants d'être bien sages. Helas! lorsque je reviendrai, cinq d'entre eux ne seront plus, et qu'il est terrible de paraître devant Dieu lorsqu'on n'est pas bien préparé!

Sur les instances réitérées qu'on lui fit, Don Bosco consentit à donner le nom des enfants dont les jours étaient comptés. Pour ne pas les oublier, les prêtres les inscrivirent sur un feuillet de papier qu'on cacheta soigneusement.

Pendant l'absence de Don Bosco, quatre enfants succombèrent à diverses maladies.

Un matin, le retour du Père fut annoncé : il devait arriver le même soir, par le dernier train.

Grâce à Dieu, se dirent les prêtres, Don Bosco, cette fois, s'est trompé : il avait annoncé cinq morts, il n'y en a que quatre.

Mais voilà que, ce jour même, un enfant tombe malade de la façon la plus inattendue. Des symptômes graves se déclarent avec une rapidité foudroyante ; on n'a que le temps d'administrer les derniers sacrements. Il expirait au moment même où Don Bosco arrivait à la gare, et avant sa rentrée à l'Oratoire.

Ceux qui avaient entendu la prédiction ne manquèrent pas d'ouvrir le billet cacheté par eux : ils y trouvèrent les noms des cinq enfant, inscrits dans l'ordre même où ils avaient succombé.

1880.

UN AVERTISSEMENT

Un jour, Don Bosco fait appeler un de ses jeunes religieux : — Tu vas partir, lui dit-il, pour telle Maison. Là, peu après ton arrivée, tu seras victime d'une atroce calomnie, dont tu seras, bien entendu, parfaitement innocent. La calomnie se répandra dans le pays où je t'envoie travailler, et tu auras beaucoup à souffrir. Tiens-toi tranquille, laisse passer l'orage : tout s'arrangera ensuite, et ton innocence sera reconnue d'une manière éclatante.

Le jeune religieux se rendit à son poste, et vit se vérifier, à la lettre, les paroles de Don Bosco.

1880.

L'ESPRIT CHARITABLE

Au mois de mars 1880, Don Bosco, de passage à Nice, réunit ses Coopérateurs et Coopératrices dans la modeste chambre qui servait alors de chapelle au Patronage Saint-Pierre.

Malgré l'exiguïté du local, l'assemblée fut nombreuse et brillante, et le bon Père, après avoir fait un exposé, extrêmement intéressant, de son Œuvre et des résultats obtenus, daigna passer lui-même le plateau en faveur de ses enfants.

Un monsieur venait de déposer une pièce d'or: *Dieu vous le rende*, dit D. Bosco d'une voix claire. — Oh! s'il en est ainsi, qu'il me rende un peu plus; — et il met dans le plateau une seconde pièce d'or.

1880.

Comment Don Bosco prêta, un jour, sa voix

En 1880, Don Bosco se trouvait dans une de ses Maisons du midi de la France. A cette occasion, le Directeur prépara une petite fête, et il invita les Coopérateurs des environs. Le programme annonçait, entre autres choses, une représentation théâtrale, où de mignons artistes, tous élèves de la Maison, devaient tenir les rôles.

Voilà que, presque au dernier moment, le Directeur apprend à Don Bosco que le principal acteur se trouve absolument sans voix; contretemps d'autant plus fâcheux que les invités doivent venir en grand nombre.

Don Bosco réfléchit un peu, puis demande à voir l'enfant, qui, à peine arrivé, veut recevoir la bénédiction du bon Père.

Don Bosco le bénit, et lui dit aimablement : — Laisse-moi faire; je vais te prêter ma voix, et tu pourras remplir ton rôle bien comme il faut.

Et, sur le champ, le petit bonhomme retrouve son organe.

Don Bosco, lui, se trouve subitement enroué, au point d'être obligé de garder le silence pendant plusieurs jours.

Grâce à cette combinaison, la représentation eut lieu à la satisfaction générale; et, l'*intérim* terminé, la voix de Don Bosco revint fidèlement à son poste.

1882.

L'OUVRIÈRE

—

Au mois de mars 1881, Don Bosco fit un petit séjour à Grasse, pendant lequel il reçut nombre de personnes, notamment une pieuse ouvrière d'un certain âge, qui lui demanda sa bénédiction.

— Je veux bien, fit Don Bosco, mais il faudrait vous mettre à genoux.

— Mon Père, je ne le puis pas.

En effet, depuis huit ans, elle ne pouvait pas plier un de ses genoux devenu complètement roide à la suite d'une fracture ; il existait, en outre, une plaie fort douloureuse.

— Essayez tout de même, ma fille.

Et voilà qu'elle se met à genoux, reçoit la bénédiction et se relève, avec une facilité qui l'étonne.

— Mon Père, vous devriez bien achever votre œuvre : accordez-moi, je vous en prie, quelques instants d'entretien.

— Volontiers, répond Don Bosco.

On passe dans une pièce à côté, et l'ouvrière se met en devoir de raconter ses peines intimes.

Mais voilà que deux chats, qui se trouvaient dans la chambre commencent à faire un tapage abominable, se poursuivant, grimpant sur les meubles, et la brave fille, impatientée, veut les expulser. Elle se met à les poursuivre avec une liberté d'allure qui amène un sourire sur les lèvres de Don Bosco.

— Mais il me semble, ma fille, que vous n'êtes pas aussi impotente que vous le dites !

— C'est singulier : ma jambe va beaucoup mieux.

— Allons, vous guérirez, mais plus tard. Pour vous et pour moi, il est préférable que Notre-Dame Auxiliatrice ne vous accorde pas cette faveur tout de suite.

1881.

ENCORE UNE GUÉRISON

En 1881, pendant un séjour que Don Bosco fit à Marseille, on le sollicita, à plusieurs reprises, d'aller voir une jeune fille malade. Il avait toujours refusé, on ne sait pourquoi.

Le jour du départ, l'abbé Mendre, sans le prévenir, fit faire un détour à la voiture, et le conduisit chez cette pauvre fille.

C'était une personne de la classe moyenne, qui rendait des services à l'Oratoire de Marseille en blanchissant le linge de la chapelle.

Depuis vingt et un jours elle n'avait rien pu avaler, pas même une seule goutte d'eau. Une invincible contraction du gosier n'avait pas permis d'introduire la sonde, avec laquelle on voulait essayer de la nourrir. Sa maigreur était effrayante ; elle était dévorée de soif et implorait la mort comme une délivrance.

Don Bosco lui présente une petite cuillerée d'eau *qu'elle peut avaler;* puis une deuxième et une troisième, après laquelle elle s'assied sur son lit, en disant: je suis guérie.

La mère s'évanouit; l'abbé Mendre tombe à genoux, tremblant d'émotion; Don Bosco se met à pleurer: Dieu soit béni, dit-il, et Notre-Dame Auxiliatrice! Puis il s'en va.

A peine la porte était-elle refermée que la jeune fille saute à bas du lit; elle s'habille, boit, mange: elle était guérie!

1882.

UNE HEUREUSE SURPRISE

Au mois de février 1882, Don Bosco était à Marseille. Une dame vint chercher, auprès de lui, des consolations. Ses enfants, ses gendres, sa belle-fille avaient pour elle de mauvais procédés, ce qui la faisait cruellement souffrir.

— Priez bien Notre-Dame Auxiliatrice, lui répondit Don Bosco, et venez, demain, recevoir la sainte Communion à la Messe que je dirai pour vous.

Ce qu'elle fit.

En rentrant, cette dame trouva, dans son salon, tous ses enfants réunis. Ils lui exprimèrent leur regret de s'être mal comportés avec elle, et leur ferme résolution de mieux faire à l'avenir.

On s'embrassa en pleurant de joie.

1882.

Où en suis-je avec le bon Dieu?

Le pieux M. Josse, l'éditeur de Paris si connu, mort récemment, aimait à raconter le trait suivant:

Don Bosco se trouvait à Nice. Monseigneur Postel était venu lui faire visite. Après quelques instants d'un entretien plein d'abandon, Mgr. Postel, regardant D. Bosco en face, lui dit: — Voyons, mon Père, dites-moi donc si ma conscience est en règle avec le bon Dieu?

Don Bosco tout surpris, lève les yeux à son tour, sourit doucement et fait un mouvement pour s'en aller.

Mais son interlocuteur courut à la porte, la ferme à double tour, met la clef dans sa poche, puis se rasseyant: — Vous savez, Don Bosco, nous sommes bien ici; nous n'en sortirons que lorsque vous m'aurez dit où j'en suis avec le bon Dieu.

Le ton résolu qui souligna ces quelques mots rendit D. Bosco pensif. Puis les mains jointes sur la poitrine, — ce qui était son attitude habituelle, — il regarde Monseigneur Postel avec une complaisance très visible, en même temps qu'il prononce, en les bien articulant, ces paroles: — Vous êtes en état de grâce.

— Don Bosco, je crains que, seule, votre amitié pour moi vous fasse parler ainsi?

— Mon ami, reprit Don Bosco, CE QUE JE DIS, JE LE VOIS (1).

(1) Monseigneur Postel, le fécond écrivain, le plus instruit et le plus aimable des hommes, a rendu le dernier soupir entre les bras de celui qui écrit ces lignes. Il fut foudroyé par une attaque, au milieu des fêtes qui se donnèrent, au Patronage Saint-Pierre de Nice, lors du passage de Monseigneur Cagliero, en 1884.

1884.

EN VAGON

Il fut un temps où Don Bosco voyageait beaucoup en chemin de fer, et plus d'une fois, pendant ces trajets, il lui arriva d'entendre des personnes, qui ne le connaissaient pas, se livrer, sur son compte, à des appréciations plus ou moins fantaisistes. Le plus ordinairement il se contentait de sourire, sans trahir son incognito.

Un jour, il était dans un compartiment presque au complet, lorsque la conversation tomba précisément sur lui.

Un monsieur, qui paraissait être un commis voyageur, et qui avait le verbe haut et facile, se mit à dire:

— Votre Don Bosco, c'est un intrigant et un farceur. En voilà un qui sait accrocher de l'argent! Vous croyez que c'est pour

des enfants pauvres: pas du tout. Il a donné
des sommes considérables à sa mère et à son
frère; puis il s'est fait bâtir un château superbe, et il ne s'y rend que dans un carrosse
à deux chevaux. C'est un fourbe de premier
ordre.

D. Bosco avait écouté avec le plus grand
calme cette longue diatribe. Lorsqu'elle fut
terminée:

— Êtes-vous bien sûr de ce que vous
dites? Connaissez-vous Don Bosco?

— Si je le connais! je le vois tous les
jours. Je pourrais vous en raconter de belles
sur son compte, allez!

— Permettez-moi de vous faire observer
que, dans tout ce que vous venez de dire, il
n'y a pas un seul mot de vrai.

— Un démenti! Vous osez me donner un
démenti! Vous êtes un impertinent et vous
mériteriez...

A ce moment, on arrive à une station;
le train s'arrête, et un nouveau voyageur
monte dans le vagon.

Dès qu'il aperçoit Don Bosco, il lui baise la
main et, avec un empressement respectueux:

— Oh! mon vénéré Père D. Bosco, vous
ici! quel bonheur de faire route avec vous!

— Don Bosco! s'écrient tous les voyageurs.

— Oui, mes amis, je suis Don Bosco, et je tiens à vous dire que toutes les allégations de ce monsieur sont absolument fausses et mensongères.

Sachez-le bien: ma mère vit avec moi, elle soigne les enfants à l'Oratoire; mon frère habite toujours la pauvre maison où nous sommes nés; et, en fait de carrosse..... je n'ai que ce vagon de troisième classe.

Les assistants, indignés, faillirent écharper le malheureux commis voyageur, qui se hâta de disparaître à la plus prochaine station.

Un de ceux qui avaient assisté à cette scène fut tellement frappé du calme et de la douceur avec lesquels Don Bosco avait supporté ces incroyables injures, qu'il voulut être reçu Coopérateur, et, dans la suite, il fit beaucoup de bien à l'Œuvre.

1883.

L'ORPHELINE

Madame G. reçut, à Lyon, la visite de Don Bosco. Elle avait chez elle, comme domestique, une jeune fille de dix-huit ans, qu'elle avait prise dans un asile, et qu'on lui avait donnée comme orpheline.

Lorsque Don Bosco partit, cette dame le pria de bénir sa servante, qui attendait dans le vestibule.

— Elle a grand besoin qu'on s'intéresse à elle, mon Père: c'est une orpheline.

Don Bosco la considéra un instant, il la bénit avec soin, puis il ajouta: je prierai pour votre malheureuse mère.

Sa mère! Mais tu n'es donc pas orpheline, comme tu le prétends, s'écria madame G.?

Alors la jeune fille avoua que sa mère était, en effet, vivante, mais qu'on cachait son existence parce qu'elle avait quitté ses enfants pour vivre dans le désordre.

1883.

PAUVRETÉ

En 1883 Don Bosco était au Patronage Saint-Pierre de Nice; il avait accepté à déjeûner en ville, et il partit un peu avant midi, accompagné de deux de ses prêtres.

Comme on craignait d'être en retard, au lieu d'aller jusqu'au pont Garibaldi, on entreprit de traverser le Paillon sur des planches dont se servent les habitants du quartier de la place d'Armes, ce qui leur évite un assez long détour.

En été, le Paillon est presque à sec, et la planche qu'il s'agissait de franchir n'était pas longue, mais elle manquait quelque peu de largeur. Le pauvre père Don Bosco, qui avait déjà, à cette époque, de fort mauvaises jambes et d'assez mauvais yeux, mit le pied un peu trop de côté, et le voilà dans l'eau.

L'endroit n'était pas profond, et on l'eut bien vite tiré de cette mauvaise situation ; seulement, il était tout mouillé, et l'on dut rentrer au Patronage pour avoir des vêtements secs.

Là se présenta une difficulté imprévue : Don Bosco n'avait pas de vêtements de rechange, et l'on ne put s'en procurer dans toute la maison ; de sorte qu'il dut se mettre au lit.

Le bon Père qui avait déjà plaisanté sur ce *baptême par immersion*, fut tout à fait ravi lorsqu'il put constater la pauvreté de ses prêtres.

Ah ! s'écria-t-il, que c'est bien là une vraie Maison de Don Bosco !

1883.

Où Don Bosco étudiait la géographie

On sait qu'en 1878, Don Bosco accepta les missions de la Patagonie.

Lorsqu'il lut les premières lettres de ses Missionnaires, qui donnaient une description détaillée de la Patagonie, Don Bosco s'écria, en versant des larmes : — C'est vraiment le pays que j'ai vu en songe ; je reconnais jusqu'aux moindres détails.

De fait, quand il parlait de ces régions, il paraissait les avoir parcourues, explorées en tous sens. Fleuves, lacs... rien ne lui était nouveau. Il indiquait, avec précision, leur cours, leur place, comme aussi l'aspect du désert où ils se trouvaient. Il énumérait même une foule de détails sur lesquels les meilleures relations de voyages sont muettes. Il désignait, enfin, les contrées habitées, en spécifiant par

quelles peuplades, et en fournissant, sur leur
caractère et leurs coutumes, les détails les
plus circonstanciés.

On s'explique dès lors qu'il ait consenti,
en 1883, sur l'invitation du Président de la
Société de géographie de Lyon, à faire une
conférence sur la Patagonie.

Il fut si intéréssant, et surtout si complet
et si exact, que la Société lui décerna une
médaille d'or.

1883.

LA FONDATION DE PARIS

—

Lors de son voyage à Paris, en 1883, Don Bosco fut sollicité de doter ce grand centre d'une de ses Maisons. Il y consentit à la condition que les bienfaiteurs et les amis de ses Œuvres voudraient bien l'aider à trouver un local. Après de nombreuses recherches, on lui proposa le Patronage de Ménilmontant, qui lui parut acceptable, et le prix d'achat fut fixé à cent vingt-cinq mille francs.

Mais, pour signer l'acte, il fallait un premier versement de soixante mille francs, et le comité qui s'était formé, sous la présidence de M. de Franqueville, n'avait encore pu recueillir que vingt mille francs; il restait donc quarante mille francs à trouver.

Plusieurs mois se passèrent; Don Bosco était rentré à Turin, et l'affaire restait en souffrance. Bientôt même le vendeur déclara que, las d'attendre, il se considèrerait comme dégagé de promesse si l'on n'avait pas signé l'acte avant le premier janvier. Or, on était à la fin de décembre, et les chances de réussite paraissaient bien médiocres.

Don Rua, à qui l'on avait donné cette mauvaise nouvelle, et qui l'avait communiquée à Don Bosco, fut chargé de répondre que la prière était la seule ressource sur laquelle on pût compter, à Turin comme à Paris.

Il cachetait sa lettre et allait l'envoyer à la poste, lorsqu'entre Don Durando, tenant à la main une lettre qui venait d'arriver de Rome.

C'était la Comtesse S*** qui mettait à la disposition de D. Bosco une somme de quarante mille francs, avec cette condition spéciale: que cette somme serait destinée à fonder un Oratoire à Paris.

Il est à noter que la donatrice ignorait absolument que des pourparlers existassent, et qu'il fût question, en ce moment, de pareille fondation.

Don Rua, avec le plus grand calme, rouvrit sa lettre et y ajouta un *post-scriptum*, annonçant que la somme était trouvée, et qu'on pouvait passer l'acte au plus tôt.

C'est ainsi que l'Oratoire Saint-Pierre et Saint-Paul fut établi à Paris.

1884.

DON BOSCO ET VICTOR HUGO

Nous ne prétendons apprendre à personne que le voyage de Don Bosco à Paris, en mai 1883, fut, pour l'humble prêtre, un triomphe continuel, une série non interrompue de pieuses ovations, en un mot, un acte de foi magnifique de cette ville qu'on représente comme si incrédule. A quelque endroit que se trouvât Don Bosco, une foule immense de visiteurs, de tous les rangs de la société, venaient demander, à celui qu'on appelait tout haut *l'homme de Dieu*, une grâce, un conseil, un mot.

Beaucoup devaient se contenter de le voir, sans lui parler, et d'emporter sa bénédiction. D'autres, plus heureux ou plus persévérants, arrivaient jusqu'à lui.

Don Bosco a voulu conserver les détails

d'un entretien qui est un précieux document historique. Le texte italien, dicté et revu par Don Bosco lui-même, est classé dans les archives de la Société Salésienne, à l'Oratoire Saint-François de Sales de Turin. Nous tenons à donner, dans ce livre, ce récit trop peu connu, quoique la presse de divers pays l'ait reproduit à l'époque de la mort de Victor Hugo.

Un soir, on introduisit auprès de Don Bosco un personnage qui lui était parfaitement inconnu. Après trois heures d'antichambre, le visiteur avait vu enfin arriver son tour: il était onze heures.

A peine entré, l'inconnu prononça ces mots:

— N'allez point vous épouvanter, monsieur, si je vous dis que je suis un incrédule, et que, par conséquent, je n'ajoute aucune foi aux miracles que certains vont proclamant.

Don Bosco répondit:

— J'ignore à qui j'ai l'honneur de parler, et je ne veux point le savoir; je vous assure que je ne chercherai pas le moins du monde à vous faire croire ce que vous ne voulez pas admettre. Je ne vous parlerai pas davantage de religion : vous ne paraissez nullement vous soucier qu'on vous en entretienne. Toutefois, dites-moi : dans tout le cours de votre vie, avez-vous toujours pensé ainsi?

— Dans mon enfance, je croyais comme croyaient mes parents et mes amis; mais, dès le moment où j'ai pu réfléchir et raisonner, j'ai mis de côté la religion, et j'ai vécu en philosophe.

— Qu'entendez-vous par ces mots: vivre en philosophe?

— Mener une vie heureuse, sans croire au surnaturel ni à la vie future, moyen dont se servent les prêtres pour effrayer les gens simples et de peu d'instruction.

— Et vous, qu'admettez-vous en fait de vie future?

— Ne perdons pas le temps à traiter cette question : je parlerai de la vie future quand je me trouverai dans le futur.

— Je vois que vous plaisantez; mais, puisque nous sommes sur ce sujet, ayez la bonté de m'écouter: Dans le futur, il pourra bien se faire qu'une maladie vienne, à l'improviste, fondre sur vous.

— Sans doute, fit l'inconnu, qui avait l'air d'un homme robuste, mais déjà avancé en âge, — d'autant plus qu'à mon âge on est exposé à une foule de maladies.

— Et ces maladies ne pourraient-elles pas vous conduire au tombeau?

— C'est inévitable, personne ne pouvant se dispenser de payer son tribut à la mort.

— Et quand, arrivé à votre dernière heure, vous serez sur le point d'entrer dans votre éternité...?

— Je me donnerai du cœur, pour être philosophe, et pour ne pas croire au surnaturel.

— Et qui vous empêchera, au moins à ce moment, de penser à l'immortalité de votre âme, à votre religion?

— Rien: mais ce serait un acte de faiblesse qui me couvrirait de ridicule aux yeux de mes amis.

— Cependant, quand vous serez au terme de votre vie, il ne vous coûtera rien de procurer la paix à votre conscience!

— Je le conçois, mais je ne crois pas nécessaire de m'abaisser à ce point.

— Si vous êtes ainsi, qu'espérez-vous donc? Bientôt le présent ne vous appartiendra plus; du futur, vous ne voulez pas qu'on vous en parle. Quelle est donc votre espérance ?

L'inconnu baissa la tête: il méditait.

Au bout d'un instant Don Bosco reprit:

— Il vous faut penser à l'avenir suprême. Vous avez, devant vous, un peu de vie encore: si vous en profitez pour rentrer dans le sein de l'Eglise, et implorer la miséricorde de Dieu, vous serez sauvé, et sauvé pour toujours. Dans le cas contraire, vous mourrez en incrédule, en réprouvé, et tout sera fini pour vous. Vous n'aurez plus rien à espérer que le néant, comme vous dites, ou le suplice éternel.

Le vieillard répondit:

— Vous me tenez là un langage où je ne vois ni religion ni philosophie: c'est une parole d'ami que je ne refuse pas d'écouter. Je sais que de tous mes amis, très avancés en fait de philosophie, aucun n'a jamais résolu le problème: où l'éternité malheureuse, ou le néant!

Je veux méditer sur ce que vous venez de me dire, et, si vous le permettez, je reviendrai vous voir.

Il serra la main de D. Bosco, lui remit

sa carte et sortit. Don Bosco lut alors le nom de son visiteur: VICTOR HUGO.

Le grand poète revint quelques jours après, à la même heure, et dit à Don Bosco, en lui prenant les mains:

— Je ne suis plus le personnage de l'autre jour: je vous ai fait une plaisanterie, en me présentant comme un incrédule. Je suis Victor Hugo, et je vous prie de vouloir bien être mon ami dévoué. Je crois à l'immor-mortalité de l'âme, je crois en Dieu, et j'espère bien mourir entre les bras d'un prêtre catholique qui puisse recommander mon âme au Créateur.

Hélas! on sait que le malheureux Victor Hugo n'a pas eu le temps de réaliser ce désir!

1884.

L'ABBÉ P***

Le trois mars 1884, Don Bosco vint à Menton. On le pria de visiter un prêtre âgé, fort malade et dont on désespérait.

Don Bosco s'empressa de se rendre à ce désir. Il trouva le pauvre prêtre au lit et presque sans connaissance.

— Eh bien! Monsieur l'abbé, comment cela va-t-il?

Pas de réponse.

— Vous ne m'entendez pas?

Le malade balbutie quelques mots inintelligibles.

Don Bosco insiste: — Vous ne reconnaissez donc pas Don Bosco?

— Don Bosco! ah! si, je le connais.

— Eh bien! C'est moi; ne voulez-vous donc rien me dire?

— Comment c'est vous, mon Père!

Et voilà l'abbé qui se dresse sur son séant:

— Je veux me lever.

Sa sœur, qui était présente, lui répond qu'il perd la tête.

— Je vous dis que je veux me lever; qu'on aille décommander l'extrême-onction.

Un de ses confrères devait, en effet, venir, dans quelques instants, lui administrer les derniers sacrements.

Il se lève, parle avec lucidité et, le lendemain matin, il assistait à la messe de Don Bosco.

Il est vrai de dire que cette guérison inattendue ne se maintint pas d'une façon définitive. Quelques mois plus tard, le prêtre retombait dans un état de souffrance qui, d'ailleurs, datait de loin; et puis, D. Bosco n'était plus là pour le remettre sur pied.

1884.

LE PREMIER ÉVÊQUE SALÉSIEN

Monseigneur Jean Cagliero a l'honneur d'être le premier évêque de la Pieuse Société Salésienne.

Né en 1838, à Châteauneuf d'Asti, il entra, à l'âge de treize ans, à l'Oratoire de Turin, et devint l'élève favori de son compatriote Don Bosco. Il ne le quitta presque jamais, jusqu'en 1875, époque à laquelle il fut, sur sa demande, mis à la tête des Missionnaires qui allèrent évangéliser la Patagonie.

C'est un homme éminent, qu'on a pu surnommer une *Encyclopédie vivante*, tant ses connaissances sont nombreuses et variées; ce qui ne l'empêche pas de cultiver les arts avec le plus heureux succès. On lui doit des compositions musicales fort remarquables, un riche répertoire de musique sacrée, et même des romances d'un grand charme.

Alors qu'il était encore tout jeune écolier, sa passion musicale se révélait déjà par une fréquentation des plus intimes avec un mauvais piano, sur lequel il s'exerçait avec fureur, pendant des heures entières.

Cette virtuosité excessive avait fini par fatiguer et même exaspérer maman Marguerite, laquelle, un beau jour, ne se gêna pas pour menacer de son balai le jeune musicien.

Celui-ci, froissé dans sa dignité d'artiste, ne trouva rien de mieux que de regagner son pays. Mais il n'alla pas bien loin; on le retrouva avant qu'il eût quitté Turin, et on le fit comparaître devant D. Bosco.

— Petit sot, lui dit le Père, pourquoi veux-tu donc te sauver ? Ne sais-tu pas que, si tu restes avec moi, tu seras un jour évêque!

A l'âge de quinze ans, le jeune Cagliero tomba malade, et fut bientôt réduit à l'extremité, par une fièvre typhoïde compliquée de congestion cérébrale. Don Bosco ne le quittait presque pas; mais le mal suivit son cours, et, un jour, le docteur dit avec tristesse : — Don Bosco, n'espérez plus ; préparez cet enfant à mourir.

En conséquence, le jeune Cagliero fut administré, et l'on attendait, d'un instant à l'autre, la catastrophe.

Un matin, Don Bosco, le cœur angoissé, entre dans la chambre du moribond, et aperçoit, voletant autour du lit, une colombe qui portait au bec un rameau d'olivier. Elle finit par se rapprocher de l'enfant, et laisse tomber sur son front, déjà glacé, le rameau d'olivier.

Don Bosco, se croyant victime d'une illusion, s'approche du lit, et voit alors bien autre chose :

Tout autour du jeune Cagliero, et jusque sous les rideaux du lit, des figures étranges apparaissent en assez grand nombre. Don Bosco se demande s'il est en présence d'êtres aux formes humaines; et, à mesure qu'il regarde, il distingue deux types plus accusés, qui paraissent comprendre tous les autres ; l'un, comme ramassé sur lui-même, disgracieux, au teint cuivré (1) ; l'autre, de haute stature, à l'air guerrier, mais avec une ex-

---

(1) Signalement exact des malheureux habitants de la Terre de Feu.

pression de bonté (1). Tous deux, penchés anxieusement sur le visage du petit moribond, comme pour épier quelque chose.

A ce moment même, une illumination soudaine traverse l'esprit de Don Bosco, et, ne pouvant plus retenir les larmes, il se penche, lui aussi, vers l'enfant, et, après l'avoir considéré un instant, lui dit : — Cagliero, dis-moi : veux-tu aller en Paradis, ou guérir?

— Si Don Bosco le trouve bon, allons en Paradis, et sur le champ.

Don Bosco, profondément ému, jette sur l'enfant un regard de suprême tendresse, et s'écrie : — Non, mon cher petit, non, il n'est pas encore temps. Tu ne mourras pas. Tu guériras, tu mettras la soutane, tu seras prêtre, missionnaire un jour, et, ton bréviaire sous le bras, tu iras parcourir le monde, en quête d'âmes à sauver ; tu les baptiseras, et tu seras.... *Évêque.*

(C'est Monseigneur Cagliero, lui-même, qui a fait ce récit, à une conférence des Coopérateurs, le 23 mai 1888, dans l'Eglise de N.-D. Auxiliatrice).

L'étudiant guérit; il devint prêtre, docteur

(1) Ce sont les Patagons.

en théologie, missionaire, et enfin, en 1884, il était sacré Evêque de Magida.

Au sortir de cette solennelle et imposante cérémonie, le nouvel évêque, après avoir embrassé sa vieille mère, se dirigea tout d'abord vers Don Bosco, qui avait quitté sa barrette et l'attendait la tête nue.

Monseigneur Cagliero tenait ses mains cachées sous les plis de son vêtement, et il n'avait permis à personne, pas même à sa mère, de baiser l'anneau Pastoral.

Don Bosco voulut saisir cette main, et la porter à ses lèvres ; mais Monseigneur Cagliero se précipita dans ses bras. Ce fut, entre le père et le fils, une longue et douce étreinte, mêlée de larmes, et alors seulement Don Bosco put, le premier de tous, baiser le saint anneau.

— Mon fils, mon cher fils ! Je savais bien qu'un jour tu serais évêque !

Don Bosco savait encore que Mgr. Cagliero l'assisterait à ses derniers moments. Cela paraissait bien improbable. Le nouvel évêque était reparti, en 1885, pour l'Amérique du Sud. Lorsque Don Bosco était si gravement malade, Monseigneur était à l'autre bout de la terre ; et, pour comble de malheur, un terrible accident de cheval (3 mars 1887) venait de le condamner à une longue immobilité. En traversant les Cordillères, il avait roulé au milieu de rochers et d'affreux précipices, et c'est miracle qu'il ne fût pas tué sur le coup. Lorsqu'on le releva, il avait plusieurs côtes enfoncées, et de très graves contusions. La situation était d'autant plus critique qu'on était à une distance considérable de toute habitation, et qu'il aurait fallu faire, peut-être, plusieurs centaines de lieues pour se procurer le moindre secours médical.

La nouvelle de cet accident, lorsqu'elle parvint à l'Oratoire, y causa une consternation générale. Seul, Don Bosco ne manifesta pas la moindre crainte.

Bientôt le pauvre Père fut en proie à des crises si intenses qu'on craignait, à tout instant de le voir succomber. Mais, lorsqu'il voyait l'inquiétude peinte sur tous les visages, il disait invariablement : pas encore..... *dopo*, *dopo*. Il attendait son bien-aimé fils qui, en effet, arriva à Turin, le 7 décembre 1887.

Lorsque Monseigneur Cagliero parut, Don Bosco poussa un immense soupir de joie et de soulagement ; et, comme il l'avait prévu et annoncé, ce fut son enfant, devenu évêque, qui lui administra les derniers Sacrements, qui récita sur lui les prières des agonisants, et reçut son dernier soupir.

Don Bosco a fait encore d'importantes prédictions concernant le premier Évêque Salésien. Bien certainement, elles se réaliseront comme les autres.

Depuis que Don Bosco n'est plus, des grâces nombreuses, des guérisons étonnantes sont venues prouver que le vénéré Père veille encore sur ses enfants.

Que les Coopérateurs de Saint-François de Sales, qu'il a tant aimés, ne cessent donc d'avoir confiance : ils ont, là-haut, un puissant protecteur.

1884.

Prêtre! jamais.
Qu'il meure plutôt!

Il y a quatre ans, une dame de l'aristo-
cratie turinaise, accompagnée de son plus
jeune fils, vint trouver Don Bosco. C'était
une visite d'amitié. La famille était réputée
pieuse, et non sans raison, puisque son chef,
chargé d'affaires du Gouvernement piémontais, était rentré volontairement dans la vie
privée, après la brèche de la Porte Pie.

Don Bosco, avec sa bonté ordinaire, demanda des nouvelles de toute la famille, et
finit par dire : — Et· qu'allez-vous faire,
Madame, de votre fils aîné?

— Il suivra la carrière diplomatique,
comme son père.

— Bien. Et le second?

— Oh! Don Bosco, celui-là est à l'école militaire; il travaille pour devenir général, et il serait le premier de notre famille à ne pas réussir.

— A merveille! Et celui-ci? — D. Bosco désignait le petit garçon qui accompagnait sa mère. — Celui-ci, nous le ferons prêtre, n'est-ce pas?

A ce mot de prêtre, la noble visiteuse, atterrée, demeura un instant sans voix; puis, comme ranimée par la fureur, elle s'écria avec une énergie presque sauvage: — *Prêtre! jamais. Qu'il meure plutôt!*

Don Bosco, profondément attristé par cette réponse, essaye de ramener la pauvre femme à de meilleurs sentiments; il lui fait observer, avec douceur, que ce mot, prononcé par lui, n'est pas une sentence. Peine perdue! La malheureuse mère répète l'affreuse imprécation, et se retire bouleversée.

Huit jours après, Don Bosco la voit reparaître, toute tremblante cette fois, et baignée de larmes: — Don Bosco, venez, venez vite bénir mon enfant..... celui que je vous ai amené..... il se meurt!

On arrive dans la chambre du petit moribond, qui prend la main de D. Bosco et

la baise avec respect. Les médecins se trouvaient réunis pour une consultation ; ils déclarent ignorer la nature du mal qui em-
porte l'enfant.

Le jeune malade a tout entendu. Il appelle sa mère, et lui dit d'une voix faible,
mais distincte: — Mère, je sais, moi, pourquoi
je meurs : c'est votre parole qui me tue.
Rappelez-vous..... chez Don Bosco ! Pauvre
mère, vous avez préféré me voir mort, plutôt
que de me donner à Dieu, et le Bon Dieu
me prend.

Don Bosco ne put que préparer la famille à accepter la dure épreuve. Il promit
de faire prier ses enfants, et se retira profondément ému.

On ne tarda pas à venir lui apprendre
que la leçon divine était complète : l'enfant
était mort.

1885.

UN ÉCHANGE

Don Bosco, au cours de son voyage annuel sur le littoral, se trouvait à Marseille, en 1885. Il avait promis de dire la messe dans une église de la ville, et de faire ensuite une conférence aux Coopérateurs.

Le jour dit, à l'heure de la messe, il n'était pas encore sorti de sa chambre. Son secrétaire, n'y tenant plus, entre, et lui annonce que l'heure est passée, et que l'église est pleine.

— J'ai une violente migraine, répond Don Bosco; je suis incapable de me lever... à moins que tu ne consentes à te charger de mon mal? Alors, peut-être.....!

— Oh! qu'à cela ne tienne! Bien volontiers. Passez-moi tout ce que vous voudrez, mais levez-vous.

Et le secrétaire se sauve, en riant.

Il était à peine dans sa chambre, qu'il doit s'appuyer au mur, pour ne pas tomber. Il lui semble que sa tête est serrée dans un étau, tant la douleur qui l'envahit est atroce. Il a toutes les peines du monde à gagner son lit, sur lequel il s'étend, sans avoir trop conscience de ce qui l'y tenait cloué.

Don Bosco, lui, délivré au même instant, passa la matinée à l'église. De retour à la maison, il *apprend* que son secrétaire est dans un état pénible par suite d'une forte *migraine*.

Il va trouver le malade, toujours au lit, lui donne sa bénédiction, puis lui dit : — Maintenant, lève-toi.

Le mal disparut aussitôt, et le secrétaire put reprendre ses occupations.

1885.

QUI FAUT-IL REMERCIER?

En janvier 1885, un incendie détruisit presque complètement l'atelier de reliure de l'Oratoire de Turin. Les pertes furent considérables. On dut songer aux moyens d'occuper, le plus tôt possible, les enfants; mais, pour relever l'atelier d'une façon strictement suffisante, il fallait environ dix mille francs.

Cette estimation était faite depuis quelques heures à peine, quand on remet à Don Bosco une lettre chargée venant de France: elle contenait *dix billets de mille francs*, sans un seul mot d'explication. On n'a jamais pu connaître le nom du généreux bienfaiteur.

1886.

LES NOISETTES

Le premier janvier 1886, à l'Oratoire de Turin, les étudiants de la quatrième et cinquième classe, au nombre de quatre-vingts environ, vinrent présenter leurs hommages et exprimer leurs vœux de bonne année à leur Père Don Bosco.

Celui-ci, déjà souffrant, les reçut avec une tendresse d'autant plus grande que, par leur bonne conduite, ils étaient l'honneur et la joie de la maison.

— Mes enfants, je voudrais bien pouvoir vous donner quelque chose!

Et le bon Père cherchait autour de lui, lorsqu'il avisa, sur sa table, un petit sac de papier qui contenait des noisettes.

Il se mit immédiatement à y puiser à

pleine main, et il en donna une grande poignée à l'étudiant placé le plus près de lui.

Les autres se mirent à sourire: il était évident que, s'il procédait avec une pareille largesse, il ne pouvait y avoir de noisettes que pour trois ou quatre d'entre eux.

Mais, à leur grande surprise, la distribution continua, et tous en reçurent autant que pouvaient en contenir leurs deux mains réunies.

Lorsque tout le monde fut pourvu, on fit observer à Don Bosco que trois ou quatre des élèves étaient absents, et qu'ils regretteraient bien de ne pas avoir leur part. Immédiatement il plongea de nouveau sa main dans le sac, et en tira plusieurs petites poignées de noisettes.

Un de ceux qui avait assisté à cette étrange scène, racontait ensuite:

— Je ne sais où il a pu aller *les pêcher*, le sac était absolument vide!

Ce fait n'est pas unique. Don Bosco a avoué que pareille chose lui était déjà arrivée.

— Un jour, dit-il, on avait fait cuire quelques marrons dans une assez petite marmite. Il arriva que les enfants qui en demandèrent étaient bien nombreux, une centaine peut-être! et tous en ont eu une portion suffisante.

Puis, après un instant, son visage étant devenu plus sérieux, il ajouta:

— Une autre fois, il n'y avait que trois hosties dans le ciboire. Cependant j'ai pu donner la communion à toutes les personnes qui se présentèrent à la sainte table... et il y en eut beaucoup!

UNE CONFESSION

Un jeune garçon de Turin s'était confessé, le dimanche matin, dans une des paroisses de la ville. Il s'était adressé à un prêtre dont le confessional était entouré, et qu'il avait à peine aperçu. Dans l'après-midi, un de ses camarades le conduisit à l'Oratoire de Saint-François de Sales, où il n'était pas encore venu. Il se mit, tout aussitôt, à jouer dans la cour, avec les autres enfants.

Survient Don Bosco qui l'examine et lui passe affectueusement la main sur la tête, comme s'il le caressait: — Petit, viens un peu que je te confesse; et, le conduisant dans un coin, il s'assied, lui passe un bras autour du cou, et c'est lui, Don Bosco, qui se met à énumérer à l'enfant toutes les fautes que celui-ci avait commises.

Le pauvre garçon, effaré, se lève en ou-
vrant de grands yeux: — Mais comment
savez-vous cela? Vous êtes donc le prêtre
auquel je me suis confessé ce matin?

— Pas du tout, petit; vois-tu, je lis cela
dans tes yeux. Et il lui donna une tape a-
micale sur la joue.

Il était parfaitement avéré que D. Bosco
n'était pas sorti de toute la journée, et n'a-
vait pu, par conséquent, se trouver à la paroisse où l'enfant s'était confessé.

Pareil fait s'est renouvelé bien des fois
et sur bien des personnes différentes.

Par quelle mystérieuse faculté D. Bosco
savait-il lire ainsi dans les cœurs!

1886.

TIBI DABO

En 1886, Don Bosco vint à Barcelone où il avait déjà fondé les *Talleres salésianos*.

Ce n'est pas le moment de raconter l'accueil enthousiaste qu'il reçut. Après une séance qui fut une véritable ovation, le Président de la Société de Saint-Vincent de Paul, accompagné de onze membres, s'avança solennellement et lui dit:

— Mon Père, nous savons que votre désir serait d'ériger, dans notre ville, un sanctuaire en l'honneur du Sacré-Cœur de Jésus; nous sommes fiers et heureux de pouvoir vous offrir, dans ce but, un vaste terrain que nous possédons sur le mont *Tibi dabo*.

Ce mont Tibi dabo est la plus belle et la plus élevée des collines qui entourent Barcelone. C'est là, selon une tradition, que Satan aurait transporté Notre-Seigneur, lorsqu'il voulut le tenter en lui offrant le royaume du monde :

Haec omnia TIBI DABO, *si cadens adoraveris me* (Matth. IV, 9).

Don Bosco, ému jusqu'aux larmes, répondit : — Oh! Messieurs! j'accepte de grand cœur, et je vous rends grâce. Sachez-le, vous êtes, en ce moment, les envoyés de la divine Providence.

Depuis que j'ai quitté Turin, pour me rendre dans votre beau pays, une voix n'a cessé de murmurer, comme à mon oreille : Tibi dabo... tibi dabo... tibi dabo...

Oui, c'est bien là que le Sacré-Cœur de Jésus veut être adoré : sur le mont *Tibi dabo.*

1886.

Les Salésiens au Chili

Don Bosco a raconté, le matin du 10 avril 1886, qu'il avait fait, la nuit même, le rêve suivant :

« ... Don Bosco, marchant, arriva sur un mamelon d'où il voyait une forêt, mais cultivée et coupée de routes et de rues. Il allait promener son regard autour de lui, quand à son oreille arrivèrent les éclats de voix d'une foule innombrable d'enfants. Don Bosco, en dépit de tous ses efforts, ne put parvenir à reconnaître d'où venait ce bruit. Puis à ces éclats de voix succéda un cri, comme pour annoncer un événement. Ensuite Don Bosco vit un nombre presque infini d'enfants qui couraient autour de lui, en disant: *Nous t'avons attendu, nous t'avons attendu si long-*

temps ! Mais, maintenant, te voilà : tu es au milieu de nous, et tu ne nous échapperas pas !

. . . .

Une bergère, qui était survenue à la tête d'un troupeau d'agneaux, après plusieurs questions à Don Bosco, lui dit enfin : — *Regarde maintenant de ce côté, étends ton regard, et vous,* (s'adressant aux enfants) *étendez-le aussi et lisez ce qui est écrit.*

— *Eh bien ! que vois-tu ?*

— Je vois, répliqua Don Bosco, je vois montagnes, et puis mers, et puis collines, et ensuite, de nouveau, montagnes et mers.

Je lis, s'écria *un enfant,* VALPARAISO.

Moi, je lis, s'écria un autre, SANTIAGO.

Moi, poursuit-il un troisième, je lis les deux noms : VALPARAISO et SANTIAGO.

Or, voici ce que rapporte le *Bulletin Salésien* d'octobre 1887, page 123 :

Au mois d'avril 1887, Monseigneur Cagliero, accompagné de Don Fagnano, parcourt le Chili, et ce voyage est un triomphe continuel.

Il visite SANTIAGO et VALPARAISO.

A *Santiago,* M. le sénateur Valledor insiste pour que les Salésiens prennent la direction d'un Orphelinat du gouvernement, ce qui est accepté.

Les orphelins de l'État sont âgés de sept à dix ans. Ils disent à Monseigneur : VOILÀ DEUX ANS QUE NOUS SOMMES À PRIER ET À PLEURER POUR QUE DON BOSCO NOUS DONNE UN PÈRE !

D'autres, plus petits, s'écriaient : LES PE-TITES FILLES ONT LEUR MÈRE, (la religieuse); MAIS, NOUS AUTRES, NOUS N'AVONS PAS EN-CORE DE PÈRE. NOTRE PÈRE, C'EST Don BOSCO; SEULEMENT, IL N'EST PAS ENCORE ARRIVÉ.

A *Valparaiso*, le jour de l'arrivée de Monseigneur, plus de deux cents enfants, ivres de joie, couraient après les Salésiens, en criant : MAINTENANT, ILS SONT ARRIVÉS, NOS PÈRES; DEMAIN NOUS POURRONS VE-NIR À L'ÉCOLE. ILS SONT ARRIVÉS ; OH! QUEL BONHEUR !

1887.

ENCORE LA PROVIDENCE!

—

De toutes les maisons Salésiennes, celle de Vallecrosia, près Bordighera, fut une des plus fâcheusement éprouvées par le terrible tremblement de terre du 23 février 1887. Aussitôt après le sinistre, on avait dû rendre, provisoirement, à leurs familles, le plus grand nombre des petites filles élevées dans l'établissement. Mais cette mesure extrême ne pouvait s'allier avec le bien des âmes et l'honneur de la religion.

Vallecrosia est un nid de protestants, et leur esprit de prosélytisme s'y donne carrière sous toutes les formes.

On s'explique comment Don Bosco eut particulièrement à cœur de relever, sans délai et à tout prix, une maison d'une pareille importance: ces pauvres enfants, livrées à elles-mêmes, pouvaient être gagnées à l'erreur et perdre leur foi.

Don Bosco, sans savoir où il prendrait les ressources, envoya un architecte se rendre compte du travail à entreprendre. Le devis portait à six mille francs la somme immédiatement nécessaire pour que le personnel, logé en partie dans des baraques, pût revenir à la maison dans des conditions de sécurité suffisantes. Quant à la restauration complète, elle devait exiger des sommes considérables.

D. Rua, qui reçut cette réponse, la porta au réfectoire, où était Don Bosco, et il la lui communiqua, en lui demandant où l'on pourrait bien trouver les six mille francs dont la nécessité était si urgente?

Don Bosco se contenta de répondre avec sa tranquillité habituelle : la Providence!

Le dîner touchait à sa fin lorsqu'on introduisit le comte de Maistre, vieil ami de Don Bosco et bienfaiteur insigne de ses orphelins : — Mon Père, ma tante m'a remis une commission pour vous. Elle voulait vous faire un legs; mais ayant réfléchi que cette forme ne porte pas toujours bonheur, qu'elle présente d'ailleurs certaines difficultés, elle veut se donner la joie de vous venir en aide de son vivant. Voici six mille francs que vous emploierez comme vous l'entendrez.

Don Bosco, tout ému, tendit au comte de Maistre la lettre de l'architecte : — Voyez comme Notre-Dame Auxiliatrice a bien inspiré Madame votre tante! Faitez-lui agréer, je vous prie, l'hommage de notre reconnaissance, et dites-lui que sa généreuse offrande va être immédiatement envoyée à Vallecrosia, pour relever la maison de nos pauvres petites filles.

Les paroles magiques de Don Bosco

Les enfants de l'Oratoire avaient donné ce nom à certains mots que D. Bosco avait coutume de glisser à l'oreille de l'intéressé, et dont l'effet était aussi prompt que merveilleux. Quelquefois, c'était une réflexion toute simple, mais pleine d'une saveur surnaturelle, ou bien une réponse inattendue, ou encore un acte en apparence tout ordinaire, mais qui frappait étrangement.

Don M*** était préfet de l'Oratoire de Turin. Un jour, Don Bosco le prend à part et lui dit, avec le plus grand sérieux : — Mon cher ami, écoute, tu vas te mettre à faire le négociant d'huile.

— Négociant d'huile ! répète le préfet ahuri.

— Oui, négociant d'huile.

— Mais, Don Bosco... un religieux !

— Sans doute; mais tu es préfet, et, à ce titre, tu dois veiller à l'entretien des bâtiments de l'Oratoire. Or, il me semble avoir entendu certaines portes grincer: un peu d'huile aux gonds arrangera tout.

— Oh! qu'à cela ne tienne. Mais je ne vois pas pourquoi...?

— Et puis, — ajouta Don Bosco, avec un sourire à la saint François de Sales, et en appuyant un peu sur les mots, — et puis... tes confrères *grincent* aussi... Quand tu traites avec eux, n'oublie pas de te munir d'un peu d'huile.

Don M*** avait compris. En voyant combien il est devenu bon, affable, doux, *Salésien* en un mot, on constate que Don Bosco ne perdait pas son temps en donnant, le plus aimablement du monde, de précieuses leçons.

———————

Ce bon Père tenait dans sa main le cœur de ses enfants. Un mot de lui les mettait aux anges; l'ombre d'un reproche les plongeait dans la tristesse.

Ayant besoin d'une poésie, pour la fête d'une bienfaitrice de ses Œuvres, il chargea un de ses enfants de tourner quelques vers.

Le condamné se mit à l'ouvrage en conscience. Mais, hélas! la Muse se montra sourde à ses appels désespérés, et notre malheureux poète resta les mains vides.

Qu'allait dire D. Bosco? se coucher sans être allé lui baiser la main... c'était vraiment trop dur.

Bah! pensa-t-il, il aura peut-être oublié, — et quoique un peu tremblant au fond, il se présente, d'un air dégagé, à Don Bosco qui, aussitôt, l'interpelle:

— Et ma poésie?

— J'ai essayé... il n'est rien venu.

— Vraiment! alors, une autre fois, je saurai à qui m'adresser.

Le reproche était bien doux; cependant, le pauvre petit resta comme atterré, et il fallut toute l'ingénieuse sollicitude de D. Bosco pour effacer la douloureuse impression qu'il avait produite.

Il y a bien des années, de cela. Le jeune homme est devenu un favori des muses; mais il ne peut encore, sans émotion, évoquer ce souvenir.

Un soir, — c'est D. Francesia qui parle, — nous ne nous étions pas pressés de faire silence, après le signal. Don Bosco nous dit avec douceur: — *Je ne suis pas content de vous.* Et il nous envoya au lit sans nous donner sa main à baiser.

C'était le châtiment le plus fort, le plus redoutable, le plus sensible que ce bon père pût nous infliger. Ce fut fini. A partir de ce jour mémorable, D. Bosco n'avait qu'à paraître pour qu'on entendît voler une mouche. La clochette, qui avait eu, jusque là, fort à faire pour éteindre tout bavardage, prit une retraite définitive. On tremblait à la seule pensée de voir la punition se renouveler.

———

Le comte de M***, bienfaiteur de l'Oratoire, venait de mourir subitement. Ses enfants, sous l'impression de ce coup doublement cruel, firent demander D. Bosco, qui trouva le château dans la désolation.

A peine était-il entré dans la chambre mortuaire, que la famille, fondant en larmes, se jette à ses pieds.

Don Bosco se borna à dire: — *Et votre foi, où est-elle?*

Pour comprendre la force de cette parole, il faut savoir que la vie admirable du défunt était une continuelle préparation au départ suprême : il faisait la communion quotidienne et se confessait tous les huit jours.

Immédiatement le calme revint, dans ces cœurs brisés, et la résignation fit place au désespoir.

D. Bosco fut, un jour, prié à dîner chez le comte de Camb***. Parmi les invités, se trouvait un général de l'armée piémontaise, qui avait une vie militaire des mieux remplies. Mais les préoccupations religieuses n'avaient jamais beaucoup tourmenté le vieux soldat, et il ne pensait nullement à compléter ses états de service par une dernière campagne contre l'indifférence et le respect humain.

Pendant tout le temps du repas, il ne put s'empêcher d'observer, du coin de l'œil, Don Bosco, et l'attitude de ce *Curé-là* lui causait une surprise manifeste.

Lorsqu'on fut sorti de table, chacun se mit à demander, à Don Bosco, des avis et des conseils, qu'il distribuait, d'ailleurs, avec une bonne grâce parfaite.

Il faut que j'aie mon tour, se dit le général; je serais curieux de savoir...! Et il se met en devoir d'arriver jusqu'au Père.

Mais voilà que lui, qui n'avait jamais connu la peur, il se sent envahir par une inquiétude vague et indéfinissable.

Domptant cette étrange émotion, il finit par se camper au premier rang: — Eh bien! mon Père, et moi? vous n'avez rien à me dire?

— Oh! Monsieur le général, pardon, pardon; j'ai aussi quelque chose pour vous. Tous ceux qui m'entourent s'imaginent que le pauvre Don Bosco est prêt à être canonisé. Vous, du moins, *aidez-moi à sauver mon âme!*

On devine la stupéfaction du général! Revenu de sa surprise: — Merci, s'écria-t-il, merci, Don Bosco. Vous seul pouviez me dire mon fait avec autant de délicatesse et de franchise.

Et l'excellent homme ne tarda pas à mener la grosse affaire de son salut, avec une rondeur et une crânerie qui firent l'admiration et le bonheur de tous ses amis.

Dans les régions officielles, on redoutait singulièrement un entretien avec D. Bosco, tant sa parole, cependant si calme et si humble, avait de puissance, même sur les cœurs les moins bien disposés.

A l'époque où l'on avait décrété la fermeture de l'Oratoire, on avait, en même temps, pris toutes les mesures nécessaires pour que Don Bosco ne pût être reçu chez aucun ministre.

Un jour, il venait de prêcher sur le détachement des biens de ce monde. Quelques instants après, se présente à Don Bosco un monsieur qui lui avait prêté le matin même, une somme de douze mille francs, contre un reçu bien en règle.

Voici, dit-il en présentant le reçu à Don Bosco, voici un papier que vous pourrez déchirer; je n'en ai plus besoin. Vous avez ouvert mes yeux à la vraie lumière: Dieu seul! il n'y a que Dieu!

Bientôt, ce trop heureux néophyte quitta le siècle, et renonça à une belle fortune, pour se faire pauvre volontaire, et vivre pauvre avec Don Bosco.

Les lettres de Don Bosco étaient admirables, mais si simples, en apparence, que celui qui était chargé de les écrire s'étonnait, naïvement, de l'effet produit.

Un jour, par exemple, il avait exposé ses embarras financiers à une personne bien résolue à ne rien donner. Or, après avoir lu la lettre de Don Bosco, elle envoya une somme certainement fort au-dessus de ses ressources.

En 1865, Don Bosco était à Florence. Comme partout, il avait conquis son monde; aussi, quand il annonça son départ, ce fut une exclamation générale:

— Partir si tôt!

— Mes enfants m'attendent.

— Mais pourquoi?

— Pour payer leur pain.

— Et si, par hasard, je le payais moi, dit une dame?

— Oh! Dans ce cas je passerais volontiers encore une semaine au milieu de vous.

— Bien. Et quelle est votre dette?

— Deux mois, à six mille francs.

— Ce soir, vous aurez les douze mille.

L'interlocutrice de Don Bosco tint parole et voilà comment Don Bosco passa une semaine de plus à Florence.

En 1883, Don Bosco était à Paris. Un jour se présente à lui un inconnu, aux manières distinguées, qui vient demander un conseil.

Dès les premiers mots, Don Bosco arrête son interlocuteur pour lui dire: — Faites vos Pâques, monsieur.

— Celui-ci, presque un vieillard, d'abord un peu surpris de cette réponse *ex abrupto*, veut poursuivre. Mais D. Bosco, d'une voix douce et pénétrante: — Monsieur, faites vos Pâques.

Nouvel arrêt, puis reprise du discours.

— Monsieur, faites vos Pâques, répète Don Bosco avec un accent à la fois impérieux et tendre.

Ne comprenant rien à cette insistance étrange, le visiteur, un peu troublé, prend un ton froidement poli et fait encore une ou deux tentatives.

Don Bosco ne modifie point sa formule; mais il la souligne d'un regard et d'un sourire qui font pénétrer, comme un trait, jusqu'au fond de ce cœur obstiné, la *parole magique*.

Attendri jusqu'aux larmes, monsieur X*** proclama bien haut que le conseil donné, avec un à-propos tout divin, avait renoué une chaîne de grâces interrompue depuis bien des années. Le lendemain on put le voir à la sainte Table, entouré de toute sa famille, et, à partir de ce moment béni, il est devenu un chrétien fervent et exemplaire.

PORTRAIT DU SALÉSIEN

Nous trouvons, dans un ouvrage espagnol, un *Portrait du Salésien* si nettement tracé sur le vif, que nous demandons à son auteur la permission d'en faire jouir nos lecteurs.

« On doit à Don Bosco une création: la création du Salésien.

Le Salésien n'est pas le Jésuite, soldat, pour ainsi dire, du bataillon sacré, de la milice serrée que l'Eglise lance contre ses ennemis les plus acharnés, et surtout contre ce monde moderne, si plein d'orgueil, si infatué de sa science et de sa valeur; — Ce n'est pas le Capucin, le religieux populaire entre tous, avec ses austérités et ses rigueurs, avec son mépris des biens d'ici-bas, et ce renoncement absolu, intérieur et extérieur, qui nous confond; — Ce n'est pas le fils de Saint Benoît, qui vit dans les solitudes, et partage sa vie entre l'étude, le chant des louanges divines, et le travail de la terre ; — Ce n'est pas le disciple de Joseph Calasanct, ouvrier des plus saintes œuvres, gloire de l'Eglise, et bienfaiteur de la société, mais dévoué à une seule tâche ; — Le Salésien n'est rien de tout cela.

Le Salésien est l'homme de l'abnégation et de l'humilité, qui vit enseveli sans même y penser, qui fait le bien en croyant qu'il ne fait rien, qui se sacrifie sans le soupçonner et parfois en l'ignorant complètement, et qui, ouvrier de la dernière heure, s'estime le dernier parmi les serviteurs de l'Eglise. Il va où on l'envoie ; il prend les choses et les accepte comme on les lui donne, et construit son nid aussi bien entre les rameaux fleuris d'un arbre, que sur la plus haute cîme d'une roche sauvage et dénudée.

Ses vertus caractéristiques sont de ne s'arrêter à aucun prix, même quand tout est contre lui, et de ne se décourager jamais, se confiant toujours à la Providence.

Le Salésien, par l'énergie, l'activité, la hauteur et la largeur des vues, comme par une fermeté à toute épreuve, tient du Jésuite ;

— il tient du Capucin pour la popularité; — il est moine par le recueillement et la vie occupée; — il tient enfin de tous les Ordres religieux connus, tout en restant un type nouveau » (1).

On peut rapprocher de cette page d'un saint et docte évêque espagnol (2), le cri de D. Bosco à ses fils : *Lavoro, lavoro ! travail, travail !* Un Salésien travaille ordinairement pour trois. Les buts variés de la Congrégation nouvelle permettent d'utiliser toutes les aptitudes et toutes les bonnes volontés. Nous avons pensé souvent que si cette Œuvre admirable, — véritable attention de Dieu pour son Église, — était connue davantage, elle compterait bientôt la nuée d'ouvriers que la bonté divine a montrée si souvent à Don Bosco, dans les visions de la nuit. Combien de diocèses de notre France, où des jeunes gens cherchent leur voie spéciale dans l'Église de Dieu ! Ce besoin de dévouement et de générosité, qui est encore, Dieu merci, le fond de notre tempérament religieux, en tant que nation, trouve, dans les Œuvres Salésiennes, un champ sans limites. La Congré-

(1) Don Bosco y Sua Obra, por el Obispo de Milo, pag. 89, 90.
(2) Actuellement évêque de Malaga.

gation embrasse une variété de ministères qui répond à tous les attraits: soins des enfants pauvres et abandonnés dans des Internats, Patronages et Œuvres de jeunesse, Prédication, Missions, — et nous n'indiquons que les principaux.

Les Sœurs de Marie Auxiliatrice s'occupent des petites filles dans les écoles, asiles, et réunions du dimanche. Dans les Missions, elles secondent puissamment les Salésiens, en instruisant les femmes indigènes des vérités de la religion, et en les formant aux divers travaux de leur sexe.

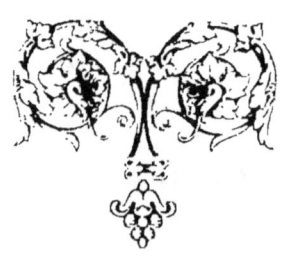

QUELQUES PENSÉES DE DON BOSCO.

Le monde vous remplit le cœur de terre.

Tu ne sais pas encore ce que c'est que l'obéissance!

Étudie bien ce que c'est que l'humilité et la charité.

Prends pour règle de conduite l'exemple des bons.

Pense que les épines de la vie se changent en roses au moment de la mort.

Avec les idées révolutionnaires, on ne va pas au ciel.

Examine si, dans toutes tes actions, tu as en vue la gloire de Dieu.

On ne va pas en Paradis au milieu des délices.

Plus d'actes et moins de paroles.

Tu peux faire et tu ne fais pas: éloigne-toi de la paresse.

Travaille davantage pour le Ciel et tu progresseras dans l'étude.

Pourquoi crains-tu la fatigue? ne sera-t-elle pas récompensée?

Tu travailles en vain pour l'âme et le corps, si tu ne cherches un bon conseil.

Cherche un véritable ami; si tu le trouves, écoute ce qu'il te dit.

Mange plus souvent le Pain des Anges, et acquiers la reine des vertus.

―――

Ne deviens pas saint tout d'un coup.

―――

Il faut toujours faire un pas vers le Paradis.

DON BOSCO*

Mesdames, je voudrais vous conter une histoire
Bien courte, en quelques mots, mais, vous pouvez me croire,
Intéressante. Or donc un pauvre prêtre, un jour,
Se sentit transpercé de cet étrange amour,
Flèche divine au cœur, adorable blessure,
Qui du bonheur du Ciel nous donne la mesure.
Il se fit père et mère, étreignant sur son sein
L'enfant abandonné, vaguant par le chemin,
Et, dans un fier élan de charité suprême,
N'ayant rien à donner, il se donna lui-même.
Mesdames, le bon Dieu, de son bras tout-puissant,
Soutient toujours celui qui protège l'enfant;
L'Esprit-Saint largement lui donne sa lumière,
Et déverse sur lui tous les biens de la terre.
Le pauvre abbé, d'abord, recueillit un enfant,
Puis un second, puis dix, puis cinquante, puis cent;
Puis toujours s'élargit cette chère famille:
Mesdames, à cette heure, ils sont plus de CENT MILLE
Qui l'appellent *mon Père*. Est-il un nom plus doux?
C'est votre nom, Seigneur, qu'on prononce à genoux!
Plus de cent mille enfants, vous entendez, mesdames,
Dont on nourrit les corps, dont on soigne les âmes!

* *Ces vers ont été dits à une matinée musicale donnée au Cercle Catholique d'ouvriers de Nice, en faveur de l'Œuvre de Don Bosco (mars 1881).*

On fait de ces enfants d'habiles ouvriers,
De vaillants travailleurs, rompus à leurs métiers :
Mais on va plus avant, plus haut : On leur révèle
L'ineffable beauté de leur âme immortelle :
Et ces enfants du peuple, enivrés à leur tour,
Transpercés, eux aussi, de la flèche d'amour,
Se donnent, en grand nombre, au bon et divin Maître,
Ce Jésus ouvrier qu'on leur a fait connaître.
O prodige inouï! douce contagion!
D'un cœur qui s'est donné, céleste éclosion!
Des prêtres sont sortis de la jeune famille,
Des prêtres!... à lui seul, il en a fait six mille !
Ces prêtres, à leur tour, puissants intercesseurs,
Lèvent les bras au ciel pour tous leurs protecteurs.
Mais ces petits enfants, mesdames, cela mange,
Cela mange beaucoup. — Si l'enfant est un ange,
Quand il est sur la terre il a bon appétit ;
Il lui faut, chaque jour, du pain, un toit, un lit.
Où trouver tout cela quand, pour toute ressource,
On a, — c'est notre lot, — le vide dans sa bourse?
L'abbé, tout humblement, se mit à demander ;
Quand les enfants ont faim, il faut bien mendier !
Et, lors, la Sainte Vierge, aimable protectrice,
Se fit de ces enfants Dame Auxiliatrice.
Elle daigna combler d'éclatantes faveurs,
Tous ceux qui leur donnaient... trop heureux bienfaiteurs!
Et l'on donna beaucoup: pour la grâce espérée,
Et pour la guérison d'une enfant adorée...

. . . .

Le pauvre prêtre, ainsi, possède un vrai trésor :
C'est la Reine du Ciel qui lui fournit de l'or.
Un sac et un bâton, bagage de l'apôtre,
Voilà tout son avoir ; sa bourse... c'est la vôtre.

LES DERNIERS JOURS

DE

DON BOSCO

LES DERNIERS JOURS

DE DON BOSCO

LA MALADIE

(Extrait du Bulletin Salésien).

Le *Journal de la maladie de Don Bosco*, préparé sur la demande de nos chers Coopérateurs, est un extrait de la relation complète des mois de décembre et de janvier, recueillie avec une minutieuse sollicitude par Don Viglietti, secrétaire du vénéré malade, et par les autres Confrères, qui ont toujours fidèlement noté les moindres choses dont ils étaient les heureux témoins. Nous nommons, au cours de notre récit, avec les Supérieurs majeurs, un certain nombre d'autres Salésiens moins connus; nos lecteurs comprendront ce scrupule d'exactitude, qui fortifie singulièrement les moindres faits contenus dans ce *Journal*.

Quatre périodes bien distinctes ont marqué les deux derniers mois de cette vie si riche en précieux enseignements : *Premières tristesses* — *Angoisses* — *Espérances* — *Deuil*. Nous rangeons sous ces différents titres les jours qui nous ont apporté leurs joies ou leurs épreuves.

1887.

I. Premières tristesses

2 décembre.

Don Bosco craint de devoir renoncer bientôt à célébrer la sainte Messe. Il la dit dans son oratoire privé, contigu à sa chambre. Il se fatigue beaucoup ; sa voix, à peine perceptible, est affaiblie encore par l'émotion profonde qui s'empare de lui par moments. Celui qui, depuis trois ans, l'assiste à l'autel, a la douleur de constater que notre vénéré Père va peu à peu s'affaiblissant. Depuis un peu de temps déjà, il ne pouvait plus dire le *Dominus vobiscum ;* mais voilà un grand mois qu'un prêtre distribue la communion aux rares personnes admises dans la chapelle, pendant que Don Bosco s'assied un instant : il ne peut pas davantage réciter, après la Messe, les 3 *Ave Maria* et les *Oremus :* il est réduit à suivre mentalement la prière.

Quelquefois, cependant, quand le temps le permet, il sort en voiture pour obéir au médecin ; souvent même, appuyé au bras de quelqu'un, il fait quelques pas. Autour de lui on espère.

3 décembre.

JOIE DANS LES SOUFFRANCES.

La nuit n'a pas été bonne.

Ce matin, ne pouvant célébrer, Don Bosco assiste à la Messe et fait la Communion.

Les paroles *Ecce Agnus Dei* lui font verser de douces larmes d'amour à Jésus–Hostie. Il est heureux.

Il écoute la lecture du journal avec la gaieté charmante qui lui est habituelle, sans épargner à son mal les plus aimables plaisanteries.

4 décembre.

DON BOSCO ET DON CERRUTI.

Le soir, vers 6 h. 1|2, il fit appeler Don Cerruti (1), qui, à peine entré, l'entend lui dire : — *Je n'ai rien de grave à te communiquer : je désire seulement causer un peu avec toi, afin de me mettre entièrement au courant des choses de l'O- ratoire.* — Depuis que Don Cerruti se trouvait à Turin, c'était la première fois que Don Bosco, de son propre mouvement, l'appelait auprès de lui pour un entretien de ce genre : il fut vivement impressionné.

La conversation dura longtemps ; l'infatigable Don Bosco voulut être instruit à fond ; à la fin, il donna un conseil à son interlocuteur et lui confia une mission.

Il lui demanda ensuite des nouvelles de sa santé, avec une nuance toute particulière de paternelle affection : *Soigne- toi ; c'est moi, Don Bosco, qui te le dis, qui te l'ordonne. Fais pour toi ce que tu ferais pour Don Bosco.* — A ces mots, Don Cerruti fut impuissant à comprimer son émotion. Le bon Père alors lui prenant les mains : *Courage, cher Don Cer- ruti*, lui dit-il ; *au paradis nous nous réjouirons : je le veux.*

Don Cerruti se retira les yeux pleins de larmes.

(1) Directeur des études pour toute la Société.

6 décembre.

LES FORCES DIMINUENT — DÉPART DES MISSIONNAIRES

POUR QUITO.

Depuis quatre ou cinq jours, Don Bosco va déclinant d'une manière sensible. Hier soir, un peu de fièvre et douleurs de tête. Aujourd'hui il s'est levé à 8 heures. Voilà une semaine qu'il ne peut célébrer: il assiste chaque matin à la Messe et fait régulièrement la Communion.

Ce soir, en dépit de son état souffrant, il a voulu descendre à l'église pour présider la cérémonie des adieux aux missionnaires.

Soutenu par son secrétaire Don Viglietti et par l'abbé Festa, il prit place dans le Sanctuaire pendant le sermon de Don Bonetti.

Mais la prédication la plus touchante et la plus efficace c'est le pauvre Don Bosco qui la faisait, en se traînant jusque dans l'église pour bénir les apôtres de l'Equateur. L'assistance entière se tenait debout pour voir le bon Père.

Après la bénédiction du T. S. Sacrement, Mgr. Leto adressa quelques mots aux missionnaires, leur donna l'adieu et les bénit. Puis la scène devint émouvante au dernier point.

Les missionnaires passant un à un devant Don Bosco, le saluaient et lui baisaient la main. Personne ne pouvait retenir ses larmes.

Les chers voyageurs reçurent les fraternels embrassements de la communauté, puis traversèrent l'église pour s'acheminer vers la gare. Sur leur passage, la foule s'agenouille et leur donne les témoignages de la plus touchante vénération.

Quand le passage fut libre, les fidèles se précipitèrent dans le chœur et se pressant autour de Don Bosco, imploraient sa bénédiction, gémissaient sur son état de santé et dans l'enthousiasme de leur foi, lui donnaient le nom de saint.

Le bon Père traversa la cour au milieu des acclamations des enfants ; puis, brisé par la fatigue et l'émotion, il se retira dans son appartement.

7 décembre.

ARRIVÉE DE MONSEIGNEUR CAGLIERO.

Hier nous faisait connaître les tristesses de la séparation : aujourd'hui nous apporte les joies du retour. Les missionnaires de Quito nous avaient à peine quittés, que Mgr. Cagliero arrivait d'Amérique.

A deux heures de l'après-midi, il était au milieu de nous. Les enfants ne savaient plus comment témoigner leur joie. De nombreuses et délicates inscriptions disaient à l'Evêque salésien des choses du cœur ; les bannières flottant partout, les acclamations de tout ce petit monde et les joyeux saluts de la fanfare rendaient à l'Oratoire la physionomie des jours d'antan, où Don Bosco vivait au milieu de continuelles ovations.

La première entrevue de Monseigneur et de Don Bosco offrit un spectacle attendrissant.

Le bon viellard reçut dans sa chambre son fils bien-aimé ; il l'embrassa avec effusion, le pressant sur son cœur, et fondant en larmes. Après avoir baisé l'anneau pastoral, il put enfin prononcer quelques mots : — *Comment va ta santé?* — Ce furent ses premières paroles. Cette question était du reste celle qu'il faisait toujours avant toutes les autres.

Avec Mgr. Cagliero arrivèrent également trois personnages du Chili et deux missionnaires : Don Riccardi et Don Cassinis. Le voyage s'était accompli dans les meilleures conditions.

8 décembre.

SOUFFRIR EN AIMANT — L'ÉVÊQUE DE LIÈGE.

LES NOCES D'OR.

L'Immaculée Conception! Quel sacrifice pour le pauvre
Don Bosco que de ne pouvoir dire la sainte Messe! Il en-
tendit celle de son secrétaire et fit la sainte Communion.

La bonne humeur ne l'abandonne pas; à toutes les questions au sujet de sa santé, il affirme qu'il va très bien. Il
plaisante agréablement ses douleurs, et parlant de son dos
que la maladie courbe de plus en plus, il répète ces vers de
la chanson piémontaise:

> Oh schiña, povra schiña,
> T'as fini d'portè basciña.

Oh! échine, pauvre échine,
Tu as fini de porter des fardeaux.

Il s'ingéniait constamment à nous mettre un peu de joie
au cœur, cherchant à nous faire oublier que son état s'ag-
gravait tout les jours.

Ce soir, il est d'une faiblesse extrême: deux prêtres ont
grand peine à le conduire au réfectoire. Il n'a rien pris depuis deux jours.

Nous ne pouvions nous défendre d'une vraie tristesse dont
il lisait l'expression sur tous les visages. Et ce bon Père, em-
ployant sa petite ruse de paternelle affection, se met à débiter
en dialecte piémontais des vers qu'il avait composés pour encourager ses pauvres jambes, quand elles refusaient de faire
leur devoir:

> Oh gambe, povre gambe,
> Che sie drite, che sie strambe,
> Seve sempre 'l mé confort
> Fina a tant qu'i sia nen mort.

Oh jambes, pauvres jambes,
Que vous soyez droites, que vous soyez tordues,
Vous devrez toujours me soutenir
Tant que je ne serai point mort.

Hier soir, l'Oratoire avait l'honneur de donner l'hospitalité à S. G. Mgr. Doutreloux, évêque de Liège, venu à Turin tout exprès pour obtenir en faveur de sa ville épiscopale une fondation Salésienne ardemment et depuis longtemps sollicitée.

Le Chapitre, réuni autour de Don Bosco le soir même de l'arrivée de Monseigneur de Liège, ne voyait d'autre solution à donner qu'un délai illimité; et notre vénéré Fondateur lui-même, paraissait à peu près complètement de cet avis.

Le lendemain, 8 décembre, jour de l'Immaculée Conception, à la profonde surprise de tous, Don Bosco donne sa parole à son illustre visiteur, en fixant l'époque où les Salésiens se rendront à Liège. Quel est le mystère d'un changement d'avis si radical et si prompt, chez un homme qui eut toujours les détermination prudentes, mais immuables?

Faut-il en chercher la raison dans une échappée sur des vues ordinairement cachés aux conseils humains? Dieu le sait.

Pour se rendre au réfectoire, Don Bosco, après s'être défendu contre les plus aimables instances. dut enfin s'appuyer sur le bras du vénérable Prélat. Cette pieuse attention, par laquelle Monseigneur de Liège se plaçait si délicatement au nombre des enfants privilégiés de la famille Salésienne, émut vivement notre bien-aimé Père; il trouva, pour témoigner sa gratitude, un de ces mots dont il eut toujours le secret.

A la fin du repas, Sa Grandeur voulait de nouveau accompagner Don Bosco. Cette fois la tentative échoua; et nous eûmes le ravissant spectacle d'une lutte où l'humilité du prêtre l'emporta enfin sur la tendresse toute filiale du prélat: l'édification commune n'y perdit rien.

Le soir, Don Bosco ne fit que paraître au souper et se leva bientôt pour regagner sa chambre: — *Prenez courage,*

lui dit quelqu'un, *il faut que nous voyions vos noces d'or.* —
En entendant ces paroles, Don Bosco s'arrête sur le pas de la
porte, se retourne lentement, et, les yeux fixés sur son interlocuteur, répond : *Oui, oui : on verra! Les noces d'or! Grosse
affaire, grosse affaire!*

9 décembre.

PRÉMICES DE LA TERRE DE FEU.

Dans la matinée, Monseigneur Cagliero présente à notre
vénéré Père deux Filles de Notre-Dame Auxiliatrice : sœur An-
gèle Valese, de Lu, supérieure en Patagonie, et sœur Thérèse
Mazzarello, venue de l'Uruguay. Après dix ans d'absence, elles
pouvaient saluer de nouveau leur patrie et Don Bosco, leur
bien-aimé Fondateur. Elles avaient amené une petite fille de
douze ans que le missionnaire Salésien Don Fagnano avait
recueillie avec d'autres sauvages, au cours de sa première expédition dans la Terre de Feu.

Monseigneur Cagliero la présenta lui-même, en disant : —
*Voici, bien-aimé Don Bosco, les prémices que vous offrent
vos fils* **ex ultimis finibus terræ.** — La chère petite,
agenouillée aux pieds du bon vieillard, se mit à dire avec un
accent encore à demi-barbare : — *Je vous remercie, bien-aimé
Père, d'avoir envoyé vos missionnaires pour mon salut et
celui de mes frères! En nous faisant chrétiens, ils nous ont
ouvert les portes du Ciel.* — Don Bosco, souriant à travers
les larmes de bonheur qui inondaient son visage, bénit tendrement ce premier fruit du zèle de ses fils dans ces régions
éloignées, où il vit continuellement par la pensée et les saints
désirs.

10 décembre.

MARIE NOUS GUIDE.

Don Bosco n'a pu fermer l'œil cette nuit. La veille il avait
dit à Don Durando qui l'accompagnait : — *Quelle mauvaise*

nuit il me faudra passer! Patience! Que la volonté de Dieu soit faite!

Il est à bout de forces. Nous l'entendons s'écrier: — *Jusqu'ici nous avons toujours marché à coup sûr: nous ne pouvons pas faire fausse route: c'est Marie qui nous guide.*

11 décembre.

UNE CHÈRE VISITE.

L'arrivée d'un ancien élève apporte à Don Bosco une grande consolation. Il paraît rajeunir à mesure qu'il évoque à son souvenir les noms des condisciples de son cher visiteur, les aventures de l'époque, et surtout la protection manifeste de Dieu sur ses Œuvres naissantes. Il l'invite à venir passer les fêtes de Noël avec son vieux maître, et le prie d'amener son fils.

12 décembre.

LA CUEILLETTE.

Beaucoup de nos Coopérateurs ont pu voir, lors de leur passage à Turin, la vigne disposée en espalier le long de la galerie où Don Bosco se promenait, et passait une partie de sa journée, dans les derniers temps de sa vie.

Cette année, une de ces pensées gracieuses et délicates qui lui étaient familières, lui fit différer la modeste vendange de son espalier, jusqu'à l'arrivée de Monseigneur Cagliero. Et ces jours-ci, le bon Père, assis dans sa galerie, prend un vif plaisir à voir ses fils, habilement dirigés par l'Evêque de Patagonie, procéder à la cueillette qui est consommée séance tenante par les vendangeurs. Un autre Evêque étranger et deux Frères des écoles chrétiennes, dont un Provincial d'Amérique, prêtent à l'entreprise leurs concours aussi actif que dévoué.

14 décembre.

ENCORE UN PEU DE TEMPS......

Depuis un certain temps, notre vénéré Fondateur tient à réunir souvent et à garder le plus possible auprès de lui les anciens de sa famille religieuse; il est profondément affecté quand le devoir ou la charité lui ravissent quelqu'un d'entre eux.

Don Francesia termine ce soir une prédication et annonce une nouvelle absence; notre bien-aimé Père, douloureusement surpris, s'écrie : — *Je n'ai que peu de temps à rester avec vous: il faut que nous cherchions à le passer ensemble tout entier.*

15 décembre.

À PLUS TARD LES ÉCONOMIES.

Voilà maintenant deux grandes semaines que le pauvre Don Bosco est dans l'impuissance absolue de célébrer la sainte Messe; il l'entend tous les jours et fait la sainte Communion.

Apprenant que plusieurs familles d'Alassio souffrent encore par suite du tremblement de terre de l'an dernier, il veut, à tout prix, les soulager. A cet effet, il pria Don Cerruti d'écrire à Don Rocca, directeur du Collège d'Alassio, pour l'informer que Don Bosco l'autorise à prendre toutes les mesures opportunes en de semblables conjonctures, en lui recommandant la famille V*** — *Nous ferons des économies une autre fois,* concluait-il; *pour le moment, portons secours au prochain.*

16 décembre.

VIEUX SOUVENIRS - LE CARDINAL ALIMONDA.

Ce soir, le vénéré malade a pu sortir en voiture avec Don Rua et Don Viglietti, secrétaire.

Pendant la promenade, Don Bosco cite quantité de passages d'auteurs latins et italiens; après avoir récité des pièces parfois fort longues, il les analyse avec charme et en fait ressortir les beautés, au point de vue moral et religieux. Ses deux interlocuteurs ne peuvent dissimuler leur surprise en présence d'une mémoire aussi heureuse et d'une remarquable ténacité. Il est au moins inutile de dire que depuis cinquante ans et plus, Don Bosco n'avait jamais eu le loisir de renouer le moindre commerce littéraire avec ses classiques préférés.

On se préparait à regagner l'Oratoire quand on aperçut, sous les arcades du cours *Vittorio Emmanuele II*, le cardinal Alimonda. Le vénérable Archevêque s'approche aussitôt en s'écriant: *Oh Don Bosco, Don Bosco!* Il monte ensuite dans la voiture, presse dans ses bras l'humble prêtre et l'embrasse tendrement. Une foule respectueuse s'amasse en un instant et contemple le spectacle de singulière édification offert par ces deux vétérans des saintes luttes. — Comme ils s'aiment! — disait le peuple.

Quand le Cardinal se sépara de son ami, après l'avoir accompagné assez loin, Don Rua et Don Viglietti reprirent leur place dans la voiture et l'on s'achemina vers la maison.

Arrivé sur le palier du second étage, Don Bosco, exténué de fatigue, se retourne vers Don Rua pour lui dire: *C'est la dernière fois que je suis capable de gravir ces marches.*

17 décembre.

« C'EST LA DERNIÈRE FOIS QUE JE POURRAI LES CONFESSER. »

Le bon Père est très abattu. Depuis plusieurs années, les infirmités lui défendent de confesser tous les matins, comme il l'a fait pendant presque un demi-siècle; mais il veut encore consacrer à ce ministère, qui est si vraiment le sien, le soir du mercredi et du samedi. Aujourd'hui, l'antichambre contient une trentaine de pénitents, élèves des classes supérieures, et par conséquent en âge d'examiner sérieusement leur vocation. L'abbé Festa, second secrétaire, leur représenta vainement que l'état de Don Bosco était trop peu satisfaisant pour qu'il pût les entendre: ils se montrèrent décidés à pénétrer, quand même, auprès de leur Père.

Celui-ci, prévenu par l'abbé Festa, trouva d'abord la tâche au-dessus de ces forces; mais, après un instant de réflexion, il répondit, comme se parlant à lui-même: *Et cependant c'est la dernière fois que je pourrai les confesser!*

Le secrétaire, sans s'arrêter à cette réponse, objectait la fièvre et l'oppression dont souffrait le bien-aimé malade, et conseillait même de renvoyer les enfants pour cette fois. Mais Don Bosco, profondément ému, répéta: — *Et cependant c'est la dernière fois; dis-leur donc de venir.* — Et il les confessa.

Ce sont vraiment les dernières confessions qu'il ait entendues.

18 décembre.

APPRÉHENSIONS.

Ces jours derniers ont marqué une aggravation notable dans l'état de Don Bosco. Il ne peut plus marcher: on le traîne sur un fauteuil à roulettes.

Pour inaugurer une petite exposition des objets apportés de la Patagonie par Mgr. Cagliero et destinés au Souverain Pontife, notre vénéré Père avait invité à dîner quelques bienfaiteurs. Il s'entretient avec eux et leur donne des témoignages de particulière affection. Et de retour dans sa chambre, il dit à un de ses meilleurs amis, M. l'abbé Reffo: — *Mon bien cher, je t'ai toujours aimé et je t'aimerai toujours; je touche au terme de mes jours: prie pour moi; de mon côté je prierai toujours pour toi.*

19 décembre.

« JE DÉSIRE ALLER BIENTÔT EN PARADIS. »

Le vénérable malade reçoit la visite de plusieurs personnages du Chili, se rendant à Rome pour les fêtes Jubilaires.

L'un d'eux, le voyant si souffrant et si oppressé, lui dit:
— *Nous prions beaucoup le Seigneur de vous débarrasser de vos infirmités et de vous conserver longtemps encore à notre vénération.* — Don Bosco répondit: — *Je désire aller bientôt en Paradis: de là, je pourrai travailler bien mieux pour notre Pieuse Société et pour mes fils: je pourrai bien mieux les protéger. Sur la terre, je ne puis plus rien pour eux.*

II. — Angoisses

20 décembre.

DERNIÈRE PROMENADE — BIEN FINIR.

Le pauvre Don Bosco a la respiration pénible, et il est contraint de se mettre au lit à 7 heures du·soir : il ne se lève qu'à dix heures aujourd'hui, après avoir entendu la Messe et reçu la sainte Communion.

Jusqu'à midi, il donne audience aux bienfaiteurs et à un certain nombre d'étrangers.

Voilà bien 40 ans qu'il consacre la matinée entière et une partie de la soirée à conseiller, à bénir, à consoler, à aider, à réjouir saintement tous ceux qui viennent le voir.

Ce moment a toujours été le plus rude labeur de sa vie.

Ce matin, il est si faible, que la respiration paraît près de lui manquer.

Dans l'après-midi, il voulut, malgré tout, sortir en voiture : ce fut la dernière fois. On dut le transporter dans son fauteuil. Jamais il n'avait consenti à cela, en dépit de toutes nos instances ; et cette pauvre satisfaction, hélas ! devait même nous être refusée désormais.

Don Bonetti et Don Viglietti s'installèrent à ses côtés, et la conversation s'engagea sur l'ardent désir que nourrissaient tous les confrères Salésiens, de soulager leur Père bien-aimé.

Don Bosco écoutait; il sortit enfin de son silence attendri pour dire: *Viglietti, dès que nous serons de retour à la maison, souviens-toi d'écrire en mon nom ces paroles qui sont pour tous les Salésiens:* **Que les Supérieurs Salésiens aient toujours une grande bienveillance à l'égard de leurs inférieurs; et surtout qu'ils traitent bien et avec charité les gens de service.**

La promenade terminée, on arrivait presque devant l'église de Marie Auxiliatrice, quand un inconnu fait arrêter la voiture et se présente à Don Bosco qui se trouve en présence d'un brave homme de Pignerol. Un des premiers, il avait vécu à l'Oratoire parmi les enfants que Don Bosco y avait recueillis aux débuts de son zèle. Avec quel bonheur le revit son ancien Maître, on le devine facilement.

Venu à Turin pour ses intérêts, il avait tenu à saluer Don Bosco; et sachant qu'il allait passer, il avait trouvé plus commode de l'attendre sur le chemin; *Mon cher,* lui dit le bon Père, *comment vont tes affaires?*

— *Heu! heu! par-ci, par-là; priez pour moi.*

— *Et pour ce qui regarde l'âme, comment vas-tu?*

— *Je tâche d'être toujours un digne fils de Don Bosco.*

— *Merci, bravo! Dieu te récompensera! De ton côté, prie pour moi.* — Et après l'avoir béni, il le congédia en lui disant: — *Je te recommande le salut de ton âme: vis toujours en bon chrétien.*

Quand Don Bosco fut dans sa chambre, où il avait fallu le transporter, il dit affectueusement à Berrone, sommelier de l'Oratoire, chargé de diriger la petite équipe des porteurs: — *Tu tiens compte, n'est-ce pas? Je te réglerai tout à la fin.*

Le docteur Albertotti, qui vint le voir à ce moment, le trouvant très fatigué, le fit mettre au lit. Il obéit. Tandis qu'il quittait ses vêtements, l'abbé Festa lui ayant demandé comment il se sentait, il répondit tout ému: — *Il ne me reste maintenant qu'à faire une bonne conclusion, qui termine bien le tout.*

Comme on lui insinuait qu'un peu de repos aurait raison de son indisposition, il fit un signe de dénégation et répéta, en accentuant les paroles: *Il ne me reste qu'à faire une bonne conclusion.*

Dans la journée, il écrivit ce qui suit, sur une image: *Maria, tu nos ab hoste protege et mortis hora suscipe* (1). Et sur une autre, nous avons trouvé cette invocation en italien: *Marie, à l'article de la mort, prêtez à mon âme votre puissant secours.*

21 décembre.

DIAGNOSTIC ALARMANT.

Don Bosco va bien mal. L'estomac ne veut rien garder; point d'appétit. Toute la journée se passe au lit, à cause de l'oppression, devenue plus pénible encore, et de la fièvre.

Le médecin nous jette dans l'angoisse. « Si le malade continue de ce train, tout sera fini en quatre ou cinq jours. »

L'infirme paraît ne se douter rien; il est tranquille et plaisante doucement.

Le soir, à 8 h. 1|2, il nous dit: — *Aujourd'hui, vers 4 heures, j'ai cru que le moment était venu de partir. Je ne connaissais absolument plus. Je me sens beaucoup mieux maintenant.*

Puis, après avoir pris une soupe légère, il s'adresse au secrétaire: *Viglietti, donne-moi un peu de café à la glace.... mais surtout qu'il soit chaud, n'est-ce pas?.....* Et il riait de bon cœur.

---

(1) Marie, protégez-nous contre l'ennemi, et à l'heure de la mort, recevez-nous.

23 décembre.

« JE M'EN VAIS À L'ÉTERNITÉ » - DON BOSCO ET SES FILS -

LES DOCTEURS - LE CARDINAL ALIMONDA - LE CONFESSEUR.

Nos inquiétudes augmentent. Le bon Père ne peut supporter aucune nourriture.

Vers midi, il dit au secrétaire: — *Fais en sorte d'avoir un autre prêtre avec toi. J'ai besoin qu'il y ait toujours quelqu'un qui puisse me donner l'Extrême-Onction.*

— *Don Bosco,* répondit le secrétaire, *Don Rua est toujours dans la chambre voisine. Du reste, vous n'êtes pas malade à parler ainsi.*

— *Sait-on,* reprit le malade, *sait-on dans la Maison que je suis si mal?*

— *Oui, Don Bosco, on le sait, non seulement ici, mais dans toutes les autres Maisons, et maintenant, dans le monde entier; et partout on prie.*

— *Pour que je guérisse? Je m'en vais à l'éternité!*

Notre si bon Père est en proie à une vive émotion. A tous ceux qui l'approchent il indique une pensée à retenir, comme s'il devait les quitter.

Il multiplie les recommandations. A Don Bonetti: — *Sois toujours le soutien de Don Rua;* au secrétaire: — *Pense à préparer le saint Viatique. Nous sommes chrétiens: je fais volontiers le sacrifice de ma vie.*

A midi et demi, trois catholiques belges demandent à le voir. Il y consent, pourvu qu'ils promettent de prier pour lui.

Après les avoir bénis, il leur dit: — *Promettez-moi de prier pour moi, pour les Salésiens et spécialement pour les Missionnaires.*

Un de ses tout jeunes prêtres, venu pour le voir, reçut la commission suivante: — *Dis à ta mère que je la salue, et que je lui recommande d'élever chrétiennement sa famille;*

qu'elle prie aussi pour toi, afin de t'obtenir la grâce de rester toujours un bon prêtre, et de sauver beaucoup d'âmes.

Il insiste beaucoup pour que tout soit prêt, quand il faudra l'administrer.

Vers 2 heures, se sentant plus mal, il murmure à l'oreille de Mgr. Cagliero: *Ne manquez pas de dire à Monsieur L*** qu'il se souvienne de nos Missionnaires: à mon tour, je me souviendrai de lui et de son excellente famille. Priez tous pour moi. Je demande à tous mes confrères de prier pour moi, afin que je meure en grâce avec Dieu: je ne désire pas autre chose.....; qu'ils aient tous une foi vive et qu'ils l'entretiennent par de saintes œuvres.*

Les anciens de l'Oratoire, Don Belmonte, Don Lazzero, Don Berto, Rossi Joseph et Buzzetti, tous ceux que nous avons déjà nommés, et bien d'autres encore, se remplaçaient à son chevet. Il parlait avec difficulté, mais son accueil n'en était que plus affectueux. Ses cruelles souffrances ne parvenaient point à troubler la sérénité habituelle de son âme d'enfant; et sur son lit de douleur, il avait les mêmes saillies aimables qu'aux jours de sa jeunesse.

Ne pouvant pas toujours parler à ceux qui lui rendaient visite, il portait parfois la main au front, pour leur faire au moins le salut militaire, ou tout autre signe d'amitié.

Souvent aussi, il indiquait le nouvel arrivant par ces mots: *Le vois-tu? C'est lui.*

En donnant sa main à baiser, il pressait affectueusement celle du visiteur, en disant: — *Oh! voilà mon ami; tu es toujours mon ami.*

Il n'oubliait rien. S'adressant à un de ses fils: *Je sais,* dit-il à voix très basse, *je sais que ta mère se trouve dans le besoin. Parle en toute liberté et à moi seul, sans communiquer ton secret à qui que soit. Je te donnerai moi-même tout ce que tu jugeras nécessaire: personne n'en saura rien.*

Il voulait savoir de tous l'état de la santé, si le froid n'éprouvait pas trop, si on manquait de quelque chose: et toutes ces questions, il les faisait avec le plus vif intérêt.

Il fallait le tenir au courant de tout. Monseigneur Cagliero avait mission de lui faire connaître l'ordre de la journée, les occupations de chacun, le travail plus important qui s'exécutait actuellement dans la maison. Il imposait à ses infirmiers le repos et la récréation.

Mais on avait peine à lui obéir: l'amour retenait à son chevet, comme invinciblement, ceux qui avaient la précieuse consolation de soigner leur Père bien-aimé. Que de fois sa profonde tendresse pour ses fils lui a fait répandre des larmes silencieuses, à la pensée de la séparation suprême! Il répétait souvent, et quand il était encore dans la force de l'âge: — *L'unique sacrifice que j'aurai à faire à l'article de la mort, sera de vous quitter.*

Combien et comment il aimait, nous ne pourrons jamais le dire! Il cherchait par de gracieux petits mots, à détruire l'impression pénible que nous causaient ses souffrances.

Un des Supérieurs majeurs ne pouvait retenir sa douloureuse émotion en voyant le malade brisé par le mal. — *As-tu déjà goûté?* demande Don Bosco d'un ton moitié sérieux, moitié badin. — *Demande donc à Don Viglietti, s'il a goûté, lui.*

On eût dit que chacun possédât son cœur tout entier.

Un jour, un jeune prêtre Salésien essayait de prouver à quelques confrères qu'il avait joui d'une particulière intimité avec Don Bosco. On l'écoutait en silence; mais au bout d'un instant, un de ses auditeurs l'interrompit par ces mots: — Pour tous ceux qui sont ici, la démonstration est inutile: chacun d'eux pourrait en dire autant et croit avoir été le préféré. — C'est la vérité, s'écria l'assistance.

Et des milliers de personnes ont le droit de tenir le même langage.

A 3 h. 1[4, longue consultation médicale. Le docteur Albertotti, médecin-traitant, a voulu partager la responsabilité avec deux éminents confrères : M. Fissore, professeur à l'Université de Turin, et M. Vignolo. Don Bosco paraît un peu soulagé. Dieu seul peut reconnaître dignement les soins empressés, les innombrables visites de jour et de nuit, le dévouement infatigable et désintéressé, les marques de pieuse vénération de ces princes de la science ; ils ont pris rang parmi nos plus insignes bienfaiteurs. Notre bien-aimé Père ne pouvait les remercier que par des larmes.

A 4 h. 1[4, S. E. le cardinal Alimonda est introduit auprès du cher malade, qu'il embrasse avec une tendre et paternelle effusion.

Don Bosco ôte respectueusement son bonnet et dit : *Eminence, je vous recommande de prier afin que je puisse sauver mon âme.* Ce fut sa première parole. Il ajouta ensuite : — *Je vous recommande ma Congrégation ;* puis se prit à pleurer.

Son illustre visiteur lui adresse alors une petite exhortation, lui parlant de la conformité à la volonté de Dieu, et l'engageant à se souvenir qu'il avait beaucoup travaillé pour la gloire de ce bon Maître.

Mais s'apercevant à ce moment que le malade tient encore son bonnet à la main, Son Eminence elle-même voulut le lui remettre sur la tête. Don Bosco, extrêmement ému, ne peut que répondre : — *J'ai toujours fait tout ce que j'ai pu. Qu'il en soit de moi selon la sainte volonté de Dieu.*

— *Il en est peu,* fait observer le Cardinal, *qui puissent parler comme vous à l'article de la mort.*

Don Bosco l'interrompit : — *Temps difficiles, Eminence ! J'ai passé des temps difficiles.... Mais l'autorité du Pape... l'autorité du Pape ; je l'ai dit à Mgr. Cagliero, ici présent, pour qu'il le répète au Saint-Père : les Salésiens sont pour la défense de l'autorité du Pape partout où ils travaillent, partout où ils se trouvent.*

Et le malade prononçait ces mots avec un air enflammé.

— *Oui, cher Don Bosco*, répondit Mgr. Cagliero, qui se tenait au pied du lit; *Je me souviens: soyez sûr que je ferai votre commission au Saint-Père.*

— *Mais vous, Don Bosco*, reprit le Cardinal, *vous ne devez pas craindre la mort; vous avez recommandé si souvent aux autres de se tenir prêts.*

— *Il nous en parlait sans cesse*, poursuivit Mgr. Cagliero; *c'était même le thème préféré de ses entretiens.*

— *Je l'ai dit aux autres*, ajouta l'humble prêtre; *et j'ai besoin maintenant que les autres me le disent.*

Après avoir béni le malade, Son Eminence ne voulut point prendre congé de lui sans l'avoir embrassé à plusieurs reprises.

A 5 heures, arrive le confesseur de Don Bosco, M. l'abbé Giacomelli, son condisciple au Séminaire; on les laisse ensemble quelques instants.

Quel souvenir nous rappelait ce bon prêtre! Au cours d'une maladie mortelle qu'il fit en 1885, son pénitent lui avait dit en notre présence: — *Sois joyeux; ne crains rien: ne sais-tu pas que c'est toi qui dois assister Don Bosco à ses derniers moments!*

24 décembre.

LE SAINT VIATIQUE - « QUE JE PUISSE SAUVER MA PAUVRE AME. »

Le matin, à 7 h. et demie, tout est prêt pour l'administration du saint Viatique.

Don Bosco dit avec larmes aux prêtres qui l'entourent: — *Aidez-moi, aidez-moi vous autres, à bien recevoir Jésus... moi je suis confus..... In manus tuas, Domine, commendo spiritum meum.* — Quand il aperçoit Mgr. Cagliero, lui apportant le saint Viatique, ses larmes redoublent. Quel spectacle! Don Bosco, revêtu de l'étole, ressemble à un ange. Nous renonçons à décrire ce moment. On n'entendait que les sanglots des assistants; Monseigneur lui-même ne put se contenir.

Vers 10 heures, le vénéré malade dit à Don Durando qui se trouvait près de lui : — *Je te charge de remercier en mon nom les médecins, de tous les soins qu'ils m'ont prodigués avec une si grande charité.*

Dans l'après-midi à 4 h. 1|2, S. E. le cardinal Alimonda vient en personne prendre des nouvelles. Depuis ce matin on constate une amélioration bien marquée. La respiration est plus libre; grand calme, sommeil réparateur.

A 10 heures Don Bosco sort d'un long silence et dit à Don Rua : — *Je voudrais auprès de moi cette nuit un autre prêtre avec Don Viglietti : je crains de ne pas aller jusqu'à demain.*

A 11 heures, Mgr. Cagliero lui administre l'Extrême-Onction. Don Bosco avait déjà prié qu'on obtint pour lui la bénédiction du Saint-Père; Monseigneur la demanda par dépêche avant de se rendre à l'église pour la Messe de minuit.

Le malade parlait de l'éternité et donnait des avis sur différents points importants. S'adressant à Monseigneur, il lui dit avec larmes : — *Je ne demande au Seigneur qu'une chose, c'est de pouvoir sauver ma pauvre âme. Je recommande de faire savoir aux Salésiens qu'ils doivent travailler avec zèle et ardeur : travail, travail! Employez-vous toujours et sans relâche à sauver les âmes.*

25 décembre.

LE PAPE ET DON BOSCO.

A midi, on annonce M. le chanoine Bosso, Supérieur de la Petite Maison de la Providence, fondée par le vénérable Cottolengo.

Don Bosco lui rappela leur première rencontre à Châteauneuf d'Asti, alors que le chanoine d'aujourd'hui était encore un tout jeune enfant.

Dans l'après-midi, un télégramme du cardinal Rampolla apporte la réponse à la supplique de Don Bosco, en des termes qui disent la grande bienveillance du chef de l'Eglise pour notre vénéré Fondateur, et le vif intérêt qu'inspire à Sa Sainteté un état si grave: « Monseigneur Cagliero, Turin. — Le » Saint-Père, affligé de la maladie de Don Bosco, prie pour » lui, et lui envoie la bénédiction demandée.

« M. Card. RAMPOLLA. »

Le soir, notre bien-aimé Père reçut la visite de NN. SS. Bertagna, évêque titulaire de Capharnaüm, auxiliaire du Cardinal, et Leto, évêque de Samaria.

Les Evêques de Casale, Fossano et Coni étaient déjà venus quelques jours avant.

Tous ces jours-ci, notre petite espiègle de la Terre de Feu est singulièrement affectée des alarmes que fait naître le péril où se trouve Don Bosco. Elle court sans cesse à la Supérieure pour savoir des nouvelles: — Don Bosco est malade! C'est son cri de tous les instants. Elle passe presque sa journée à l'église à prier devant le Saint-Sacrement pour la guérison de son bienfaiteur. Les larmes qui baignent son visage cuivré attestent sa gratitude et sa douleur.

26 décembre.

DERNIÈRE VISITE DU CARDINAL ALIMONDA.

Don Bosco est un peu mieux. L'ancien élève dont nous avons déjà parlé et qu'il avait invité à venir passer à l'Oratoire les fêtes de Noël, vient faire sa visite d'adieu. A genoux près du lit, cet ami des premiers jours semble oublier tout ce qui l'entoure pour concentrer sa pensée sur le douloureux spectacle offert à sa vue; il ne sait que répéter: — *Oh Don Bosco! oh Don Bosco!*

Cependant le malade le bénit, lui et son tout jeune fils: son regard levé vers le ciel, leur indique le rendez-vous.

Quand ils eurent quitté la chambre, notre si bon Père appelant Don Rua, lui dit: — *Tu sais qu'il n'est pas riche; tu leur paieras le voyage à tous les deux, en mon nom.*

A 4 h. 3[4 S. E. le cardinal Alimonda vient voir son ami une fois encore avant son départ pour Rome. Notre vénérable Archevêque ne peut retenir ses larmes: il embrasse plusieurs fois et bénit avec effusion le cher malade.

On annonce ensuite la Supérieure générale des Filles de Marie Auxiliatrice, accompagnée d'une Assistante. Elles demandent une suprême bénédiction.

— *Oui*, murmure Don Bosco, *je bénis toutes les Maisons des Filles de Marie Auxiliatrice, la Supérieure générale et toutes les sœurs; qu'elles mettent tout en œuvre pour sauver beaucoup d'âmes.*

Vers le soir, il dit à Mgr. Cagliero: — *Je désire que tu restes en Italie jusqu'à ce que toutes les affaires de la Congrégation soient arrangées, après ma mort.*

Dans la nuit, il prie l'Evêque Salésien de le bénir.

27 décembre.

DOUCE HUMEUR.

Saint Jean l'Evangéliste, patron de Don Bosco. Le bon Père peut entendre la sainte Messe et communier.

Vers midi, on voulait arranger un peu son lit. On cherchait le moyen de le secouer le moins possible. *Voyez*, dit-il plaisamment à Don Belmonte, *faites comme ceci: attachez-moi une corde au cou et tirez-moi d'un lit à l'autre.* Il fallait lui imposer presque tous les jours la dure fatigue de ce changement de lit; et toutes les précautions imaginables n'empêchaient pas qu'il n'eût à souffrir de mille manières au cours de l'opération. Mais sa douce humeur n'est pas altérée le moins du monde.

Quand on lui demande: — *Je vous ai fait mal, n'est-ce*

pas, *Don Bosco?* il répond avec un sourire : — *Oh! certainnaiment, tu ne me fais pas du bien.*

Dans la soirée, il reçoit la visite de M. l'abbé Tinetti, directeur de l'*Unità Cattolica*, et lui dit d'une voix éteinte : — *Comme par le passé, je vous recommande la Congrégation Salésienne et nos Missions.*

Il ajoute encore quelques paroles de grande bienveillance, et l'assure que leur amitié se continuera en paradis.

28 décembre.

DON BOSCO NE VEUT PAS DEMANDER SA GUÉRISON.
COMMENT ON PRIE POUR LUI · LES DOCTEURS.

Ce matin les médecins sont beaucoup plus contents de leur malade.

Signalons un détail qui a bien son importance. Don Bosco, supplié de demander à Dieu la santé, n'a jamais voulu y consentir. Sa réponse était constamment la même : — *Qu'il en soit de moi selon la sainte volonté de Dieu.*

Il répète avec ferveur les oraisons jaculatoires qu'on lui suggère; mais si quelqu'un vient à dire : — *Très Sainte Vierge Marie, faites-moi guérir!* il se tait.

Les journaux de tous pays, tenus au courant par leurs correspondants, publient le bulletin de l'état de Don Bosco. L'Oratoire est continuellement assiégé par une foule avide de savoir les nouvelles. A tout instant on apporte des télégrammes; les directeurs de nos Maisons d'Italie, de France et d'Espagne arrivent successivement.

Nous apprenons que dans le monde entier on adresse à Dieu de ferventes prières publiques et privées, des neuvaines et des triduums.

Il n'y a pas de communauté où l'on ne s'efforce, par les

plus ardentes supplications et par les rigueurs de la pénitence, de retenir Don Bosco sur la terre.

Dans beaucoup de nos Maisons, on a organisé l'adoration diurne et nocturne devant le Saint Sacrement exposé.

Nos chers Coopérateurs en particulier n'ont rien épargné pour conserver notre Père bien-aimé. Larmes, prières, sacrifice de la vie, promesses et vœux, en un mot toutes les formes de la piété filiale, torturée par la pensée de l'épreuve, tout a été employé avec les saintes obstinations de cet amour qui est fort comme la mort.

Cet élan admirable des cœurs serait tout naturel s'il s'agissait seulement des enfants de la famille religieuse ; mais ce sont tous les chrétiens unis à Don Bosco par le dévouement aux œuvres chrétiennes, qui ont fait violence au ciel. Beaucoup d'entre eux n'ont eu que leur foi pour connaître et apprécier ce bon Père ; et au milieu des soucis de leurs affaires, la pensée de ce vieillard courant à la récompense, a donné à leurs supplications une puissance à laquelle Dieu ne pouvait résister complètement.

Ce matin, une personne de la haute société turinaise est venue tout exprès à l'Oratoire pour prendre des nouvelles de Don Bosco. Le portier, après l'avoir introduite au parloir, lui tendit l'*Unità Cattolica* du jour, qui annonçait une amélioration. La noble visiteuse répandit des larmes de joie, puis mit sa bourse dans la main du portier, en disant : *Oh ! dites à Don Bosco de se rétablir promptement et remettez-lui cette offrande.* — La bourse contenait 400 francs en or.

Le cher malade prie souvent les médecins de lui dire clairement son état, *parce que,* ajoute-t-il, *sachez que je ne crains rien. Je suis tranquille et tout préparé.*

Et il a toujours envisagé avec le même calme le départ suprême.

Don Albéra, supérieur de l'Oratoire St-Léon à Marseille, lui disait : — *C'est la troisième fois, Don Bosco que vous*

*allez sur le seuil de l'éternité: les prières de vos fils vous
ont toujours ramené en ce monde. Je suis certain qu'il en
sera de même cette fois encore,*

— *Cette fois-ci je ne reviendrai plus!* répondit D. Bosco.

Les souvenirs qu'il aime à donner depuis quelques jours
et qu'il fait écrire, peuvent se résumer dans ces deux pensées:
— *Dire aux confrères d'exciter leur foi — leur recommander l'exacte observation des Règles.*

Un correspondant de journal, venu à l'Oratoire pour prendre des informations précises, eut la bonne fortune de les
recueillir de la bouche même du docteur Fissore, qui s'exprima
en ces termes: « Don Bosco est perdu; pour nous, nous n'a-
» vons plus aucune espérance de le sauver. Il est atteint d'une
» affection cardio-pulmonaire; le foie est attaqué; la moëlle
» épinière présente une complication qui engendre la para-
» lysie dans les membres inférieurs. Il ne peut plus parler.
». Enfin les reins et les poumons sont également pris. Cette
» maladie n'a aucune cause directe. Elle est le résultat d'une
» faiblesse générale, d'une existence usée par d'incessants la-
» beurs mêlés de continuelles inquiétudes. Don Bosco s'est
» consumé dans un travail au-dessus de ses forces; il ne
» meurt pas de maladie: c'est une lampe qui s'éteint faute
» d'huile. »

29 décembre.

BÉNÉDICTIONS.

Ce soir, cela va bien mal.

Notre bien-aimé Père fait appeler Don Rua et Mgr. Cagliero, et rassemblant le peu de forces qui lui restent encore
donne les avis suivants, en priant de les transmettre à tous
les Salésiens: *Arrangez toutes les affaires. Traitez-vous toujours en frères, aimez-vous, aidez-vous, supportez-vous mutuellement. Le secours de Marie Auxiliatrice ne vous man-
quera jamais. Recommandez à tous mes enfants mon salut*

éternel et priez. Alter alterius onera portate... Exemplum bonorum operum... Je bénis *les Maisons d'Amérique, Don Costamagna, Don Lasagna, Don Fagnano, Don Tomatis, Don Rabagliati; Monseigneur Lacerda et tous les miens du Brésil; Mgr. l'Evêque de Buenos-Ayres et Mgr. Espinosa; Quito, Londres et Trente! Je bénis Saint-Nicolas, tous nos bons Coopérateurs et leurs familles: je me souviendrai toujours du bien qu'ils ont fait à nos Missions.*

Vers les 10 heures, Mgr. Cagliero donne la bénédiction papale au vénéré malade, qui pria l'Evêque Salésien de réciter l'acte de contrition en son nom. Il dit ensuite: — *Propagez la dévotion à la Très-Sainte Vierge dans la Terre du Feu. Si vous saviez combien d'âmes Marie Auxiliatrice veut gagner au ciel par le moyen des Salésiens!*

Le reste de la nuit, Don Bosco est beaucoup plus calme. Il repose.

Nous recevons des nouvelles de Rome. A notre Maison du Sacré-Cœur c'est un va-et-vient continuel de princes, de prélats, d'évêques et de cardinaux qui demandent des nouvelles de D. Bosco. Le Saint-Père lui-même a daigné en faire prendre.

Dans tous nos établissements on constate la même affluence. A Barcelone, pour satisfaire tout le monde, on a dû établir trois centres d'information.

A Paris, la maladie de Don Bosco fait connaître toujours plus notre Oratoire de Ménilmontant.

Appelé par télégraphe, Don Sala, Econome général de la Société, arrive de Rome et se rend aussitôt auprès de Don Bosco qui le reconnaît. Don Sala lui annonce que ses fils de Rome prient pour lui, et que le cardinal Parocchi, notre protecteur, très affligé de l'état de notre vénéré Père, lui envoie sa bénédiction.

Don Bosco remercia et dit ensuite d'une voix faible: — *Pour tout ce qui regarde l'ordre matériel des Maisons, tiens toujours Don Rua soigneusement informé. — Je le ferai.*

Et maintenant, je suis tout à votre disposition; si je puis vous être utile en quelque manière, ce sera pour moi un bonheur. — *Oui*, reprit Don Bosco, *tu me feras plaisir et tu soulageras mon infirmier; du jour où je me suis mis au lit, il ne manque jamais de venir me voir de temps en temps, même la nuit.*

30 décembre.

LES ÉTRENNES.

A la veille du jour de l'an, Don Rua, comme d'habitude, demande à Don Bosco quelles étrennes il veut donner aux enfants. Le bon Père répond: — *Dévotion à la T. S. Vierge et fréquente Communion.* — Pour ce qui est des Salésiens, il répète une fois de plus: — *Je recommande le travail, le travail!*

Don Cerruti annonce qu'une baronne de Gênes est allée à notre Maison de Sampierdarena faire une offrande de 400 francs, en suppliant de prier, de prier encore et de prier toujours pour la guérison de Don Bosco. Il ajoute qu'il a envoyé à cette généreuse bienfaitrice, avec l'expression de sa reconnaissance, la bénédiction donnée par Don Bosco malade.

— *Oui, je la bénis du fond du cœur*, répondit-il tout ému.

III. — Espérances.

31 décembre.

UN PEU DE MIEUX.

Le malade demande à Don Lemoyne (1) la bénédiction de Marie Auxiliatrice. Bien souvent il avait prié ses prêtres de le bénir, et dans ces circonstances, comme toujours du reste, son attitude si humble était pour tous un grand exemple de foi et de charité.

Les médecins constatent une très notable amélioration ; et nous en envoyons la nouvelle en France pour rassurer un peu nos chers Coopérateurs.

Don Bosco, qu'il veille ou qu'il dorme, a sans cesse présente à l'esprit la pensée de l'histoire ecclésiastique. Il voit près de son lit le confrère chargé par lui de traduire en latin l'*Histoire de l'Eglise*, dont il est l'auteur. Apprenant que ce travail touchait à sa fin : — *Bien : je suis content*, répond-il. *C'est une œuvre que je désirais tant savoir accomplie. Continue dans le Seigneur.*

Aujourd'hui, un télégramme du Cardinal Alimonda nous apporte une nouvelle bénédiction du Saint-Père.

(1) Secrétaire général de la Société, et Rédacteur en chef du Bulletin Salésien

1888.

1er. janvier.

LE COMTE COLLE — DON BOSCO ET DON RUA.

On reçoit la nouvelle de la mort presque subite du comte Fleury-Colle de Toulon, notre insigne bienfaiteur. L'étroite amitié qui l'unissait à Don Bosco nous oblige à prendre les plus grands ménagements pour communiquer la triste nouvelle au bien-aimé malade.

Ces jours-ci, il fait souvent appeler Don Rua et passe avec lui de longs moments dans des colloques confidentiels.

2 décembre.

SECRET D'UNE BONNE MORT.

Don Bosco recommande à Mgr. Cagliero de dire aux Salésiens : *Qu'ils soient préparés à la mort, mais à une bonne mort, moyennant une ample moisson de bonnes œuvres.*

3 janvier.

LE MIEUX SE DESSINE.

Le mieux se dessinant tout les jours davantage, Mgr. Cagliero demanda à notre vénéré Père la permission de se rendre à Nizza Monferrato pour une importante vêture.

— *Va,* répond Don Bosco en souriant, *et bénis en mon nom cette communauté. Mais tu retourneras, n'est-ce pas ?*

Le même soir il dit au secrétaire :

— *Tu es Don Viglietti ?*

— *Oui, je suis Viglietti.*

— *Eh bien, cher Viglietti, sais-tu pourquoi, lors du*

premier départ de Mgr. Cagliero, il y a des années, je n'ai pas voulu te laisser aller en Amérique?

— *Oui, je me l'explique maintenant,* répondit le secrétaire en pleurant.

— *Bien, tu te l'expliques et tu le vois..... mais je te l'avais dit..... te souviens-tu?* **C'est toi qui dois me fermer les yeux.**

4 janvier.

DEUX GUÉRISONS.

On écrit d'Alassio pour recommander aux prières de Don Bosco un enfant presque moribond, et un jeune abbé atteint d'une pleurésie. A cette communication le malade répond: -- *Mais..... c'est moi maintenant qui ai besoin des prières des autres.*

Dans d'autres circonstances il avait parlé d'une manière aussi évasive. Quoi qu'il en soit, l'enfant et l'abbé guérirent tous deux.

7 janvier.

PREMIER REPAS - CHOSES ÉTONNANTES.

Ce soir, sur le conseil des médecins, Don Bosco a pris une panade et un œuf. Il ôte son bonnet pour réciter le *Benedicite* et prie en pleurant. Autour de lui on tremblait que ce premier repas ne vint à faire mal: c'est le contraire qui heureusement eut lieu. A peine fut-il un peu réconforté, qu'avec une animation extraordinaire, il demanda des nouvelles de mille choses.

On dut lui parler de Rome, du Pape, des fêtes Jubilaires; puis il voulut connaitre les affaires de l'Oratoire et causer avec quelques-uns de ses jeunes religieux.

Il ne s'était pas encore trouvé aussi bien. Le soir, vers 9 heures, il fit dire à Don Lemoyne ce qui suit: — *Comment peut-on expliquer qu'une personne, après 21 jours passés au lit, presque sans manger et avec l'esprit affaibli à l'excès, reprenne tout à coup possession d'elle-même, se rende compte de tout, se sente forte et puisse au besoin se lever, écrire, travailler? Oui, je me sens en ce moment aussi valide que si je n'avais jamais été malade.*

Si quelqu'un en voulait savoir la raison, il n'y aurait qu'à répondre: **Quod Deus imperio, tu prece Virgo potes....**

Ce que Dieu opère par sa puissance, vous, ô Vierge, par la prière, vous le pouvez. *Il est certain que mon heure n'est pas encore venue ; ce pourrait être bientôt : maintenant, non.*

Cette trêve inespérée n'a été obtenue, on peut l'affirmer en toute certitude, que par les ferventes prières adressées à notre Mère toute bonne, de tous les points de la terre. Ce fut une grâce précieuse. Le vénéré Fondateur put arranger pour le mieux une foule d'affaires délicates, donner des règles de conduite pour les questions ayant trait au personnel de certaines Maisons. Déjà, quelques jours avant cette amélioration, il avait commencé, et continua jusqu'à la fin, à donner des marques d'une vie intellectuelle inexplicable dans l'état où il se trouvait.

Presque toujours, en sortant d'un assoupissement qui durait parfois des journées entières, il parlait, avec une présence d'esprit et un à-propos admirables de telle démarche commencée, de telle mesure à prendre, d'une disposition légale à mettre en ligne de compte, et que l'on avait négligée.

Les médecins ne savaient quelle cause assigner à une si parfaite lucidité d'esprit et à une activité qui tenait du prodige.

8 janvier.

LE DUC DE NORFOLK.

A midi, le duc de Norfolk, se rendant à Rome, vient passer quelques instants avec Don Bosco et prendre ses commissions pour le Saint-Père ; dans cet entretien d'une demi-heure, il fut également question de la Maison Salésienne nouvellement fondée à Londres, et des missions projetées en Chine. Le noble visiteur voulut, avant de partir, recevoir la bénédiction du vénéré malade.

Don Bosco a dit, ce soir, au secrétaire : — *Je regrette de ne pouvoir plus venir à votre secours comme je le faisais autrefois, en allant moi-même chercher les aumônes ; avant même de tomber malade, j'avais dépensé mon dernier sou : me voilà maintenant sans ressources, et cependant nos enfants continuent à demander du pain. Comment ferons-nous ? Il faut qu'on le sache : ceux qui voudront exercer la charité envers Don Bosco et ses orphelins, ne doivent pas attendre que j'aille tendre la main moi-même : je ne le pourrai plus.*

11 janvier.

LÉON XIII.

Le Saint-Père a reçu aujourd'hui le Pèlerinage piémontais. Un de nos missionnaires, Don Cassinis, venu avec Mgr. Cagliero de la République Argentine, put profiter de cette audience en compagnie de quelques autres Salésiens.

Quand ils furent aux pieds du Souverain Pontife, S. E. le cardinal Alimonda, archevêque de Turin, les présenta à Sa Sainteté, par ces mots : — *Ceux-ci sont Salésiens, fils de Don Bosco.*

— *Oh !... bien,* daigna dire le Pape ; *et quelles nouvelles me donnez-vous de Don Bosco ? J'ai appris qu'il avait été très mal, mais qu'il est un peu mieux maintenant.*

— *Oui, Saint-Père,* répondit Don Cassinis, *les dernières nouvelles sont bonnes. Don Bosco marche vers le rétablissement.*

— *Oh ! que Dieu soit remercié,* s'écria le Pontife, *et priez pour la conservation de votre Fondateur. Dites-lui que le*

Pape pense à lui, et lui envoie la bénédiction apostolique.

La vie de Don Bosco est précieuse, et sa mort, arrivant ces jours-ci, eût profondément attristé nos fêtes de Rome.

12 janvier.

LES PÈLERINS DE ROME ET DON BOSCO.

Cette semaine nous a amené une foule de Pèlerins Français, Belges, Suisses, Anglais et Allemands revenant de Rome. Tous désirent voir Don Bosco et recevoir sa bénédiction. Dans les limites du possible, il les reçoit avec une affectueuse cordialité, leur recommande ses orphelins et leur demande des prières pour son âme; puis, cédant à leurs instances, il les bénit.

D'autres, moins heureux, ne purent être introduits à cause d'une défense formelle des docteurs: Don Bosco l'ayant appris, en témoigna son très vif regret.

13 janvier.

AMIS ET ADVERSAIRES.

Don Rua annonce au cher malade qu'une foule de personnes du meilleur monde viennent s'inscrire à la porterie et demander de ses nouvelles; il ajoute que non seulement les journaux catholiques, mais aussi ceux qui lui avaient toujours été défavorables, parlaient de lui avec respect et sympathie.

Don Bosco répond: — *Faisons toujours du bien à tous, et jamais de mal à personne.*

15 janvier.

PAUVRES POUMONS!

Notre si bon Père plaisante toujours volontiers. L'état de ses poumons lui inspire de réflexions comme celles-ci: — *Si vous pouviez me trouver un fabricant de soufflets capable* d'arranger les miens, vous me rendriez un réel service. — Et le doux sourire qui illumine son visage nous est une consolation qui ravive notre espérance.

16 janvier.

DON BOSCO NE CROIT PAS À SA GUÉRISON.

Le mieux s'accentue. Les docteurs font préparer un fauteuil à l'usage des malades dont la respiration est gênée, pour le cas, maintenant probable, où Don Bosco pourra bientôt se lever un peu. Mais notre bien-aimé Père, dans une conversation avec Don Durando, dit clairement que toutes ces dispositions resteront inutiles.

17 janvier.

RECONNAISSANCE.

Don Bosco s'aperçoit qu'on étend devant lui une serviette neuve :

— *D'où vient ce linge ?* demande-t-il.

— *De l'asile du Bon Pasteur, qui en a offert quelques douzaines à Don Bosco,* répond Don Sala.

— *Eh bien, ne manquez pas de transmettre tous mes remerciments.*

Le soir, il s'agissait de le soulever : Don Francesia lui rendit ce service.

— *Oh !* dit le malade, *il ne fallait pas pour si peu de chose déranger les célébrités.* — Un joyeux sourire souligna ce dernier mot.

Mais comme un long séjour au lit avait occasionné des plaies, le moindre mouvement lui infligeait de cruelles souffrances.

Don Sala voulut au moins s'excuser : — *Pauvre Don Bosco, combien je vous fais souffrir !*

La réponse ne se fit pas attendre: — *Oh non! Dis plutôt: pauvre Don Sala, qui se fatigue tant! Mais, sois tranquille, ce service, je te le rendrai à mon tour quand le moment sera venu.*

Ce si bon Père oubliait ses tortures, pour se reprocher, en quelque sorte, les sollicitudes que son état imposait à ses fils.

18 janvier.

L'ARCHEVÊQUE DE MALINES.

Don Bosco reçoit aujourd'hui la visite de Monseigneur l'Archevêque de Malines accompagné d'un de ses vicaires généraux et de plusieurs prêtres belges.

Il fait à Mgr. Cagliero les recommandations suivantes: — *Prends à cœur la Congrégation Salésienne tout entière: aide les autres Supérieurs de tout ton pouvoir. Venir au secours de nos Missions est le moyen infaillible d'obtenir de Marie Auxiliatrice les grâces que l'on désire.*

19 janvier.

« PRIEZ AVEC UNE FOI VIVE. »

On commence à prononcer le mot de convalescence.

De fait, on a le droit de dire que la faiblesse seule empêche Don Bosco de quitter le lit. Mais il paraît ne point partager nos douces illusions: il sent que sa vie dépend de la prière.

— *Père*, lui dit un des Supérieurs, *nous prions tous beaucoup pour vous.*

— *C'est bien*, répond-il aussitôt; *mais il faut prier avec foi, avec une foi vive.*

20 janvier.

VISITEUR DES PAYS LOINTAINS.

Visite de Mgr. l'Evêque de Lari, coadjuteur de Mgr. Tissot au Visigapatam. Ce saint missionnaire, des Salésiens français d'Annecy, a bien voulu, à son retour de Rome, passer quelques heures à l'Oratoire; il a été un des derniers à voir notre bien-aimé Père, avant le brusque revirement qui a précédé la catastrophe.

21 janvier.

« REVIENS BIENTÔT. »

Mgr. Cagliero disait ce matin à notre bien-aimé Père: — *Cher Don Bosco, je suis appelé à Lu pour la fête de St.-Valère, patron de ce pays que vous aimez tant, et qui vous a donné, vous le savez bien, beaucoup de missionnaires et surtout des religieuses.*

— *Tu peux aller, cela me fait plaisir,* répondit le malade; *mais tu reviendras bientôt, n'est-ce pas?*

— *Dès que la fête sera finie, j'irai passer quelques heures au milieu de nos enfants de Borgo San Martino, et je reprends ensuite la route de Turin.*

— *Soit: mais ne fais pas de retard.*

IV.. — Deuil.

—>—•—<—

22 janvier.

Depuis deux jours, nous constatons avec une pénible surprise dans l'état de Don Bosco une tendance à une nouvelle aggravation.

Le matin, vers 10 heures, on introduit dans sa chambre l'Archevêque de Cologne et l'Evêque de Trèves, accompagnés de plusieurs ecclésiastiques. Le cher malade parle avec une sérieuse difficulté. Il trouve cependant la force de recommander à ses illustres visiteurs ses pauvres orphelins; puis les prie de demander pour lui la bénédiction du Pape.

23 janvier.

LE SECRÉTAIRE.

Don Rua se trouve auprès du lit avec le prêtre qui ne quitte point Don Bosco: le malade dit à son infirmier: — *Je te confie à Don Rua: donne-lui, plus tard, les soins dont tu m'entoures.*

24 janvier.

L'ARCHEVÊQUE DE PARIS.

Ce matin, à 11 heures, visite de Mgr. Richard, archevêque de Paris. Don Bosco lui demande sa bénédiction: le Prélat

satisfait ce pieux désir; mais il se jette aussitôt à genoux
pour recevoir celle de Don Bosco.

— *Oui*, répond le bon Père, *je bénis votre Grandeur, je
bénis Paris.*

— *Et moi*, s'écria l'Archevêque, *je dirai à Paris que
j'apporte la bénédiction de Don Bosco!*

La journée est bien mauvaise. Les médecins affirment que
tout le chemin gagné depuis un mois est perdu: la situation
est redevenue très grave.

Don Bosco envoie chercher un jeune religieux de la Maison, et lui fait dire par le secrétaire de prier Jesus et Marie,
pendant tous ses moments libres, afin d'obtenir à son Père
une grande vivacité de foi à l'approche des derniers moments.
Le malade, très ému, répéta lui-même cette recommandation
à ce religieux, puis le bénit.

Dans la soirée, Don Bosco est soulagé: — *Je le dois,*
dit-il à Don Lemoyne, *aux prières de ce cher enfant.*

25 janvier.

DÉLIRE.

D. Bosco baisse toujours plus. Il demande en grâce qu'on
lui suggère de ferventes oraisons jaculatoires.

Ce soir, il ne parle qu'à grand peine.

Don Sala lui présente une potion: — *Cherchez donc*, dit-il
le moyen de me procurer un peu de repos.

Un instant après, il parait s'être endormi: mais il s'éveille
tout à coup, en battant des mains et criant: — *Accourez,
accourez! Vite, sauvez ces enfants!... Très Sainte Vierge
Marie, aidez les... Mère!... Mère!...*

— Don Sala s'approche et lui demande ce qu'il désire.

— *Où sommes-nous en ce moment?* dit le pauvre malade.

— *Nous sommes à l'Oratoire de Turin.*

— *Et les enfants, que font-ils?*

— Ils sont à l'église, au salut du Saint-Sacrement: ils prient pour vous.

27 janvier.

« SAUVEZ BEAUCOUP D'ÂMES DANS LES MISSIONS. »

Mgr. Cagliero est de retour. Il court aussitôt au chevet de Don Bosco qui à ce moment se trouve bien mal : il ne peut que dire d'une voix défaillante : — *Sauvez beaucoup d'âmes dans les Missions.*

27 janvier.

LES SALÉSIENS ET MARIE AUXILIATRICE.

L'Evêque Salésien doit se rendre à Rome ; il voudrait toutefois en obtenir la permission : — *Tu iras,* répond Don Bosco, *mais après.*

— *Alors, Don Bosco, dites-moi si en y allant après la fête de St. François de Sales je puis être tranquille. Il faut aussi que je me rende en Sicile.....*

— *Oui, tu iras, tu feras beaucoup de bien, mais après, seulement.*

On comprend ce que signifiait cet *après.*

Le vénéré malade ajouta : — *Ta venue en ces circonstances est très opportune et très avantageuse pour la Congrégation.*

On l'exhortait à penser, au milieu de ses douleurs, que Jésus en croix souffrait sans pouvoir faire un mouvement : — *Oui,* dit-il, *c'est ce que je fais toujours.*

Au sujet de la Congrégation, il disait à Monseigneur Cagliero : — *La Congrégation n'a rien à craindre; elle a des hommes formés.*

Ce soir, Don Sala se trouvant seul dans la chambre de Don Bosco, saisit le moment où il paraît avoir la respiration plus libre pour lui demander : — *Vous vous sentez mal, n'est-ce pas?*

— *Eh oui! mais tout passera, et cela passera aussi.*

— *Et que puis-je faire pour vous soulager un peu?*

— *Prier!* — Et joignant les mains, il se mit lui-même à prier.

Après l'avoir laissé reposer un instant, Don Sala reprit :

— *Don Bosco, maintenant vous êtes heureux de penser qu'après une vie de si constants efforts et de si pénibles fatigues, vous avez réussi à fonder des Maisons dans le monde entier, et à asseoir la Congrégation Salésienne.*

— *Oui*, répondit Don Bosco. *Ce que j'ai fait, je l'ai fait pour le bon Dieu; et on aurait pu faire davantage... mes fils le feront...* Il reprit haleine et poursuivit : — *Notre Congrégation est conduite de Dieu et protégée par Marie Auxiliatrice.*

A 8 heures, il réussissait difficilement à se faire comprendre et à prouver qu'il comprenait lui-même.

Autour de son lit on parlait de l'inscription à mettre sur la tombe du comte Colle, son excellent ami et insigne bienfaiteur, décédé le 1er. janvier.

Don Rua proposait ce texte : — *Orphano tu eris adjutor.* Tu seras l'appui de l'orphelin; Mgr. Cagliero aurait préféré : — *Beatus qui intelligit super egenum et pauperem:* Bienheureux celui qui sait secourir le pauvre et l'abandonné. — Don Bosco, qui paraissait ne prêter aucune attention à l'entretien, ouvrit les yeux et parvint à dire d'une voix assez intelligible : *Vous graverez :* **Pater meus et mater mea dereliquerunt me, Dominus autem assumpsit me.**
— Mon père et ma mère m'ont abandonné; mais le Seigneur m'a adopté.

28 janvier.

L'HEURE APPROCHE — DEMAIN.

Don Bosco décline considérablement. Il continue toutefois à entendre tous les jours la Messe et à faire la sainte Communion.

Aujourd'hui, pendant le Saint Sacrifice, il avait auprès de lui Don Lazzero à qui ce ministère à été réservé bien souvent. Comme de pénibles oppressions succédaient à de fréquents assoupissements, Don Lazzero lui demanda, à l'*Agnus Dei:* — *Don Bosco, faites-vous la Communion ce matin?*

Et Don Bosco, se parlant à lui-même: — *C'est bientôt la fin.....* puis, se tournant vers Don Lazzero, fit un signe d'assentiment et dit à haute voix: — *Je compte faire la sainte Communion.* — Et ôtant son bonnet, il joignit les mains.

Toutes les fois qu'il reçoit Notre Seigneur, son visage prend un air de profond recueillement qui suffirait à inspirer la foi.

Il est souvent dans le délire.

Plusieurs fois on lui a entendu dire: — *Il sont embarrassés!* — Puis: — *Courage! En avant!... en avant toujours!...* Il appelle aussi des absents.

Ce matin il a dit, au moins à vingt reprises: — *Mère! Mère!*

Depuis plusieurs heures, il répète, les mains jointes: — *Oh Marie! Oh Marie! Oh Marie!*

Don Berto lui passe au cou un scapulaire neuf du Carmel: il le reçoit avec bonheur. Le même religieux lui met ensuite dans les mains un crucifix béni par Pie IX et Léon XIII et enrichi d'une indulgence plénière *in articulo mortis:* Don Bosco le garda constamment et ne cessa de le baiser pieusement, jusqu'au dernier soupir.

A tous ceux qui s'approchent de son lit, il dit: — *Au revoir en Paradis! Faites prier pour moi; dites aux enfants de faire la sainte Communion.*

A Don Bonetti: — *Dis aux enfants que je les attends tous en Paradis. Dans tes conversations et du haut de la chaire, insiste sur la fréquente Communion, et sur la dévotion à la Très Sainte Vierge.*

Don Bonetti lui ayant présenté une image de Marie Auxiliatrice, il la regarda en s'écriant: — *J'ai toujours mis toute ma confiance en Marie Auxiliatrice.*

Les médecins trouvent aujourd'hui l'état absolument grave, plus le moindre espoir de guérison. Le docteur Fissore lui disait: — *Courage, Don Bosco... on peut espérer que cela ira mieux demain..... C'est déjà arrivé d'autres fois..... Le mauvais temps influe.....* — Le malade se mit à sourire et menaçant le docteur de son doigt levé: — *Docteur*, dit-il, *vous voulez faire ressusciter les morts! Demain?... Demain?... Je ferai un voyage autrement long.*

Après la consultation médicale il est épuisé et souffre plus que d'ordinaire. Il répète à deux reprises: *Aidez-moi, aidez-moi!*

Don Lazzero et Don Viglietti lui répondent: — *Bien volontiers, Don Bosco! que désirez-vous qu'on fasse?*

Et le bon Père, en souriant: — *Aidez-moi... à respirer!*

29 janvier.

DERNIÈRE COMMUNION.

« QUE VOTRE VOLONTÉ SOIT FAITE. »

Fête de St. François de Sales! Au dehors, joyeux carillons, musique grandiose, office Pontifical: dans tous les cœurs, les plus terribles angoisses.

Ce matin on hésitait à donner la sainte Communion au malade qui est dans un délire presque continuel; le secrétaire insiste, dans la pensée que la présence de Notre-Seigneur aura de salutaires effets.

On célèbre donc la Messe dans l'oratoire privé qu'une porte

met en comunication avec la pièce où se trouve le lit. Après l'élévation, Don Bosco demande à Don Sala : — *Et si après la Communion les vomissements venaient à se produire?...* Don Sala le rassure. Quand le prêtre se présente à son chevet, le malade est profondément assoupi ; le secrétaire élevant alors la voix : **Corpus Domini nostri Jesu Christi...** A ces mots Don Bosco tressaille, ouvre les yeux, regarde un instant la sainte Hostie, joint les mains et communie ; puis il répète lentement et avec onction les paroles d'actions de grâces que lui suggère Don Sala.

Ce fut sa dernière Communion.

Il retomba ensuite dans une insensibilité mêlée de délire, qui dura jusqu'à 5 heures.

Un mois à l'avance, il avait prévu cet état. Il était au lit depuis deux jours à peine, quand Don Rua vint lui demander dispense d'une certaine obligation ; il répondit : — *Je te la donne jusqu'au jour de Saint François de Sales. Si tu en as encore besoin après, tu iras te la faire renouveler par ton confrère ****.

Nous avons employé le mot *délire* pour exprimer des apparences ; mais nous avons des indices certains que l'extrême faiblesse n'avait pas ôté à notre bien-aimé Père sa lucidité d'esprit.

Vers 10 heures du matin, il interrogea Don Durando en pleine connaissance ; apprenant qu'on célébrait la fête de Saint François de Sales, il témoigna une véritable joie. Il s'entretint aussi avec les médecins le plus naturellement du monde. Mais quand ils furent partis, il retomba dans un assoupissement assez court, d'où il sortit pour demander à Don Durando : — *Qui sont ces messieurs qui viennent de s'en aller?*

— *Vous ne les avez point reconnus? C'étaient les docteurs Albertotti, Fissore et Vignolo.*

— *Oh si! Insiste donc auprès d'eux pour qu'ils restent aujourd'hui avec nous...*

Il voulait ajouter : *à dîner*, mais ne put prononcer un mot de plus.

Le sentiment de la gratitude n'avait rien perdu de sa vivacité dans ce pauvre veillard brisé par deux mois de cruelles souffrances. Il prononçait souvent, avec un ton de singulière tendresse, le nom des principaux bienfaiteurs de ses Œuvres. Un de ceux-ci avait son fils gravement malade : *Eh bien,* lui dit-il, *j'entends que toutes les prières faite actuellement pour moi soient appliquées à votre fils pour lui obtenir la santé.*

Le 15 janvier, veille de la fête du jeune malade, sans avoir pu consulter un calendrier, il dit tout à coup : — *C'est demain St.-Marcel : envoie à Marcel un peu de ce raisin dont on nous a fait cadeau.*

Ce soir il reconnait encore et bénit M. le comte Incisa, général en retraite, prieur de la fête de St.-François de Sales, et Mgr. Rosaz, évêque de Suse, qui avait prêché le panégyrique de notre bienheureux Patriarche.

Dans la journée il avait dit au secrétaire : — *Quand je ne pourrai plus parler et que quelqu'un viendra demander ma bénédiction, tu élèveras ma main et tu lui feras faire le signe de la croix, en prononçant la formule. Moi, je mettrai l'intention.*

Lorsqu'il est assoupi, il paraît ne comprendre que si on lui parle du Paradis et des choses de l'âme, et alors il incline la tête ou achève la prière commencée. Ainsi, tandis que Don Bonetti lui dit : *Maria Mater gratiæ, tu nos ab hoste protege.....* le malade poursuit : *Et mortis hora suscipe.*

Toute la journée nous lui entendons répéter : *Mère !..... Mère !..... Demain ! Demain !*

Et vers 6 heures du soir, à voix basse : *Jésus...! Jésus...! Marie...! Marie...! Jésus et Marie, je vous donne mon cœur et mon âme... In manus tuas, Domine, commendo spiritum meum... Oh Mère... Mère..! ouvrez-moi les portes du Paradis !*

Souvent il joint les mains et récite lentement les maximes

de la Sainte Ecriture qui lui servirent de règle durant sa vie entière: *Diligite... diligite inimicos vestros... Benefacite his qui vos persequuntur... Quærite regnum Dei... Et a peccato meo... peccato meo... munda.... munda me.*

L'*Angelus* du soir sonne: Don Bonetti invite le malade à saluer la T. S. Vierge en disant: *Vive Marie!* Don Bosco répéta: *Vive Marie!* avec une pieuse émotion. Un peu plus tard il se tourne vers Enria, un des anciens de sa famille religieuse, qui depuis deux mois passait toutes les nuits auprès de notre bien-aimé Père, et murmure d'une voix faible: *Dis...* comme s'il voulait adresser quelques mots à son fidèle ami; puis, sentant son impuissance à rien articuler, il ajoute: *mais... mais... je te salue.*

Il récita ensuite l'acte de contrition en l'accompagnant de l'invocation répétée: *Miserere nostri, Domine.*

Pendant quelques heures, il éleva fréquemment les bras vers le ciel en disant, les mains jointes: — *Que votre sainte volonté soit faite!* — A mesure que la paralysie gagnait peu à peu tout le côté droit, le pauvre malade continuait avec le bras gauche son geste de résignation, en répétant autant qu'il le pouvait: — *Que votre volonté soit faite!*

Il avait complètement perdu l'usage de la parole; mais pour renouveler le plus souvent possible le sacrifice de sa vie, pendant tout le jour et toute la nuit suivante, il employait le peu des forces qui lui restaient encore, à lever constamment sa main gauche. Cette offrande muette était un spectacle de profonde édification.

30 janvier.

L'ADIEU DES FILS.

Don Bosco ne parle plus: il semble n'avoir plus conscience de son être. La respiration, très pénible, est un gémissement.

Vers 10 heures du matin, Mgr. Cagliero récite les Litanies des agonisants et donne au bien-aimé malade la bénédiction des Confrères du Carmel, en présence de plusieurs Supérieurs des Maisons Salésiennes de divers pays.

Ils dominent leur douleur pour suggérer au mourant quelques oraisons jaculatoires.

Don Berto, premier secrétaire de Don Bosco pendant de longues années, et son appui dans les conjonctures les plus critiques, réclama une place privilégiée au chevet de bon Père, qui les jours précédents lui avait dit à plusieurs reprises: — *Tu seras toujours mon cher Don Berto.* — Don Sala étendit sur les épaules de Don Bosco une chemise ayant appartenu à Pie IX de sainte mémoire, et que notre Père conservait comme un trésor. Ces deux cœurs étaient si bien faits l'un pour l'autre et s'aimaient tant !

Les médecins annoncent que le soir même, ou le lendemain matin au plus tard, avant le lever du soleil, tout sera fini.

La nouvelle de l'état de Don Bosco et de son prochain départ de ce monde se répand à travers l'Oratoire et y produit une explosion de douleur.

Les confrères demandent à voir une dernière fois leur bienaimé Supérieur et Père. Don Rua leur permet à tous d'aller lui baiser la main. Ils se réunissent en groupes silencieux dans l'oratoire privé, et pénètrent successivement dans la chambre où Don Bosco agonise. Il est là, sur son lit, la tête un peu inclinée sur l'épaule droite et maintenue haute par trois oreillers. Le visage est calme, point décharné; les yeux à demi-clos, les mains posées sur la couverture. Il a sur la poitrine un crucifix, et aux pieds du lit on a placé l'étole, insigne de la dignité sacerdotale.

Les fils, profondément remués à cette apparition déchirante, marchent sur la pointe des pieds, s'agenouillent au chevet du mourant et déposent un baiser de vénération sur cette main qui leur fut si secourable, et qui se leva tant de fois pour les bénir. C'est par centaines qu'ils défilent dans la petite chambre, car ils sont accourus de tous les points. Puis vient le tour des deux classes supérieures, et des plus anciens parmi les apprentis. Cette scène de filiale tendresse dure toute la journée. Et tous voulaient lui faire toucher des objets pieux, pour les garder ensuite comme enrichis d'une précieuse bénédiction.

Cependant, on reçoit de la République de l'Equateur un télégramme annonçant l'heureuse arrivée à Guyaquil de nos missionnaires partis de St.-Nazaire le 10 décembre. Le voici: — *Bosco, Turin (Italia)* — *Llegamos bien. Calcagno, presidente.*

Don Rua se hâte de communiquer à Don Bosco l'heureuse nouvelle: il parut comprendre: en effet il ouvrit les yeux, et les leva vers le ciel comme pour rendre grâces.

A 3 h. 1ɪ4, le secrétaire et Buzzetti Joseph étaient restés seuls auprès de notre bien-aimé Père qui ouvrit les yeux, jeta un long regard sur son secrétaire, puis lui mit la main gauche sur la tête.

Notre confrère Buzzetti, à la vue de ce mouvement, fondit en larmes en disant: *Ce sont les derniers adieux: je ne l'ai jamais vu regarder de cette façon ces jours-ci. Et ce privilége devait vous être réservé à juste titre. C'est le dernier salut à son confident et sa dernière bénédiction.*

Don Bosco était retombé dans son insensibilité première, et Don Viglietti continuait à lui suggérer des oraisons jaculatoires: Mgr. Cagliero, Mgr. Leto et d'autres Salésiens lui rendent aussi ce pieux service. On entend surtout répéter: — *Jesu spes mea, miserere mei; Maria Auxilium Christianorum, ora pro nobis.*

Vers 4 heures du soir, le vénéré malade reçoit la visite de deux insignes bienfaiteurs de l'Oratoire, M. le comte Prosper Balbo et M. le comte Radicati. A 8 heures, arrive le confesseur de Don Bosco, M. l'abbé Giacomelli, qui prend l'étole et récite quelques prières du rituel. Un peu plus tard

le péril ne paraissant pas imminent, quelques-uns des Supérieurs se retirèrent ; mais Don Rua resta, et plusieurs autres
avec lui.

31 janvier.

ORPHELINS !

A 1 heure 3r4 du matin Don Bosco entre en agonie. Don
Rua, son Vicaire, prend l'étole et continue les prières des
agonisants, déjà commencées et suspendues vers minuit.

On appelle en toute hâte les Supérieurs majeurs, et bientôt, dans la petite cellule du mourant, se trouvent réunis une
trentaine de Salésiens, prêtres, clercs et laïques, agenouillés
autour du lit.

A l'arrivée de Mgr. Cagliero, Don Rua lui cède l'étole et
passe à la droite de Don Bosco. Alors, se penchant à l'oreille
du bien-aimé Père : — *Don Bosco, lui dit-il d'une voix é-
tranglée par la douleur, nous sommes là, nous, vos fils. Nous
vous prions de nous pardonner toute la peine que nous
avons pu vous causer ; en signe de pardon et de paternelle
bienveillance, donnez-nous une fois encore votre bénédiction.
Je vous conduirai la main et je prononcerai la formule.*

Quelle scène de déchirante émotion ! Tous les fronts se
courbent jusqu'à terre et Don Rua, rassemblant toutes les forces
que lui laisse l'angoisse du moment, prononce les paroles de
la bénédiction, en même temps qu'il élève la main déjà paralysée de Don Bosco pour appeler la protection de Notre-
Dame Auxiliatrice sur les Salésiens présents et sur ceux qui
sont dispersés sur tous les points du globe.

Vers trois heures, on recevait de Rome la dépêche suivante : — *Saint-Père donne du fond du cœur la bénédiction
apostolique à Don Bosco gravement malade. — Card. Rampolla.*

Monseigneur avait déjà lu le *Proficiscere.*

A 4 heures et demie, à notre église de Notre-Dame Auxiliatrice, sonne l'*Angelus* que tous les assistants récitent autour du lit. Puis Don Bonetti suggère au vénéré malade une oraison jaculatoire qu'il avait répétée bien de fois les jours précédents: — *Vive Marie!* — Tout à coup, le faible râle qui durait depuis une heure et demie, cessa; et, pour un instant, la respiration redevint régulière et tranquille. L'instant fut bien court: ce dernier souffle s'éteignait: — *Don Bosco meurt!* — s'écria Don Belmonte. Ceux que la lassitude avait jetés sur une chaise, accoururent aussitôt: Mgr. Cagliero disait la prière suprême: *Jésus, Marie, Joseph, je vous donne mon cœur et mon âme!... Jésus, Marie, Joseph, assistez-moi dans ma dernière agonie!... Jésus, Marie, Joseph, que mon âme expire en paix avec vous!* Le moribond pousse trois soupirs à peine perceptibles: Don Bosco ÉTAIT MORT! Il comptait 72 ans, 5 mois et 15 jours.

La pendule marquait 4 h. 45 du matin. D. Rua, prenant alors la parole, trouva dans sa filiale vénération pour D. Bosco la force de montrer aux assistants, en quelques mots entrecoupés, les sublimes enseignements de cette mort, couronnant une telle vie. Mgr. Cagliero à son tour, d'une voix aussi peu assurée, entonna le *Subvenite sancti Dei,* puis bénit la vénérable dépouille, en demandant pour l'âme qui venait de la quitter, le repos éternel. Il ôta ensuite son étole et en revêtit le défunt, à qui on joignit les mains pour y faire tenir le crucifix où s'étaient posées tant de fois, et avec une indicible ferveur, les lèvres du mourant.

Le *De profundis,* récité à genoux, ne fut qu'un long sanglot.

LA MORT

Les premières heures après la mort.

Durant toute la matinée, jusqu'à 10 heures, les Salésiens défilent devant la couche funèbre et baisent pieusement la main de leur Père bien-aimé, en l'arrosant de leurs larmes. Un certain nombre de Directeurs des Maisons d'Italie et de France, arrivent vers 8 heures. A la messe de Communauté les enfants de l'Oratoire ont fait la sainte Communion et récité le chapelet des morts ; toutes les messes sont célébrées pour l'âme de Don Bosco.

A 10 heures, service chanté; et le soir office des défunts dans l'église de Notre-Dame Auxiliatrice.

Jusqu'à ce moment de la matinée, Don Bosco a été laissé sur le lit où il vient d'expirer; mais vers 10 heures on dispose tout pour exposer le corps dans l'appartement même.

En conséquence, Don Sala et l'infirmier, sous la direction et avec le concours des docteurs Albertotti et Bonelli, qui voulurent donner à leur ami ce dernier témoignage d'affection, lavèrent le corps et lui passèrent les vêtements; puis un des premiers enfants de Don Bosco, Enria, depuis plusieurs années spécialement attaché à la personne de notre vénéré Père, ayant rasé la barbe, le cadavre fut déposé sur un fauteuil. Le photographe Deasti et le peintre Rollini prennent alors

pour la seconde fois les traits de Don Bosco : c'est tout ce que
les Supérieurs ont voulu permettre : la pensée seule de mouler
ce visage vénérable leur semblait une profanation. La même
délicatesse les a fait s'opposer à l'embaumement. — Du reste,
un des médecins avait dit : — *Je connais Don Bosco depuis
bien longtemps ; et son corps m'inspire un tel respect que
je ne me sentirais pas le cœur de le profaner.*

Don Bosco exposé dans son appartement.

Vers 2 heures de l'après-midi, la ville entière, instruite du
douloureux événement, était sous une pénible et profonde impression. Beaucoup de magasins sont fermés dès le matin, et
portent l'écriteau suivant : *Fermé pour la mort de Don Bosco.*
La foule assiège la porterie et demande avec larmes à voir
les restes vénérés de l'humble prêtre. La disposition du local
ne permet pas de satisfaire tous ces excellents cœurs ; et on
ne peut admettre provisoirement qu'un petit nombre de personnes connues.

Le cadavre, revêtu des ornements violets, barette en tête
et le crucifix entre les mains jointes, est assis sur un fauteuil,
au fond de la galerie située derrière la chapelle privée de Don
Bosco. Quand on entre dans cette chapelle, la porte donnant
sur la galerie, ouverte à deux battants, laisse apercevoir le
défunt, adossé à la fenêtre qui a vue sur l'église de St. François de Sales. Les traits ne sont nullement altérés ; et sans
la pâleur du visage et des mains qui tranche sur le violet
de la chasuble, on dirait Don Bosco endormi et réjoui par
une vision du ciel. Cette illusion n'est pas seulement la nôtre ;
tous les pieux visiteurs la partagent et comme instinctivement
marchent sur la pointe des pieds pour venir s'agenouiller devant les restes de l'homme de Dieu, et déposer sur l'albâtre
de cette main qui s'est levée si souvent pour bénir, de respectueux baisers.

En présence de ce cadavre, rien de cet effroi irraisonné qu'inspire la mort, mais une joie intime et douce, et comme un besoin de vénération.

Vers 6 heures, les Filles de N.-D. Auxiliatrice viennent à leur tour rendre à leur Fondateur et Père, leurs devoirs de filial amour, tant en leur nom qu'à celui de leurs sœurs que l'éloignement prive de cette consolation. Ces touchants pèlerinages durèrent jusqu'à la tombée de la nuit.

En ville.

Pendant ce temps, en ville, on s'arrache les journaux qui annoncent la mort de Don Bosco, et parlent des œuvres admirables de sa vie si bien remplie. Son portrait et sa biographie se trouvent dans toutes les mains.

L'excellent *Corriere Nazionale* donna trois éditions à quelques heures d'intervalle. Dans beaucoup de rues, des groupes se formaient pour entendre l'heureux possesseur d'un journal faire la lecture à haute voix : le nom de Don Bosco résonnait partout et bien des yeux se mouillaient de larmes.

A l'Oratoire.

A 10 heures du soir, le Chapitre supérieur de la Pieuse Société Salésienne, dans une séance où s'était réglée la question des funérailles, promettait que si la Sainte Vierge obtenait de l'Autorité civile la permission d'enterrer notre bien-aimé Père sous l'église de N.-D. Auxiliatrice, ou au moins dans le séminaire des Missions à Valsalice, près Turin, on commencerait cette année encore, autant que possible, les travaux de décoration du sanctuaire. Cette décoration, on le sait, était un des plus chers désirs de Don Bosco, qui avait déjà prescrit les études nécessaires.

Annonce de la mort

Don Michel Rua, Vicaire de Don Bosco, dominant, par la pensée du devoir, la douleur qui lui déchirait l'âme, avait déjà télégraphié la triste nouvelle au Saint-Père, au Cardinal Alimonda, aux Maisons d'Amérique, d'Angleterre, d'Espagne, de France et d'Autriche, puis à un certain nombre de bienfaiteurs principaux. Il rédigea ensuite une lettre de part destinée à nos Coopérateurs. Elle a été tirée à 53 mille exemplaires. Italie: 32,000; France: 13,000; Espagne: 8,000; mais elle n'est pas arrivée à tout le monde, comme nous avons pu nous en convaincre par notre correspondance.

Nous avons donc le devoir de la reproduire, ne fût-ce même qu'à titre de document, dans un *Bulletin* où on s'attend à trouver réunis les détails les plus complets sur le douloureux évènement :

Aux Salésiens, aux Filles de N.-D. Auxiliatrice, à nos Coopérateurs.

«. C'est avec le cœur brisé, les yeux pleins de larmes et d'une main tremblante, qu'il me faut vous donner une pénible nouvelle, la plus douloureuse que j'aie jamais annoncée, et que je puisse annoncer: notre bien-aimé Père en Jésus-Christ, notre Fondateur, l'ami, le conseil, le guide de notre vie, *Don Bosco, est mort.*

« Les prières privées et publiques, adressées au Ciel pour la conservation d'une existence si précieuse ont retardé ce coup terrible: mais elles n'ont pu nous l'épargner, comme nous l'avions espéré.

« Dieu, infiniment bon, ne fait rien que de juste, de sage et de saint: sa volonté, qui nous apparaît dans cette épreuve, est notre unique consolation. Soyons donc résignés; courbons

la tête sous sa main qui nous frappe, adorons ses impéné-
trables desseins.

« Il ne m'est guère possible de vous dire aujourd'hui, en
détail, que Don Bosco a fait la mort du juste: calme et se-
reine. Muni en temps opportun de tous les secours de la religion, béni plusieurs fois par le Vicaire de Jésus-Christ, honoré de la pieuse visite de nombreux et illustres personnages
ecclésiastiques et laïques de tous pays, soigné avec un filial
amour par les enfants de sa famille religieuse, traité, enfin,
avec une vénération touchante et une singulière habileté par
de célèbres docteurs, il a eu tout ce qu'on peut souhaiter à
ceux que l'on aime. Ce n'est pas non plus le moment de vous
parler de ses vertus et de ses œuvres: le temps presse et puis
je n'en aurais point la force.

« Je me contente de vous notifier que, ces jours derniers
encore, *Don Bosco* a affirmé que son Œuvre ne souffrira point
de sa mort, parce qu'elle est fondée sur la bonté de Dieu, protégée par la puissante intercession de Marie Auxiliatrice, et
soutenue par la charité des Coopérateurs et Coopératrices, qui
continueront à la favoriser.

« De notre côté, nous pouvons ajouter que nous avons en
cette promesse la plus grande confiance.

« Du ciel, où nous avons la douce persuasion qu'il est
déjà glorieux, *Don Bosco* sera désormais, pour nous, aussi
vraiment Père qu'il était ici-bas; et son amour devenant plus
efficace encore, près du trône de Jésus-Christ et de sa divine
Mère, il répandra sur nous les plus abondantes bénédictions.

« Désigné pour prendre sa place sur la terre, je tâcherai
de répondre à la commune attente.

« Avec le concours et les conseils de mes confrères, je
suis sûr d'avance que la Pieuse Société de Saint-François de
Sales, soutenue par le bras de Dieu, forte de la protection de
Marie Auxiliatrice et de la généreuse charité des Coopérateurs
Salésiens, continuera les Œuvres créées par son vénéré et re-

gretté Fondateur, et en particulier l'éducation chrétienne de la jeunesse pauvre et abandonnée et les Missions aux pays infidèles.

« Une pensée encore : A l'exemple de notre glorieux Patron St. François de Sales, Don Bosco, entendant ou lisant certaines expressions que des personnes bienveillantes employaient à son égard, manifestait souvent la crainte qu'après sa mort, sous prétexte qu'il n'aurait pas besoin de suffrages, on ne le laissât en purgatoire. En conséquence, selon son désir et par devoir de filiale affection, je vous recommande, à tous, de vouloir bien ne point faire attendre à son âme les plus ferventes prières : le Seigneur en saura faire l'application convenable, pour le cas où nos espérances seraient déjà réalisées.

« Salésiens, Filles de Notre-Dame Auxiliatrice, Coopéra-teurs, chers enfants confiés à nos soins, nous n'avons plus notre bon Père au milieu de nous ; mais nous le retrouverons au Ciel si nous mettons en pratique ses conseils, et si nous marchons fidèlement sur ses traces.

« Croyez-moi, même dans la douleur et dans l'affliction,

« *Votre très affectionné Confrère et Ami*

« MICHEL RUA, Prêtre.

« Turin, ce 31 janvier 1888.

« **NB.** — Le vénéré Don Bosco est mort aujourd'hui, 31 janvier, à 4 h. 3|4 du matin. La Messe sera célébrée jeudi, 2 février, à 9 h. 1|2 dans l'église de Marie Auxiliatrice. Les funérailles auront lieu à 3 heures après-midi. »

Les anciens élèves.

Après les Supérieurs et ceux qui appartiennent à la famille Salésienne, personne ne pouvait ressentir de cette perte une douleur plus grande, que les enfants à qui Don Bosco donna, aux débuts de son zèle, le nom de fils. Les ans n'ont fait qu'ajouter à la reconnaissance et à l'amour de tous ces élus de son cœur: la lettre suivante le dit mieux que nous ne pourrions le faire:

Comité des anciens élèves de l'Oratoire.

Dernier hommage de filiale vénération
au bien-aimé Père Don Bosco.

« Turin, ce 31 janvier 1888.

« CHER AMI,

« Un immense malheur vient de fondre sur l'Oratoire Saint-François de Sales et les nombreuses Maisons d'éducation qui en dépendent. Son Fondateur et Chef, l'ami de la jeunesse, l'apôtre de la religion et de la charité, notre bien-aimé Père Don Jean Bosco, n'est plus. Il a rendu ce matin à 4 h. 45 sa belle âme au Seigneur, après avoir reçu tous les secours de la religion et la bénédiction de notre Saint-Père Léon XIII.

« Bien que nous ayons pu prévoir, depuis longtemps déjà, les inévitables conséquences de son état maladif, nous sentons, au delà de toute expression, l'étendue de la perte que nous venons de faire. Les larmes de ses fils, la douleur de ses amis, l'affliction de la ville entière, le disent bien haut.

« Pendant les dernières heures de cette si précieuse existence, nous sommes allés baiser une fois encore la main bénie de notre bien-aimé Père, comme pour lui donner, au nom de

tous les anciens élèves, le suprême adieu en cette vie; mais
sa langue était déjà paralysée, et ses yeux ne reconnaissaient
plus personne. C'était le commencement de l'agonie. Quels dé-
.chirements, quelles angoisses au sortir de cette chambre où
si souvent il nous avait accueillis avec son sourire si bon!...
Oh Don Bosco, Don Bosco!...

« Vous savez, cher ami, combien nous aurions désiré célébrer les noces d'or de Don Bosco: quelques années à peine
nous en séparaient encore; et avec quelle ardeur nous sou-
haitions ce jour du ciel! Dieu en a disposé autrement: que
sa sainte volonté soit faite. Mais ne pouvons-nous pas donner à
notre Bienfaiteur une dernière preuve de notre affection et de
notre reconnaissance?

« Le Comité des anciens élèves de l'Oratoire, réuni pour
offrir un suprême témoignage à Don Bosco, a délibéré, avec
l'assentiment des Supérieurs, d'inviter tous les anciens élèves,
prêtres et laïques, résidant à Turin ou aux environs, aux fu-
nérailles qui auront lieu le jeudi, 2 février, à 3 h. 1|2 du soir.

« Quant à ceux qui sont trop éloignés, le Comité les prie
de s'associer à leurs condisciples de Turin, en envoyant comme
eux, une légère offrande, d'un franc au moins, pour subvenir
à la dépense des torches de cire nécessaires, et à la célébration
très prochaine, dans l'église de Marie Auxiliatrice, d'une service solennel pour l'âme de notre bien-aimé Père Don Bosco.

« Pour ne négliger aucun moyen d'honorer sa mémoire,
il serait désirable que tous les condisciples ayant quelque
décoration, ou pourvus d'un emploi les astreignant à l'uniforme,
vinssent revêtus de leurs insignes et en grande tenue. On se
réunira dans le grand parloir de l'Oratoire. Les préséances
seront observées avec soin dans le cortège; pour nous, comme
toujours, nous serons disposés par rang d'ancienneté.

« Nous savons que ces quelques lignes suffiront ample-
ment, non pas à vous démontrer combien il nous sied d'offrir
ce dernier tribut d'affection à notre si bon Père, mais à vous

indiquer le mode adopté pour l'accomplissement de ce devoir. Nos condisciples, habitant loin de Turin, pourront envoyer leur cotisation en timbres-poste; et quand le jour du service sera fixé, ils en recevront avis.

« Nous vous demandons d'assurer de fervents suffrages à l'âme de notre à jamais regretté Don Bosco, et vous prions d'agréer nos cordiales salutations.

« *Pour le Comité :*

     « CH. GASTINI.

       « *Le secrétaire :* M. ALASIA. »

La Chapelle Ardente.

L'ÉGLISE DE SAINT-FRANÇOIS DE SALES.

Durant toute la journée de mardi, les pieuses visites à la dépouille mortelle de notre vénéré Père n'avaient point discontinué. Il fallait songer aux moyens de régler une affluence sans cesse grandissante, tout en fournissant à la population turinaise la consolation de contempler une dernière fois les traits de l'Apôtre des pauvres et des petits.

L'église de St.-François de Sales était toute désignée pour le double résultat à obtenir. Nos lecteurs savent déjà que cet édifice, assurément bien modeste, mais singulièrement cher à la famille Salésienne, est la première chapelle digne de ce nom, édifiée par Don Bosco en 1850. Elle remplaça à cette époque, et non sans besoin, le misérable hangar où Don Bosco en 1841 avait commencé son apostolat de charité, de bienfaisance et d'affection surnaturelle envers la jeunesse abandonnée. Pouvait-on choisir un meilleur endroit où le peuple vînt donner un suprême témoignage de reconnaissance à l'ami de ses en-

fants ? Et quel souvenir que celui du saint Evêque de Genève,
évoqué avec la triple majesté de la mort, de la vertu et des
regrets universels, par le spectacle reposant et doux de ce
pauvre prêtre, dormant le sommeil des ouvriers qui succombent
à la fatigue, au soir d'une vie pleine de deux grands amours:
celui de Dieu et celui des âmes! C'était une dernière prédication: pour que tout le monde put en être réconforté, Don
Bosco fut exposé le matin du 1er. février, vers 6 heures, dans
le Sanctuaire de l'église Saint-François de Sales, toute tendue
de draperies de deuil. Don Sala dirigeait le transfert, et Don
Bonetti, entouré de nombreux confrères Salésiens, récitait les
prières du Rituel.

LES ENFANTS DE L'ORATOIRE.

Pendant qu'on prenait ces dispositions, la communauté as-
sistait, dans la grande église de Marie Auxiliatrice, à une
Messe solennelle de *Requiem,* précédée de la récitation du
Rosaire et pieusement couronnée par la Communion générale.

A l'issue de cette cérémonie, les enfants et les ouvriers de
l'Oratoire furent admis à visiter les restes vénérables de leur
bienfaiteur. Le jour commençait à paraître, mais les tentures
entretenaient une demi-obscurité qui eût imposé le recueillement, si le besoin de prier n'eût pas été le premier à naître
dans tous ces cœurs.

Sur l'autel, caché sous les draperies, se dressait une grande
croix, l'unique espérance du bien-aimé défunt, qui était assis
comme à l'ombre de l'instrument de notre salut. Autour de
lui, des cierges nombreux; leur lumière douce laissait voir ce
visage béni, où, après trente heures, la mort n'avait pas encore mis son empreinte.

Cependant les enfants se pressent dans la chapelle devenue
trop étroite. A travers leurs larmes, ils cherchent à voir la
chère apparition qui est là, devant eux, élevée de quelques
degrés, dans le Sanctuaire.

Dans l'attitude de quelqu'un qui dort, la tête légèrement inclinée à gauche, les traits calmes, naturels et presque souriants, les yeux légèrement entr'ouverts, mais dirigés vers le crucifix qu'il serre pieusement dans ses mains jointes, Don Bosco repose. — *Il était notre Père!* — répétaient dans un même cri ces mille cœurs brisés par un coup si terrible.

Que de souvenirs touchants, quel monde de pensées saintes et douces, quelle tendresse de filiale affection peuplèrent l'esprit et remplirent l'âme des fils de Don Bosco à ce moment. Instruits des moindres circonstances de la merveilleuse existence de Don Bosco, grâce aux récits que les anciens élèves ont toujours transmis avec reconnaissance aux nouvelles générations de l'Oratoire, ceux de maintenant voient comme tracés sur les murs du modeste édifice, les labeurs incessants de leur Père, dont la charité ne s'est jamais démentie.

Il leur apparaît, au milieu des occupations humbles et pénibles qu'il s'imposait pour l'éducation religieuse, intellectuelle et matérielle de ses fils. Rien ne l'arrête: les obstacles les plus insurmontables, il en a toujours raison; et jamais les luttes les plus ardentes ne lui font perdre cette sérénité de calme qu'il conserve encore après un demi-siècle de fatigues inouïes. Devant ce tabernacle, il forme des projets insensés, qu'il réalise à l'heure fixée par lui, et qui ont rempli le monde de son nom.

Dans cette chaire, pendant dix-huit ans, sa parole d'une inconcevable puissance séduit les âmes, les entraîne, et arrache à son jeune auditoire avec des larmes d'attendrissement, d'héroïques résolutions.

Derrière l'autel, se trouve son confessionnal entouré de centaines d'enfants qui attendent, à genoux, le moment de confier à Don Bosco, et rien qu'à lui, le secret de leur conscience. Les anges connaissent les innombrables résurrections spirituelles qui se sont produites aux pieds de ce prêtre au cœur débordant de charité prudente, d'affection vraie, céleste. Oh! le voir maintenant, là, immobile!.... ne plus pouvoir se pencher sur ce cœur où des trésors de miséricorde attendaient la pauvre âme blessée !.... Le voir maintenant, assis devant cet autel où pendant de si nombreuses années il célébra la sainte Messe avec cette dévotion simple, profonde, tendre, mais sans aucune apparence extraordinaire; avec une confiance qui obtenait tout, mais sans la moindre manifestation extérieure des faveurs merveilleuses qui en étaient la récompense.

Les plus anciens de la Maison se rappelaient aussi une parole qui leur paraissait singulièrement mystérieuse, à l'époque où ils l'entendirent de la bouche de leur Père, en 1848.

Don Bosco, juché sur une petite éminence de terrain, avait dit avec un accent prophétique aux nombreux enfants groupés autour de lui : — *Un jour ou l'autre, à cet endroit précis, s'élèvera l'autel d'une église; vous y ferez la sainte Communion et vous y chanterez les louanges du Seigneur.*

Et la parole de Don Bosco n'avait pas tardé à se réaliser. Maintenant, Don Bosco reparaissait sur sa chaire d'il y a 40 ans; mais, cette fois, ses fils groupés autour de lui ne pouvaient plus sentir leur cœur s'enflammer aux accents d'une voix qui pénétrait dans les plus secrets replis de ces jeunes âmes.

Ce spectacle n'a trouvé personne insensible; et un journal catholique de Turin (1) a reproduit trop fidèlement les impressions de tous, pour que nous ne donnions pas ce passage touchant : « Nous sentions, tous, la grandeur de cet homme,
» puissant comme un souverain, bienfaiteur comme un Vincent
» de Paul, doux comme un François de Sales, pieux comme
» un Alphonse de Liguori. Au milieu du deuil profond causé
» par une telle perte, on ne pensait à ne chercher de soula-
» gement que dans la prière. Et ce dernier témoignage n'a
» pas manqué à Don Bosco. Divisés par classes et par ateliers,
» les enfants de l'Oratoire se succèdent au pied de l'autel de

_____

(1) Le *Corriere Nazionale*.

» N.-D. Auxiliatrice pour la récitation du Rosaire ; et le soir,
» à 5 heures, la communauté entière, réunie dans le Sanctuaire,
» chante solennellement l'office des Morts. Mais, malgré tout,
» ces prières avaient je ne sais quel ton d'indicible allégresse.
» Les témoins de telles vertus se sentaient invinciblement
» portés à prier ce si bon Père, plus encore qu'à lui assurer
» des suffrages dont il n'avait plus besoin pour répandre, du
» du sein de la gloire, de précieuses bénédictions sur sa fa-
» mille religieuse et sur tous ceux qu'il aima d'un amour si
» divin et si fort. Et sous l'empire de cette conviction, on
» vit se produire des scènes émouvantes, comme on en lit avec
» bonheur dans les plus merveilleuses légendes des Saints. »

LE PEUPLE.

La petite église de Saint-François de Sales fut ouverte aux
visiteurs vers huit heures du matin. On aurait dit que la
grande cité tout entière était accourue à l'Oratoire pour saluer
la vénérable dépouille de Don Bosco. Le Cours Reine Marguerite et celui du Valdocco livraient passage à une foule
immense, calme et recueillie. Pendant toute la journée, la vaste
place de Marie Auxiliatrice fut encombrée d'équipages de
maître et de voitures de louage. — *Allons chez D. Bosco !*
— c'est le mot d'ordre qui avait mis en mouvement toute
cette multitude. Le peuple, on le sait, pour frapper, en quelque sorte, son jugement sur les hommes et les choses, trouve
toujours un mot, un seul, mais profondément juste. L'admirable ensemble d'œuvres de charité fondé par le chanoine *Cottolengo*, tout près de l'endroit où devait surgir l'Institut de
Don Bosco, porte le nom du fondateur ; et désormais le nom
de Don Bosco désignera essentiellement l'Oratoire Salésien.

Et ce sens délicat du peuple, cette fois encore, ne l'a nullement trompé. Eglise, oratoire, écoles, ateliers, asile, orphelinat, toute cette grande et harmonieuse réunion d'établisse-

ments divers groupés au Valdocco, n'est-elle pas tout entière dans ce mot magique, **Don Bosco**, l'ouvrier de toutes ces merveilles? Don Bosco et Cottolengo! Deux hommes qui résument une histoire d'incomparable charité et de sacrifices héroïques.

LE SERVICE D'ORDRE.

La foule grossissait à chaque instant. Une armée de vendeurs de journaux distribuait par milliers l'*Unità Cattolica* et le *Corriere Nazionale*, tous deux pleins de détails sur Don Bosco, et ornés de son portrait.

L'empressement de cette chère population turinaise offrait un spectacle prodigieux. La presse a estimé à quarante mille le nombre de ceux qui ont défilé devant les reste de l'humble prêtre pendant cette journée de mercredi.

Les précautions prises pour maintenir l'ordre permettent de croire que ce chiffre n'a rien d'exagéré. M. le commandeur Voli, maire de Turin, prévoyant l'affluence dont nous parlons, par une lettre respirant la plus noble délicatesse, avait bien voulu mettre à la disposition des Supérieurs de l'Oratoire de fortes escouades d'agents, tant pour les cours intérieures que pour les abords de la maison. Et durant ces trois jours, les gendarmes, les agents de police et les gardiens de la paix remplirent leurs difficiles fonctions non seulement avec un zèle au-dessus de tout éloge, mais encore en hommes de cœur qui accomplissent une mission de charité.

DANS LA CHAPELLE.

Autour du fauteuil où Don Bosco reçoit la visite du peuple, un nombreux clergé — prêtres Salésiens, ecclésiastiques de la ville et de l'Hospice Cottolengo — récite l'office des défunts.

Aux deux autels latéraux se succèdent sans interruption des Messes funèbres jusqu'à midi. Au milieu de l'église, des bancs ont été disposés pour les vétérans de l'Oratoire, qui ne peuvent s'arracher à cette filiale et suprême entrevue avec leur Bienfaiteur.

Et la foule, introduite par la porte du Patronage du dimanche, pénètre dans la chapelle, défile devant le corps, puis se répand dans les cours intérieures et s'écoule enfin lentement, à flots pressés, par la grande porte d'entrée, donnant sur la rue Cottolengo.

QUI EST VENU VOIR DON BOSCO?

La ville entière, représentée par toutes les classes de la société. Jusque vers dix heures, c'étaient les petits commerçants; de onze heures à deux heures les familles patriciennes vinrent à leur tour apporter leur tribut d'affection et d'admiration à ce mort bien-aimé, pauvre pâtre des Alpes jusqu'à quinze ans, devenu patriarche d'une innombrable famille spirituelle. L'après-midi et la soirée virent accourir le haut négoce, la magistrature, la bourgeoisie aisée et quantité de fonctionnaires de l'Etat.

COMMISSIONS POUR LE CIEL.

Et comme si le Père de tant de pauvres enfants abandonnés, eût voulu leur donner les premiers témoignages de sa sollicitude par delà la tombe, il parut inspirer à des âmes généreuses une pensée qui empruntait aux circonstances une délicatesse infinie. Nous ne citerons qu'un seul de ces actes de touchante charité. Une main pieuse avait glissé dans un pli des vêtements sacerdotaux de notre Père une enveloppe contenant une gracieuse offrande, accompagnée des simples mots: *Bien-aimé Don Bosco, priez pour moi.*

PIEUSES DÉMONSTRATIONS POPULAIRES.

Les visiteurs qui se pressaient dans la petite église de Saint-François de Sales, ne ménageaient point à la dépouille de notre

si bon Père les témoignages de leur vénération. Tous lui auraient baisé la main, si une balustrade n'avait protégé le corps
contre l'empressement indiscret et peut-être le pieux vandalisme
d'une foule tout à l'ardeur de sa foi. On supplie du moins un
prêtre de déposer un instant sur cette main qui ne peut plus
bénir, mille objets tels que médailles, images, chapelets, linges,
livres de dévotion. Il y a des larmes dans bien des yeux ; et
dans tous les cœurs une douleur sincère, une profonde émotion.

Nous avons vu des personnages qu'on eût pu croire blasés
par une vie d'alternatives pénibles ou glorieuses, nous les
avons vus s'incliner devant ces restes vénérables en murmu-
rant : « C'est un Saint ! »

ARRIVÉE DE NOMBREUX ÉTRANGERS.

Vers quatre heures de l'après-midi, l'affluence devenant
plus considérable on dut ouvrir à deux battants la porte
cochère de l'Oratoire pour faciliter la sortie. A partir de huit
heures on refusa d'admettre les visiteurs qui continuaient à
accourir ; mais il fallut céder aux prières instantes de nombreux étrangers, venus de tous les points du Piémont. Le Supérieur ayant accédé à leur désir, ils purent pénétrer dans
la chapelle et contempler une dernière fois les traits vénérés
de Don Bosco ; la mort n'avait eu encore aucune action sur
ce visage : il était demeuré attirant et comme illuminé par les
joies d'un rêve céleste.

Tout ce monde aurait voulu visiter aussi le modeste appartement de Don Bosco : mais comment faire défiler 40,000
personnes à travers ces pauvres petites chambres ? Cette consolation fut donc le privilège spécial de quelques personnes
isolées. Dans la grande église de Marie Auxiliatrice, des fidèles recueillis se succédèrent pendant toute la journée, offrant
de ferventes prières pour l'âme de Don Bosco ; au salut du
T.-S. Sacrement, à 7 heures 1|2, cette édifiante démonstration
s'accentua encore.

Le Cardinal Alimonda, Archevêque de Turin.

Un télégramme expédié de Gênes par S. E. le Cardinal
Alimonda fut le dernier évènement de cette journée de pieuse
douleur. Le vénérable Archevêque exprimait son désir d'arriver à Turin le lendemain. Mais dans l'état où l'avait jeté la
perte de son excellent ami, il ne lui était pas possible de
prendre part aux funérailles.

L'adieu des fils.

De toutes les cérémonies accomplies dans ces jours de tristesse, l'adieu donné le soir de mercredi par les fils de Don
Bosco à leur bien-aimé Père, a été la plus émouvante et la
plus féconde en impressions inoubliables.

Vers 9 heures, tous les enfants de l'Oratoire se rendirent
dans la petite église où était exposée la chère dépouille, et là,
à genoux, ils récitèrent la prière du soir, celle que leur enseigna Don Bosco.

Puis, au milieu du plus profond silence, Don Francesia
adressa à son auditoire toujours agenouillé quelques mots qui
allèrent remuer jusqu'au fond de l'âme maîtres et enfants.

« Voyez-vous, là, devant vous, notre bien-aimé Père, avec
» ce calme imposant du dernier repos, avec ce sourire qui est
» resté sur ses lèvres? On dirait qu'il veuille encore vous
» parler, et vous attendez presque qu'il se lève et vous fasse
» entendre par la dernière fois le son pénétrant de cette voix
» si chère.... Mais non, c'est bien fini!.... Il ne peut plus vous
» les répéter ces saints enseignements qu'il vous donna si
» souvent.

« Et c'est moi qui dois vous laisser ce dernier souvenir.
» Mais, dans ce Sanctuaire où Don Bosco s'est sacrifié pour
» vous, que puis-je vous rappeler, sinon la dernière parole
» qu'il nous a léguée pour vous: *Dites à mes enfants que
» je les attends tous en paradis.* »

Pendant cette allocution bien courte, Don Bosco, dans la
sérénité de la mort, paraissait bénir une fois encore la famille
réunie autour de lui.

On eut de la peine à emmener les enfants dans leurs dortoirs : immobiles, vivement émus, ils paraissaient ne plus rien
écouter, et ne pouvaient se résoudre à quitter ce si bon Père
qu'ils ne devaient plus revoir ici-bas.

Lettre du Cardinal Alimonda.

Au soir de cette journée si émouvante, S. E. le Cardinal
Alimonda, notre bien-aimé Archevêque, adressait à Don Rua
l'admirable lettre qu'on va lire.

Personne n'ignore quelle paternelle bonté le Prince de l'E-
glise a toujours témoignée à Don Bosco et à ses Œuvres ; et
nous ne prétendons apprendre à personne combien D. Bosco
éprouvait de vénération et d'amour pour le premier Pasteur
du diocèse :

« Très révérend et très cher Don Rua,

« Je crois inutile de vous dire quelle amère tristesse me
cause la nouvelle que m'apporte votre télégramme. Mon vénéré
et cher Don Bosco n'a pas voulu attendre que je vinsse, une
fois encore, lui baiser la main et me recommander à son intercession auprès de Dieu ! Conformons-nous à la volonté du
Seigneur.

« Je vous présente, mon T. R. et très cher Père, et en
vous à toute la Congrégation Salésienne, mes plus vives condoléances.

« Bien que j'aie de fortes raisons de croire qu'il a déjà
reçu la récompense de ses vertus et de ses immenses fatigues
pour la gloire de Dieu, je vous promets d'unir mes prières à
toutes celles qui de tous les points de l'Italie et du monde
entier s'élèveront vers Dieu pour le repos de l'âme bénie de

votre Fondateur. Je vous embrasse dans le Seigneur, mon cher Don Rua, et je vous bénis, vous et vos confrères, en me disant plus que jamais, mon T. R. et très cher Père,

« *Votre tout affectionné en J.-C.*

« Signé : ✠ GAÉTAN, card. arch.

« Gênes, S. Francesco d'Albaro, 31 janvier 1888. »

Avant la Messe de funérailles.

Des prêtres de la Maison et des Coopérateurs Salésiens passèrent la nuit dans la chapelle ardente. A l'aube du jeudi, 2 février, le corps, revêtu des ornements sacrés, fut déposé dans un triple cercueil. Le premier est en chêne avec vis, poignées et ornements en bronze doré ; sur le couvercle apparaît une grande croix. Le second est de plomb ; et le troisième, qui contient le corps, est en zinc, capitonné de soie.

On aurait dû le fermer complètement et souder le couvercle ; mais on voulut attendre l'arrivée des Directeurs de France pour leur procurer la consolation de contempler une dernière fois les traits de leur Père bien-aimé.

Dès 8 h. 1|2, le vaste cours *Regina Margherita* est sillonné par une foule considérable, se dirigeant vers l'église de N.-D. Auxiliatrice. Dans la rue Cottolengo, les gardiens de la paix, les agents de police et les gendarmes ont fort à faire pour opposer une digue à ce flot de peuple qui augmente à chaque instant. Le voitures ne peuvent plus avancer ; et à la porte de l'Oratoire, les gendarmes ne réussissent qu'à grand peine à frayer un passage aux amis de Don Bosco, aux Coopérateurs et Coopératrices.

Sur le fronton de l'église, au milieu des draperies du deuil, une courte inscription apprend aux fidèles que des orphelins vont demander le repos du juste pour leur Père rappelé à Dieu.

L' ASSISTANCE.

Dans la première cour on aperçoit un certain nombre d'étrangers, en habits de voyage. Ce sont des pèlerins Français, Suisses et Irlandais, les uns se dirigeant sur Rome, les autres qui en reviennent après avoir assisté aux fêtes jubilaires. Tous ont modifié leur itinéraire pour assister aux funérailles de Don Bosco.

On remarque aussi quantité de prêtres turinais, dont l'attitude dit bien quelle part ils prennent à l'affliction de la famille Salésienne.

DANS L'ÉGLISE.

Les places destinées aux fidèles sont occupées de grand matin. Sous le dôme s'élève le catafalque surmonté d'un baldaquin.

Derrière le maître-autel, et sur les tentures qui voilent le tableau de N.-D. Auxiliatrice, apparaît une très grande croix, dessinée avec des lames de drap d'argent.

Cette foule garde un silence recueilli; le murmure confus à peine perceptible qui arrive du dehors, dit seul le désir de tout un peuple de s'associer à une démonstration de filial amour.

Autour du catafalque sont rangées les Filles de Marie Auxiliatrice et les dames de la ville: tout à fait devant la balustrade du Sanctuaire, les invités de distinction ont trouvé des places réservées.

ARRIVÉE DU CORPS.

Une psalmodie encore éloignée annonce l'arrivée du corps. Bientôt une porte latérale s'ouvre et l'on voit apparaître les ecclésiastiques qui portent le cercueil où repose le Père de tant d'orphelins. Quand la porte du catafalque s'est refermée sur lui, de nombreux flambeaux. ornés des armes de la Société Salésienne, et chargés de couronnes, sont allumés en un clin d'œil : la Messe va commencer.

Il est neuf heures et demie.

Une longue file d'enfants de chœur débouche de la sacristie, les ministres sacrés suivent lentement, enfin Mgr. Cagliero s'avance : sa douloureuse émotion est très visible.

Aux premières notes du *Requiem,* une tristesse indicible envahit l'assistance et nous avons vu bien des larmes...

Oh Monseigneur Cagliero! Quand tout jeune prêtre, vous révéliez déjà votre âme dans cette Messe funèbre, où l'art délicat et grand le dispute au sentiment vrai des paroles liturgiques, vous étiez loin de penser qu'elle serait chantée un jour, en présence du jeune prêtre devenu Pontife, et aux funérailles de votre bien-aimé Don Bosco !

Les enfants de la famille eux-mêmes, saisis par la puissance de votre touchante composition, chantaient avec le cœur, et pour dire vos mélodies, mêlèrent bien souvent leurs voix à des sanglots.

L'absoute fut donnée à 11 h. et demie.

Au cours de la cérémonie, un rapprochement digne d'être noté se présenta à notre esprit. Depuis plusieurs années, Don Bosco demandait à Dieu de pouvoir chanter son *Nunc dimittis* le jour où il aurait amené au point voulu par la Providence son Œuvre commencée au Nom du Seigneur.

Et ses funérailles avaient lieu précisément le jour, où près de vingt siècles auparavant, le *Nunc dimittis* résonnait par la première fois dans le cœur et sur les lèvres du saint veillard Siméon.

Procès-verbal déposé
dans le cercueil de Don Bosco.

Le jeudi, à 2 heures de l'après-midi, avant de faire souder le cercueil de Don Bosco, en présence des docteurs Albertotti et Bestente, le procès-verbal suivant, lu d'abord à haute voix' puis signé par les deux médecins nommés plus haut et par plusieurs Supérieurs des Salésiens, témoins oculaires, fut enfin placé dans une bouteille de verre que l'on scella soigneusement. La bouteille contenant le parchemin a été déposée près des pieds du défunt.

Voici le texte du procès-verbal:

« Les soussignés certifient que dans ce cercueil repose la dépouille mortelle de Don Jean Bosco, prêtre, Fondateur de la Congrégation de Saint-François de Sales, des Filles de Marie Auxiliatrice et des Coopérateurs Salésiens. Il naquit à Castelnuovo d'Asti, le 15 août 1815, de François et de Marguerite Occhiena, et mourut d'une consomption lente de la moëlle épinière, comme il résulte du bulletin de décès remis au Municipe et signé du médecin traitant, le docteur Albertotti, le 31 janvier 1888, à 4 h. 3[4 du matin, quelques minutes après l'*Angelus*, qui parut la voix de la Vierge Auxiliatrice l'appelant au ciel ; sur la fin de l'année neuvième du glorieux Pontificat du très sage Pape Léon XIII, sous l'épiscopat de S. E. le cardinal Alimonda, archevêque de Turin, et sous le règne de Humbert Ier de Savoie, notre Souverain.

» L'histoire dira la charité et le zèle admirable, les fondations diverses, la grandeur et l'héroisme des vertus, la vie entière de l'illustre défunt et le deuil public causé par sa mort.

» Le cadavre est revêtu de la soutane et des ornements violets, comme pour célébrer la sainte Messe.

» Le cercueil renferme, avec le présent parchemin, et scellées également dans un étui de verre, trois médailles de

N.-D. Auxiliatrice et une autre médaille commémorative du Jubilé Sacerdotal de Léon XIII.

» Restes précieux, objets de si douloureux regrets et arrosés de tant de larmes, reposez en paix jusqu'au jour où la trompette de l'ange vous appellera, vous aussi, à l'éternité de la gloire ; que l'âme dont vous étiez animés veille sur nous des splendeurs des cieux, où nous avons la douce persuasion de la savoir déjà heureuse en Dieu et en Marie, qu'elle aima d'un si grand amour et en qui elle eut toujours la plus inébranlable confiance.

> » Turin, 2 février 1888. »

> *(Suivent les signatures).*

Pour la dernière fois, les quelques personnes admises à la triste cérémonie purent contempler les traits de ce Père bien-aimé, et baiser cette main bénie, parfaitement souple encore ; puis le couvercle fut soudé.

Adieu, saintes dépouilles de Don Bosco ; vous disparaissez pour toujours !

Avec vous s'éteint le flambeau de la charité turinaise, l'Apôtre de la jeunesse, le Père du peuple.

Vous nous ravissez ce regard d'une si pénétrante douceur, qui convertissait ; cette voix harmonieuse, qui ne se faisait jamais entendre sans annoncer la bonne nouvelle ; cette main qui s'est toujours levée pour bénir, ces pieds qui ont constamment parcouru les voies de Dieu, pour évangéliser la paix et tous les biens.

Adieu, dépouilles vénérées ! Vous descendez dans la tombe ; mais nous gardons au milieu de nous la grande âme de Don Bosco : elle plane sur sa famille de la terre, et ses exemples seront une voix qui parlera toujours à nos cœurs.

L'enterrement.

Il a eu lieu dans l'après-midi du jeudi, 2 février, à 3 heures 1|2. Bien avant le commencement de la cérémonie, les abords de l'Oratoire sont encombrés d'une multitude immense. Sur tous les points de la ville, les tramways sont pris d'assaut ; et une interminable file de voitures amène à chaque instant les personnes de condition. L'avant-veille déjà, à l'annonce de la mort de Don Bosco, beaucoup de magasins avaient suspendu la vente, en indiquant, par un écriteau, la cause de cette mesure ; mais aujourd'hui ce témoignage des regrets du peuple s'était accentué dans une proportion considérable, dès midi ; et à 3 heures un certain nombre d'ateliers et de manufactures avaient donné congé à leur personnel.

L'ASSISTANCE.

Les journaux l'ont évaluée à *plus de cent mille* personnes ; et l'on peut croire que ce chiffre est loin d'être exagéré. Sur un parcours d'environ deux kilomètres, le cortège funèbre a constamment défilé entre deux rangées profondes de gens dont l'attitude ne révélait autre chose que la curiosité.

On sait qu'en Italie les balcons, qui remplacent un corridor intérieur, sont prodigués même dans les plus humbles demeures ; pour la circonstance, ils deviennent autant de tribunes commodes ; et ils sont chargés de façon à faire naître des doutes sur leur force de résistance.

Tous les arbres supportent des *Zachées ;* ils ont dû renoncer à percer le mur humain qui les séparait du cortège ; et leur maintien respectueux dit assez qu'ils font un acte de foi.

Les *reporters*, eux aussi, ne trouvent pas de meilleur observatoire ; et on les voit prendre leurs notes pour les éditions que publient plusieurs fois le jour les feuilles de la ville.

Les dessinateurs des journaux illustrés ne sont pas en

reste avec leurs confrères : installés sur les fiacres, ils jettent des croquis sur leurs albums.

Tout ce monde garde un silence peu ordinaire à ces assises d'une population entière.

Don Bosco, dans un petit mémorial écrit de sa main, avait recommandé une grande modestie pour ses funérailles : la seule chose qu'il désirât de tout son cœur, c'était d'être accompagné à sa dernière demeure par ses fils. Cette volonté suprême, pour ce qui est de la simplicité des obsèques, a été accomplie, mais le bon Père n'avait nullement besoin de demander comme une grâce la présence de tous ses enfants : sans même connaître ce désir de Don Bosco, ils étaient accourus de bien loin.

SORTIE DU CORTÈGE.

Il est 3 heures et demie. Les cloches de Marie Auxiliatrice sonnent des glas et donnent le signal de la mise en marche.

La foule, qui occupe la place et les rues adjacentes, rend d'abord tout mouvement impossible ; mais bientôt les gardiens de la paix obtiennent un étroit passage en faisant avancer une voiture.

LE DÉFILÉ S'ORGANISE — SA COMPOSITION.

Voici l'ordre du cortège :

Enfants de Marie des paroisses St. Donat et St. Joachim.

École primaire supérieure Sainte-Thérèse, de Chieri, dirigée par les Sœurs de Marie Auxiliatrice (Religieuses de Don Bosco).

Enfants et jeunes gens du Patronage du Dimanche.

Les Coopératrices Salésiennes, en très grand nombre.

Élèves de l'Oratoire Salésien et de la Maison de St. Jean l'Évangéliste, divisés par classes et par ateliers.

Religieux Coadjuteurs.

Anciens élèves de Don Bosco. Professeurs, journalistes.

musiciens, instituteurs, écrivains, artistes, industriels, tous s'avancent côte à côte, unis dans la sainte et durable amitié des jours de leur éducation chrétienne, comme aussi et surtout dans leur filiale vénération et leur profonde reconnaissance envers le maître et le Père de leurs jeunes années.

De tous les hommages rendus à l'humble prêtre, celui des hommes qu'il achemina vers le travail honoré et béni de Dieu, en leur donnant le pain du corps, de l'intelligence et de l'âme, est de beaucoup le plus touchant.

La musique instrumentale de l'Oratoire, avec sa bannière voilée d'un crêpe.

Immédiatement après, venait le clergé. Les Frères Mineurs de la paroisse St. Antoine. Les scolastiques Salésiens, au nombre de plus de deux cents.

Les prêtres, par rang d'ancienneté.

Une quarantaine de curés de Turin et du dehors.

Plusieurs chanoines de la ville et des diocèses voisins.

Leurs Grandeurs NN. SS. Cagliero, évêque de Magida; Leto, évêque de Samarie, et Bertagna, auxiliaire du Cardinal de Turin, évêque de Capharnaüm, entourés de diacres, sous-diacres et prêtres assistants.

Suivait le cercueil, porté par huit Salésiens. Plusieurs prêtres, français et italiens, avaient sollicité l'honneur de rendre ce pieux devoir au bien-aimé défunt; mais les fils de Don Bosco obtinrent que cette consolation leur fût exclusivement réservée.

Sur le drap qui recouvrait la bière, on avait disposé les ornements sacerdotaux et les deux médailles d'or décernées à l'apôtre de la jeunesse par la Société géographique de Lyon et par l'Académie de Barcelone.

A mesure que passait la vénérable dépouille, tout le monde se découvrait avec respect, beaucoup tombaient à genoux, et le peuple n'avait qu'une voix pour murmurer ces paroles qui depuis deux jours étaient dans toutes les bouches: *C'était un saint!*

Des prêtres, entourant le cercueil, portaient les couronnes offertes par le Chapitre Supérieur de la Pieuse Société Salésienne, qui était rangé immédiatement derrière la bière.

Don Rua, défait par les douloureuses émotions des jours derniers, et abîmé dans son immense douleur, s'avançait entre Don Durando et Don Sala, suivi des quatre autres membres du Chapitre.

Ce cortège, qui défile depuis une grande heure, semble commencer à peine.

Voici en effet :

Un nombre considérable de prêtres ;

Une députation de l'Archevêché et des Oblats de la Consolata ;

Les prêtres de la Société de St. Thomas ;

Les élèves du grand Séminaire ;

Des membres de tous les Ordres religieux ayant des Maisons à Turin ;

Une députation du Collège *degli Artigianelli ;*

Des membres de la presse, rédacteurs ou correspondants des journaux de Turin, Milan, Gênes, Rome, Ivrée, etc., etc.;

M. le comte de Viancino, président de l'Œuvre des Congrès Catholiques, et une grande partie de la noblesse du Piémont ;

Les délégués de *l'Unione Conservatrice ;*

Le Conseil Central de l'*Union Catholique* ouvrière de Turin ;

L'Union des Aspirants ouvriers catholiques ;

La Jeunesse Catholique ;

L'Union du *Courage Catholique.*

Toutes ces Sociétés marchent bannière en tête, comme toutes les autres, du reste, venues de tous les points : nommons seulement celles de Saluggia, Chieri, Orbassano, Asti, Santena, Nizza Monferrato, etc., etc.

Le haut personnel enseignant des Établissements de l'État

n'avait pas voulu rester étranger à cette démonstration en l'honneur d'un grand éducateur de la jeunesse. Nous avons remarqué M. l'abbé Parato, docteur en théologie de la Faculté catholique de Turin, et proviseur du Collège National; et M. le commandeur Scavia.

Parmi les nombreux étrangers qui avaient pris place dans le cortège, on nous a nommé: un représentant du *Mouvement Catholique*, du Chili; M. Jules Auffray, de la *Défense*, de Paris; M. l'abbé J. Romanet, délégué du Petit Séminaire de Pont de Beauvoisin.

Ces diverses députations marchaient entre une double haie de domestiques en livrée, portant un cierge avec écusson aux armes de la famille patricienne à laquelle ils appartiennent. Le Municipe, lui aussi, avait envoyé des appariteurs en grande tenue.

On voyait enfin, avec une profonde édification, plusieurs centaines de personnes pieuses suivre le cortège en récitant le Rosaire.

Pour donner une idée aussi exacte que possible du défilé, nous dirons que la tête rentrait à l'église quand les derniers rangs en étaient encore éloignés d'un grand kilomètre.

D'après le témoignage des journaux, jamais à Turin on n'avait vu un concours si considérable et si spontané.

Don Bosco, enfant du peuple, bienfaiteur du peuple, a reçu du peuple la plus grande et la plus imposante manifestation d'amour et de vénération qu'on puisse imaginer.

La splendeur de ces funérailles n'a eu d'égale que leur simplicité.

Tous ceux qui y ont pris part sont fils, élèves, admirateurs de Don Bosco; et ce n'est pas la curiosité ou un souci banal des convenances qui les a fait venir, mais un immense sentiment de gratitude, un irrésistible élan de pieuse affection.

On ne pouvait voir sans émotion ces milliers d'enfants garder un maintien parfait, et s'avancer, tête nue, tristes, mais tout à la prière qui leur montait du cœur aux lèvres. Ni le froid, ni la foule ne pouvaient les distraire de la pensée du bonheur éternel de leur Père bien-aimé.

FUNÉRAILLES OU TRIOMPHE ?

Le second mot seul rend convenablement l'impression de tous. Sans doute, on conduisait à sa dernière demeure la dépouille mortelle de Don Bosco ; mais il était plus vivant que jamais dans la vénération de la multitude, dans cet hommage universel rendu à sa mémoire, dans la grandeur des Institutions nées de son amour pour les pauvres et les petits.

Ce mort ne disparaît point : il demeure parmi nous et aura un regain de vie dans les milliers de prêtres, de religieuses, d'enfants, d'ouvriers qui perpétueront les traditions de ses douces et fortes vertus, que la sève de l'Évangile a toujours honorées et fait grandir.

Les chants funèbres n'avaient point cette cadence qui serre le cœur et appelle les larmes ; la mélodie sacrée jetait dans l'âme la persuasion consolante et ferme que Dieu avait déjà récompensé son serviteur. Et ces impressions étaient celles de tous.

Un étranger, attiré par la foule, demande à un prêtre Salésien :

— Qu'est-ce donc qui a rassemblé tout ce monde ?

— Les obsèques d'un prêtre.

— Obsèques, dites-vous ? Mais c'est une apothéose !

— Il ne m'appartenait pas de l'exprimer ; mais c'est aussi ma pensée.

Une scène gracieusement touchante a ému tous ceux qui ont pu en jouir. On était arrivé devant l'hospice Cottolengo. Une niche pratiquée dans la façade contient un très beau groupe qui résume la vie entière du saint ami des malades abandonnés.

Debout, Cottolengo jette un regard de divine compassion sur un vieillard et un enfant, tous deux infirmes, et à genoux près de lui, dans l'attitude de la supplication ; mais ce regard n'est pas l'expression d'une tendresse purement philanthropique : le Vénérable, qui tend une main aux deux malheureux, de l'autre leur montre le ciel, où ceux qui souffrent chrétiennement ont leur place assurée.

Tout à fait au-dessous de cette niche, on voit deux fenêtres éclairant une salle pour les enfants malades.

Au moment où le cercueil s'arrêtait précisément devant la statue de Cottolengo, les deux fenêtres se remplirent de têtes mignonnes, se pressant et s'agitant pour connaître la cause de cette affluence inaccoutumée.

La vie que dégageait ce tableau d'un charme ineffable sembla passer dans le marbre et lui prêter le mouvement ; et on ne peut point oublier ce spectacle de Cottolengo montrant le ciel à Don Bosco, qui, après lui et à son exemple, avait poussé le sublime cri de l'amour en Dieu : *Charitas Christi urget nos.*

LA RENTRÉE A L'ÉGLISE.

Elle fut imposante et s'effectua dans l'ordre le plus parfait. Les agents n'avaient qu'à faire signe pour être obéis sur le champ ; et ils en manifestaient hautement leur surprise : c'est que les foules ne sont pas coutumières d'une pareille docilité.

Déjà au sortir de l'église, quand la multitude avait aperçu le cercueil, elle s'était précipitée pour mieux satisfaire ses sentiments de pieuse vénération. Un seul mot des gardiens de la paix eut raison de cet empressement.

Et la rentrée offrit le spectacle de la même attitude respectueuse et calme. Quel concours cependant !

Voici le cercueil. Il pénètre dans l'église où les confrères et le clergé ont déjà pris place. La musique de l'Oratoire joue une marche funèbre; les cloches font entendre des glas; mais la vue seule est saisie en présence de cet appareil grandiose. L'éclat de milliers de cierges, le nombre d'ecclésiastiques qui occupent une grande partie de l'édifice, la foule immense qui s'étend jusque sur les cours avoisinants, tout donne à ces funérailles les dehors d'un triomphe.

— *Mais c'est l'arrivée au ciel!* dit-on autour de nous.

NN. SS. Leto et Cagliero, s'étant placés de chaque côté de l'autel, Mgr. Bertagna resta au milieu du sanctuaire; il terminait à peine l'absoute, quand le peuple donna un témoignage édifiant de sa foi profonde. Tous se précipitaient pour baiser le cercueil comme on baise les choses saintes. En un instant, les couronnes eurent disparu. Ceux qui n'avaient pu avoir une fleur, se préparaient à mettre en pièces le drap mortuaire, si un service d'ordre, promptement organisé, n'eût protégé et le drap et le cercueil, également menacés. La vénérable dépouille fut alors transportée dans l'église St.-François de Sales, en attendant la déposition.

Et maintenant, se diront nos lecteurs, quel vide a dû faire ce départ! Et dans quelle tristesse cette séparation aura plongé tous les cœurs!

Sans doute, le coup a été terrible et profond, bien que la Providence y eût préparé toute la famille Salésienne avec des ménagements infinis. Mais nous ne pouvons prononcer même ce mot de tristesse.

Ce si bon Père a laissé à ses enfants une joie et une paix dont chacun a reçu une abondance singulièrement douce.

Ceux qui le matin encore avaient pleuré, ne le pouvaient plus; ils recouvrèrent une tranquillité que les deuils ordinaires sont loin de procurer. Il semblait à tous que Don Bosco fût encore en vie et au milieu de ses fils.

— Quelle belle fête! entendait-on répéter de tous côtés; et ceux que cette parole avait jetés dans l'étonnement, ne

tardaient pas à la dire à leur tour, avec une conviction que
rien ne pourra ébranler.

Puis on se rappelait ces mots pleins d'enseignements et
de paternelle affection qui s'échappaient comme naturellement
des lèvres de Don Bosco ; et les traits les plus aimables de
sa vie, se représentant à la mémoire de tous, inondaient nos
âmes de cette joie qui surpasse tout sentiment.

Le deuil était fini. Nous sentions tous que Don Bosco vivait et qu'il n'était pas loin.

Léon XIII et Don Bosco.

Le lendemain, 3 février, une lettre adressée par Son Éminence le Cardinal Mariano Rampolla, secrétaire d'État, à
Don Rua, vicaire général de la Congrégation Salésienne, venait
mettre le sceau de la dernière joie à notre mystérieuse tranquillité.

Les termes de cette lettre ont été suggérés par le Vicaire
de Jésus-Christ lui-même :

« Rome, le 2 février 1888.

» Mon Révérend Père,

» La perte de Don Jean Bosco, à qui les Œuvres de charité fondées par lui, son zèle infatigable à procurer de tout
son pouvoir le bien des âmes, toute une vie consacrée à faire
connaître et adorer jusqu'aux extrémités de la terre le nom
infiniment saint de Dieu, avaient attiré l'estime, l'affection et
l'admiration universelle ; la perte de cet Apôtre produit un
vide, qui est pour l'Église, comme aussi et avec tant de raison
pour ses fils, privés d'un Père tout aimant et d'un exemple
des plus belles vertus, une véritable affliction.

» Et pour mon compte, je puis dire que dans le cœur de
Sa Sainteté le triste événement a fait une impression d'autant

plus douloureuse, que la bienveillance constante du Saint-Père envers ce prêtre si méritant était plus grande, et qu'il attachait plus de prix à ses œuvres innombrables, toutes fécondes en fruits de salut et de sainteté ; s'adressant à la miséricordieuse bonté divine, le Saint-Père la supplie d'accorder à cette âme bénie une large récompense de ses travaux, dans la gloire du ciel.

» Quant à la Société Salésienne tout entière, Sa Sainteté, du fond de son cœur, lui envoie la bénédiction apostolique, tenant pour certain que cette bénédiction lui sera un soulagement dans la pénible épreuve qui la frappe et un stimulant à poursuivre la sainte entreprise du défunt, entreprise qui forma l'objet de ses sollicitudes de tous les instants, durant les longues années de sa carrière mortelle.

» En union de pensées avec le Saint-Père, je vous souhaite tous les biens et me déclare dans des sentiments d'estime distinguée,

> » *Votre très affectionné et dévoué*
> » M. Card. RAMPOLLA. »

L'Archevêque de Paris et Don Bosco.

S. G. Mgr. l'Archevêque de Paris a daigné adresser à Don Rua, nouveau Supérieur des Salésiens, la lettre suivante, écrite de sa main :

> « Paris, 1er février 1888.

> » MON CHER ET RÉVÉREND PÈRE,

> » Je veux vous dire toute la part que je prends au deuil de votre famille Salésienne. Je regarde comme une grâce de Dieu d'avoir pu, en passant à Turin, voir encore une fois votre vénérable Père, recevoir sa bénédiction et l'entendre me dire qu'il bénissait *tout Paris*.

» J'ai la confiance avec vous qu'il est au ciel, mais je célèbrerai une Messe pour lui, parce que l'Église nous apprend à prier pour les défunts dont nous avons le plus vénéré la vertu.

» Veuillez, mon cher et révérend Père, agréer l'assurance de mon affectueux et respectueux dévouement en N. S.

» † Fr. Arch. de Paris. »

L'Épiscopat français et Don Bosco.

L'admirable Épiscopat français a pris à notre épreuve une part qui nous a été une précieuse consolation.

Nous ne donnons point la liste des Prélats qui ont adressé à D. Rua leurs condoléances soit directement, soit par l'intermédiaire des Directeurs de nos Maisons de France : aucun n'y a manqué.

Toutes les lettres respirent la même paternelle bienveillance pour Don Bosco et ses fils ; toutes expriment le vif regret de voir cette existence bénie couronnée trop tôt pour le bien de l'Église entière.

Le vénérable Évêque de Saint-Flour a exprimé avec un si grand bonheur ce double sentiment, que son témoignage nous paraît résumer tous les autres. Une telle page venant de si haut, est un trésor d'édification que nous n'avons pas le droit de garder pour nous seuls.

« Saint-Flour, le 4 février 1888.

» Mon révérend Père,

» Permettez-moi de joindre mes sentiments de profonde et religieuse condoléance à ceux qui vous arrivent de toutes les parties du monde, au sujet de la mort du vénéré Fondateur de votre Ordre, il faudrait dire plutôt, du Saint que le

Ciel vient de ravir à la terre. A vos regrets, mon révérend Père, je joins aussi mes prières, puisque tel a été le désir si humblement exprimé par Don Bosco lui-même.

» Mais surtout, ce à quoi je vise, c'est que mon hommage, et non seulement le mien, mais aussi celui des prêtres et des bons catholiques de mon diocèse, arrive, avec nos communs regrets, à cette mémoire bénie du grand Apôtre de la jeunesse ; et je désire que cet hommage ne se borne pas à un sentiment d'admiration, mais qu'il soit surtout une supplication auprès de celui qui, du haut du ciel, la protégera plus efficacement encore, cette pauvre jeunesse, qu'il aimait tant et qu'il conduisait si sûrement, sur la terre, dans la voie du devoir et dans les sentiers de la vertu.

» Quelle reconnaissance ne devrais-je pas à Don Bosco, mon révérend Père, s'il pouvait inspirer à ses fils, ou plutôt à son digne Successeur, la pensée de venir fonder dans mon diocèse une de ses maisons qui font tant de bien à la jeunesse!... (1). Une ville de ce diocèse, Aurillac, chef-lieu du département, se prêterait tout particulièrement à cette fondation. Et quel besoin la jeunesse de cette ville n'aurait-elle pas d'un *patronage* et d'autres œuvres de préservation!

» C'est un vœu que j'exprime, mon révérend Père, et que je dépose dans votre cœur, après l'avoir placé sous les auspices de Don Bosco.

» En attendant qu'il se réalise peut-être un jour, veuillez agréer, mon révérend Père, l'assurance de mon respectueux et tout cordial dévouement en N.-S.

> » F. M. BENJAMIN, *Ev. de St.-Flour.* »

(1) Monseigneur l'Archevêque d'Albi termine sa lettre de condoléance en exprimant, lui aussi, le désir d'avoir des Salésiens: la réponse a été celle que Don Bosco, à son grand regret, donnait si souvent: *Rogate Dominum messis ut mittat operarios.....*

Nous donnons ici la lettre toute de paternelle bienveillance que S. G. Mgr. Balaïn, évèque de Nice, à la nouvelle de la mort de Don Bosco, a bien voulu adresser à nos confrères dirigeant la Maison Salésienne établie dans sa ville épiscopale. Le témoignage qu'on va lire a apporté à notre pénible épreuve l'adoucissement dont la foi contient les promesses et le secret ; une fois de plus et dans une circonstance où il est particulièrement doux de le savoir, nous avons appris que la petite famille Salésienne de Nice trouvera toujours en Monseigneur l'Évèque un Père dont l'affection nous est une force et l'appui une bénédiction.

« Nice, le 4 Février 1888.

» Monsieur l'Économe,

» Je regrette de n'avoir pas été prévenu, hier matin, quand vous vous êtes présenté à la villa Ste. Agathe. Nous étions réunis pour le Conseil épiscopal ; mais je serais descendu un moment pour vous dire toute la part que je prends à votre si légitime douleur et à tous vos regrets.

» Vous avez perdu votre fondateur et votre Père bien aimé. L'Eglise perd un de ses plus admirables apôtres, Don Bosco. Il continuera à vous assister du haut du ciel. J'espère qu'il n'oubliera pas Nice qui lui fut chère et qui lui a donné tant de témoignages de vénération et de pieuse sympathie, en échange de ses prières, de ses conseils et de tous ses bienfaits.

» Voulant moi-même m'associer, autant qu'il est en moi, à vos prières et à vos regrets, voulant aussi donner au nom de mon diocèse un témoignage de gratitude au vénéré défunt, j'irai mercredi prochain présider le service funèbre que vous vous proposez de célébrer à la mémoire du saint défunt. J'assisterai à la Messe et je donnerai l'absoute.

» Veuillez transmettre à vos frères de Turin l'expression de mes plus sympathiques et de mes plus vives condoléances.

» Recevez, Monsieur l'Économe, l'assurance de mes sentiments bien dévoués en N.-S.

» † Mathieu-Victor, *Évèque de Nice* »

Nous ne voulons pas non plus oublier, dans l'expression de notre gratitude, les nombreux Évêques étrangers et Missionnaires qui ont fait leur deuil du nôtre. Citons seulement l'Evêque de Marbourg et celui de Visigapatam.

Le sépulcre de Don Bosco.

VALSALICE — NÉGOCIATIONS.

C'est sous l'église de N.-D. Auxiliatrice et dans un caveau préparé tout exprès que nous comptions garder notre vénéré Père. Mais l'Autorité civile ayant refusé la permission spéciale requise en pareille circonstance, le choix du Chapitre se porta sur la Maison Salésienne de Valsalice, près Turin, dans laquelle on a installé le Séminaire des Missions de Don Bosco (1). Bien que Valsalice soit tout à fait en dehors de l'enceinte de la ville, le bon vouloir officiel s'attardait encore dans une telle série d'hésitations, qu'on dut prévoir le cas où le cercueil serait dirigé sur une autre Maison, mais hors de l'Italie.

La perspective de cette éventualité et de l'effet que produirait une mesure si inattendue, a-t-elle été de quelque poids dans la balance administrative? Nous ne saurions le dire. Toujours est-il que le permis d'inhumer fut libellé pour Valsalice.

Cérémonie de la mise au tombeau.

En conséquence, le soir du 4 février, à 5 heures 1|4, le cercueil quittait l'Oratoire. Don Rua le couvrit de baisers et de larmes tandis qu'on le glissait dans le corbillard.

Avec Don Rua, prirent place dans la voiture qui servait aux promenades de Don Bosco, Monseigneur Cagliero, Don Sala et Don Bonetti. De Turin à Valsalice on récita le chapelet.

_____

(1) On peut s'y rendre en voiture. De la gare, le trajet est d'un quart d'heure; et de l'Oratoire, trente minutes. *Les étrangers sont admis tous les jours à visiter la tombe de Don Bosco.*

On arrive au Séminaire des Missions, où le cercueil pénètre par le cloître qui aboutit à la chapelle. Les scolastiques et les professeurs de la Maison, un cierge à la main, forment la haie, et huit d'entre eux transportent la bière dans l'église, où Mgr. Cagliero donne l'absoute, immédiatement suivie de l'Office des Morts, chanté par les 120 scolastiques du Séminaire.

Don Sala, Économe de la Congrégation, entoura le cercueil de trois rubans de soie, fixés chacun par deux cachets de cire portant le sceau de la Pieuse Société de St.-François de Sales.

Pendant ce temps, on achevait de préparer le caveau, pratiqué à 1 m. 20 du sol, dans le mur plein de l'escalier double qui relie la grande cour à la terrasse de la chapelle. Don Cerruti, Don Lazzero, la Supérieure générale des Filles de Notre-Dame Auxiliatrice accompagnée de deux religieuses, et un certain nombre de Confrères venus de Turin, se joignirent au cortège qui parcourut tout le cloître avant de s'arrêter devant la tombe. Monseigneur Cagliero la bénit, puis renouvela l'absoute et Don Bosco prit possession de sa dernière demeure.

Enfin, en présence de plus de 130 personnes, les ouvriers fermèrent le caveau avec une pierre qui est un peu en retrait, afin de laisser la place d'une plaque de marbre destinée à recevoir l'inscription. Le moment où le cercueil disparaît aux yeux de tous fut une minute déchirante. Nous ne décrirons pas autrement ce sépulcre plus que modeste, dont l'emplacement n'est guère celui que nous aurions choisi; disons seulement à nos chers Coopérateurs que la piété des fils s'occupe déjà de disposer en ce lieu privilégié, où repose le Père, quelque chose de moins provisoire et de moins désolé.

Après la cérémonie.

Quand la Communauté fut de nouveau réunie dans la chapelle, Mgr. Cagliero lui adressa la parole. — Les Supérieurs remettent à leurs confrères de Valsalice le précieux dépôt d'un

sépulcre que la puissance divine pourrait bien visiter un jour :
à eux de le garder comme un grand trésor. — Ce Séminaire des Missions devient comme le temple de la Société tout
entière : apprécier une telle faveur, et, en témoignage de reconnaissance, accueillir avec un amour vraiment fraternel les Salésiens des autres Maisons qui viendront visiter notre Père
bien-aimé. — Aller souvent auprès de cette tombe bénie nous
retremper dans la ferveur, demander à Don Bosco un accrois-
sement toujours plus grand de son esprit en nous , et une
part du riche héritage de vertus qu'il laisse à ses enfants.

Après avoir développé ces diverses considérations, Monseigneur termina en ces termes :

« Les premiers chrétiens allaient sur le tombeau des mar-
» tyrs apprendre le secret de combattre pour la foi, de souffrir
» et de mourir pour Jésus-Christ ; St. Philippe de Néri trouva
» sa vocation d'Apôtre de Rome dans ses fréquentes visites
» aux catacombes ; à leur tour, les générations Salésiennes
» viendront puiser auprès de la tombe de Don Bosco cette
» force divine qui l'a toujours soutenu au milieu des dures
» épreuves que lui ont coûtées la gloire de Dieu et le salut
» des âmes ; et, près de leur Père, les fils sentiront s'allumer
» dans leur cœur cette flamme de charité dévorante qui le fit
» apôtre non seulement de Turin , du Piémont , de l'Italie ,
» mais encore des régions les plus lointaines de la terre. »

Don Rua ne pouvait se taire en un jour et dans une circonstance où il devenait le Père de la famille Salésienne. Il
avait, du reste, à cœur de signaler le jeu tout aimable par
lequel la bonne Providence du bon Dieu , elle-même , avait
voulu confier aux jeunes Missionnaires de Valsalice le corps
de Don Bosco.

— En septembre dernier, dit-il, le Chapitre venait de décider que la Maison serait ouverte aux enfants dont la famille
goûte peu l'éducation de l'État. Mais, en quelques minutes, cette
décision fut modifiée du tout au tout, et Valsalice devint le

scolasticat des jeunes Missionnaires de la Société. Don Bosco se rallia le premier, et de tout cœur, à cette modification si importante.

« Maintenant, conclut Don Rua, pourquoi, me direz-vous
» peut-être, nous rappeler ce souvenir ? — La réponse est bien
» simple. Je veux vous démontrer que si cette Maison eût été
» un collège comme les autres, nous n'aurions jamais obtenu
» la permission de conserver Don Bosco au milieu de nous. Et
» je ne parle pas seulement de l'Oratoire, pour lequel le Mi-
» nistère a repoussé absolument notre demande ; mais ce refus
» se serait appliqué même à Valsalice, à cause de la présence
» de tout jeunes enfants, pour qui la science aurait certaine-
» ment redouté la présence d'une tombe dans ces murs. Au
» lieu de tout cela, Dieu, qui avait décrété de nous ravir Don
» Bosco, nous préparait la consolation de le posséder bien
» près de nous, en disposant les évènements comme je viens
» de vous les raconter. Dès lors, ne puis-je pas dire en toute
» vérité que la Providence elle-même vous a confié la garde
» de ce sépulcre ? Montrez-vous dignes d'une si grande fa-
» veur ; et par votre zèle à pratiquer les vertus de Don Bosco,
» donnez à ce si bon Père la joie d'avoir laissé son corps au
» milieu de fils qui méritent ce nom. »

Les Supérieurs venaient de partir pour l'Oratoire. Les professeurs et les scolastiques de Valsalice, sans attendre davantage, se réunirent autour de leur Directeur, Don Barbéris, pour voter une adresse à Don Rua afin de lui exprimer les sentiments de profond respect, de soumission entière et de filiale affection de la Communauté à son égard, en union intime et complète avec tous les Salésiens, ses enfants.

L'adresse fut rédigée, et signée de tous. Après une promesse solennelle de s'en tenir fidèlement aux ordres et aux désirs de Don Rua, les Salésiens de Valsalice concluaient en ces termes :

« Notre cœur nous impose aujourd'hui un devoir de plus.

» Il nous semble que la journée ne serait pas complète si nous
» ne cherchions à adoucir un peu l'immense douleur qui a
» transpercé nos âmes, en nous serrant autour de notre nou-
» veau Supérieur général, notre bien-aimé Don Rua, qui a
» su, du vivant même de Don Bosco, nous inspirer tant de
» confiance, s'attirer tant d'affection, nous imposer une si
» grande vénération.

 » Nous savons que le Saint-Père, depuis longtemps déjà,
» vous avait désigné comme successeur de D. Bosco. Nous som-
» mes donc heureux de pouvoir vous saluer du doux nom de Père.
» Et ici, sur la tombe de notre vénéré Fondateur qui n'est
» plus, nous protestons solennellement de notre filiale sou-
» mission envers vous et sommes prêts à vous obéir au moin-
» dre signe. »

Grâces attribuées à l'intercession de Don Bosco.

Orphelinat Bourdault, Vesoul (Haute-Saône),
le 11 avril 1888.

MON RÉVÉREND PÈRE,

 Grâces soient rendues à N.-D. Auxiliatrice et au bon Père
Don Bosco! Notre bien chère sœur malade, pour qui nous
avions demandé une neuvaine, s'est levée dimanche matin, 8
avril, ne ressentant plus aucun mal !

 Depuis longtemps elle souffrait d'un ulcère à l'estomac,
qui lui occasionnait à chaque instant des vomissements de sang.
Depuis huit mois, pour éviter ces vomissements, elle ne devait
prendre, pour toute nourriture, que du lait : régime qui avait
été ordonné par les médecins. Plusieurs fois elle a essayé de
prendre du bouillon ou du potage, mais elle ne le digérait
pas. Le pain surtout lui était interdit. Par suite de ce régime,

elle en était venue à une très grande faiblesse. Les vomissements avaient cessé depuis près de trois mois ; mais elle éprouvait une grande douleur à l'estomac, douleur qui lui paralysait pour ainsi dire le bras gauche. Elle était dans cet état quand nous avons eu l'occasion de recourir à Don Bosco et de vous faire demander, mon Révérend Père, une neuvaine pour la guérison de cette chère malade.

Dès le premier jour de la neuvaine, elle s'est trouvée plus souffrante encore : il semble que Don Bosco voulait la mettre à bout. En effet, samedi, septième jour, elle était tout à fait mal : ses vomissements de sang l'avaient reprise plus fortement que jamais ; elle ne pouvait plus même avaler un peu de lait ; elle était incapable du moindre mouvement dans son lit ; on avait cru devoir la préparer à mourir. Mais, malgré cet état, elle espérait sa guérison et nous dit, ainsi qu'au médecin appelé, qu'elle se lèverait le lendemain et qu'elle mangerait du pain. Le docteur sourit, lui interdit tout mouvement et défendit qu'on lui donnât autre chose que du lait. La nuit fut encore très mauvaise jusqu'à quatre heures du matin où la pauvre malade s'endormit enfin ; après un moment de sommeil, elle se réveilla ne sentant plus aucun malaise. Elle se leva, descendit, à la grande stupéfaction de toute la Communauté, déjeûna comme une personne en santé, commençant par manger un bon morceau de pain frais, ce que la veille encore le médecin lui avait interdit ; elle était guérie ! Elle n'éprouvait plus aucune douleur, mais il lui restait une assez grande faiblesse dans les jambes ; elle assista à la Messe, aux Vêpres, et prit son repas comme nous ; il y avait, je le répète, huit mois entiers qu'elle n'avait pu prendre que du lait. Le lendemain, lundi, dernier jour de la neuvaine, nous sommes toutes allées, notre malade aussi, faire un pèlerinage à un sanctuaire de la Sainte Vierge qui se trouve près d'ici sur une colline ; pour nous convaincre de sa pleine guérison, elle courut aussi facilement qu'une enfant en descendant la colline.

Son état continue. Nous voyons là l'action directe de la Très Sainte Vierge qui a voulu glorifier son serviteur le bon Père Don Bosco s'intéressant à notre cher Orphelinat. Que grâces leur soient rendues ; et à vous, mon Révérend Père, merci pour les prières que vous avez fait faire par vos chers orphelins. Que Dieu et sa divine Mère vous en récompensent !

Notre ci-devant malade aime tant ses chers orphelins et orphelines qu'elle ne demandait sa guérison que pour les soigner et se dépenser à leur faire la cuisine ; maintenant que Don Bosco lui a obtenu la santé, elle les aime encore mieux, ces pauvres enfants, et avec quel bonheur elle sent ces jours-ci revenir des forces qu'elle n'a jamais ménagées, et qu'elle ménagera moins encore, si c'est possible, pour ces chers orphelins.

Sœur FULGENCE, *Supérieure*.

Dominus tibi det pacem !

TRÈS RÉVÉREND PÈRE DIRECTEUR,

Je vous prie de publier, à la gloire de Dieu, de Marie Auxiliatrice et du regretté Fondateur des Salésiens, la relation suivante.

Vers la fin de janvier dernier, une Cophte catholique, de Louqsor, nommée Guta Abd Mariam, âgée de 25 ans, mère de trois enfants et chargée en outre de trois autres que son mari avait eus d'un premier mariage, fut prise d'une fièvre pernicieuse très violente, compliquée d'une congestion pulmonaire. Le mari de la malade étant venu demander au P. Athanase Riccardo de Florence et à votre serviteur les secours spirituels et corporels nécessaires — il n'y a point de médecin pour les indigènes — mon confrère et moi nous nous fîmes un devoir de porter à la pauvre femme, en même temps que les consolations de la religion, les remèdes les plus appropriés dont notre dispensaire fût fourni. Cependant, malgré nos soins assidus, le mal ne fit qu'empirer, et la malade perdit l'ouïe et la parole : l'Extrême-Onction lui fut administrée. Enfin, le 21 février, la pauvre femme était à l'extrémité ; tous les parents la croyaient perdue, et le râle de l'agonie détermina le P. Athanase à réciter, dans la soirée même du 21, les prières des agonisants. En présence d'un danger aussi imminent, le P. Athanase eut l'heureuse inspiration de recommander cette pauvre mère de famille à Notre-Dame Auxiliatrice, qu'il supplia d'obtenir à la malade, si c'était le bon plaisir de Dieu, la guérison corporelle, par les mérites de son très fidèle serviteur, Don Jean Bosco ; le P. Athanase s'obligeait à publier la grâce dans le cas où elle serait accordée.

A son retour, le P. Athanase m'ayant communiqué cette inspiration, j'unis de tout cœur mes faibles prières aux siennes, pour supplier la glorieuse Vierge Auxiliatrice, par l'intercession de son regretté serviteur Don Bosco, de venir au secours de la pauvre infirme en lui accordant la guérison. Je pris moi aussi l'engagement de publier, de concert avec le P. Athanase, la faveur sollicitée, aussitôt que nous l'aurions obtenue.

Ce qui ne nous empêcha pas de prendre, dans la nuit du 22 février, avant mon départ pour Kene, les dispositions nécéssaires pour la sépulture de Guta, au cas où elle viendrait à mourir pendant mon absence qui devait être de deux jours.

Le matin du 22, le P. Athanase se rendit auprès de la moribonde, et la trouvant tout à fait mal, il lui posa sur la tête un portrait du vénérable Fondateur des Salésiens. Eh bien, à partir de ce moment, la pauvre femme entra dans la voie de l'amélioration ; et en quelques jours elle fut rétablie au point de plonger dans la stupeur ceux qui l'ayant vue le 21 février ne pouvaient s'expliquer comment, d'un état humainement désespéré, elle avait pu passer aussi rapidement à une heureuse convalescence.

Fermement convaincus, le P. Athanase et moi, que tout cela est dû à l'intercession de Marie Auxiliatrice et de Don Bosco, par la présente lettre, nous accomplissons, en nous soumettant humblement au jugement de notre sainte Mère l'Église, la promesse de publier l'obtention de la grâce, en témoignage de reconnaissance, tant en notre nom qu'à celui de la malade guérie, et de toute sa famille.

Je vous serai très obligé, T. R. P. Directeur, si vous voulez bien m'envoyer un numéro du *Bulletin* qui contiendra la présente relation ; ayez également la bonté d'en adresser un numéro au Révérend Père Général de l'Ordre des Mineurs, Rome, Collège St-Antoine.

Je vous prie, mon T. R. Père, d'agréer l'humble hommage de mon respect, et je recommande notre Mission à vos ferventes prières.

Votre serviteur très dévoué

Fr. François Zambi de Florence,

Préfet Apostolique.

Louqsor (Thèbes) Haute-Egypte, 12 mars 1888.

TABLE DES MATIÈRES

DON BOSCO — Esquisse.

Notre-Dame Auxiliatrice et Don Bosco.

Les derniers jours de Don Bosco.

(Extrait du Bulletin Salésien).

LA MALADIE ET LA MORT.

8 Janvier 22

www.ingramcontent.com/pod-product-compliance
Lightning Source LLC
Chambersburg PA
CBHW061027030726
47504CB00002B/276